指揮由帕魯薩姆、葛立奧拉及蓋涅利亞三國所派出的部隊，
前往剿滅蜂擁而至的魔獸（基傑露）群。

老騎士巴爾特·羅恩心愛的弟子居爾南特繼承了帕魯薩姆王位，
並對他下達了此一命令。

對於把一生都奉獻在擊退魔獸這件事上的老騎士而言，這或許是個很適合他的使命。

只不過，他必須率領的是一群底細未知，由三國組成的聯合部隊。

他們會願意服從巴爾特的指揮嗎？

又是否能與前所未見的龐大魔獸群對抗呢？

而在就任指揮官一職前，
還必須與宿敵喬格·沃德做個了結。

鞭策著已然年老的身體，巴爾特面臨絕境。

THE OLD KNIGHT OF A FRONTIER DISTRICT

MAP

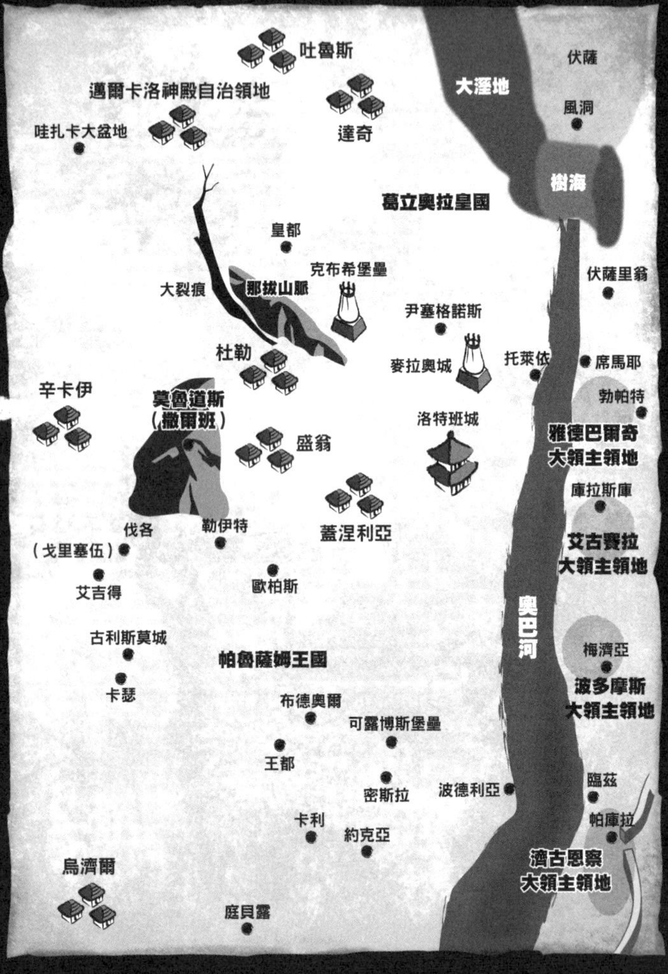

邊境的老騎士

THE OLD KNIGHT
OF A FRONTIER DISTRICT

巴爾特・羅恩與不死將軍

4

作者
支援BIS
插畫
菊石森生
角色原案
笹井一個

Kadokawa Fantastic Novels

CHARACTERS

巴爾特·羅恩
主角。辭去主家德魯西亞家的職務，流浪於邊境的老騎士。

哥頓·察爾克斯
梅濟亞領主。仰慕巴爾特。怪力無雙。

葛斯·羅恩
撒爾班大公家的倖存者。巴爾特的養子。身懷絕世劍技。

朱露察卡
具備優異的探索及移動能力的盜賊。巴爾特的旅伴。

扎利亞
老藥師。救了巴爾特，並傳授給他藥草知識。會使用奇妙的術法。

愛朵菈
故人。德魯西亞家公主。巴爾特的思慕之人。

坎多爾艾達
前撒爾班公國的「王之劍」。巴爾特的劍術老師。葛斯的大伯父。

格里耶拉
邊境的德魯西亞家家主。愛朵菈的外甥。

卡爾多斯
寇安德勒家前任家主。遭幽禁於帕魯薩姆王國中。

蕾莉亞·察爾克斯
哥頓的姪女。堤格艾德的未婚妻。

葛立奧拉皇國

多里亞德莎
在巴爾特的幫助及引導下，在邊境武術競技會綜合部門中獲得優勝。

亞夫勒邦
法伐連侯爵的長男。多里亞德莎的兄長。思路清晰的武士。

奇利·哈里法路斯
前近衛武術老師。沉默寡言的武士。

蓋瑟拉·由地耶魯
擁有如大紅熊般體魄的豪爽武士。「北征將軍」。

亨里丹·葛托
前佛特雷斯家騎士。曾試圖暗殺多里亞德莎。

帕魯薩姆王國

居爾南特
前任帕魯薩姆國王與
愛朵菈之子。
現任帕魯薩姆國王。
巴爾特的弟子。

夏堤里翁
阿格萊特公爵家的養子。
使細劍的高手。
國王直轄軍隊將軍。

翟菲特·波恩
伯爵。
邊境騎士團團長。
沉著冷靜且堅忍不拔。

堤格艾德·波恩
翟菲特的親生兒子。
邊境騎士團的從騎士。

麥德路普·葉甘
邊境騎士團副團長。
勇猛果決且重情義。

荀斯·伯亞
長著一張馬臉的騎士。
邊境武術競技會
馬上槍比賽的優勝者。

巴里·陶德
上級祭司。
樞密院成員。
巴爾特的友人。

卡繆拉
陶德家的廚師。
愛用的調理刀
其實是把魔劍。

蓋涅利亞國

喬格·沃德
對贏過巴爾特一事
瘋狂執著的狂暴之人。
「暴風將軍」。

柯林·克魯撒
喬格的親信。
第五軍副將。

辛卡伊國

路古爾哥亞·克斯卡斯
中原動盪情勢的幕後黑手。
謎團重重的騎士。
「物欲將軍」。

CONTENTS

第七部　第一次諸國戰爭

第一章　三國聯軍——油炸小牛腦——9
第二章　魔獸來襲——卡拉芋甜乾——26
第三章　瑪努諾的女王——沙蟲雜炊——53
第四章　就任聯軍元帥——糖醋獅子蟹——75
第五章　山岳戰——香蒸牛背肉——103
第六章　希魯普利馬路切之戰——提勒由的湯藥——133

第八部　第二次諸國戰爭

第一章　雅娜的手環——陶德家的土——159
第二章　伏薩里翁——河魚與野菜清湯——190
第三章　朱露察卡成婚——水鳥派——223
第四章　季揚國王傳說——奇伯茲——238
第五章　群雄齊聚——牛尾湯——255
第六章　帕戴山谷之戰——百菜鍋——293

外傳　蕾莉亞的婚事

第一章　憎惡——布魯多血凍——332
第二章　拉夫達懸崖之戰——甘察碎糖——349

後記　363

第七部・第一次諸國戰爭

第一章——三國聯軍

油炸小牛腦

1

巴爾特接下了指揮三國聯軍，與瑪努諾率領的龐大魔獸群一戰這個意料之外的任務，但既然已經答應下來，他便迅速地採取了行動。

巴爾特做的第一件事，即是與卡杜薩邊境侯爵瑪多士・奧爾凱歐斯展開會談。

他是在樞密院擁有議席的有力人物，也是推薦巴爾特成為帕魯薩姆國王直轄軍中軍正將之人，應該有望能得到對方的協助。巴爾特並不熟悉帕魯薩姆王宮中的狀況，所以也想向他討教，諸如該對哪些部署做出什麼樣的要求等等。

瑪多士是一位體格健壯的四十九歲武士，一頭捲曲的黑髮及渾圓的雙眼令人印象深刻。

「嗨，巴爾特閣下。家父迪尚曾說過想跟您見上一面，可惜無法實現了。」

在瑪多士的協助下，巴爾特向王宮取得了十八把魔劍、五把長槍型魔劍（即魔槍）、兩百把長槍、一萬把弓、醫藥品及軍事資金。

其實他最想要的是戰力，不管怎麼說，來個一兩位騎士也好。

但這是個不可能的任務。辛卡伊國侵略中原一事已迫在眉睫，然而帕魯薩姆王國軍卻明確地告訴巴爾特，僅有邊境騎士團可分流出來支援對魔獸防衛戰，拒絕派出其他騎士。

巴爾特想起了陶德家中的兩位騎士——尼特·尤依爾及傅斯班·提艾魯達。陶德家曾是巴爾特在帕魯薩姆王國中的棲身之所，但當時的家主及他的兩位親信對王太子時代的居爾南特發動了襲擊，最後被巴爾特等人成功阻止。他們目前應該已被送入監牢了才是。

巴爾特喚來負責的官員，詢問他們兩位將會有什麼下場。

「王太子暗殺未遂事件的主犯詹布魯吉伯爵原先被判處了死刑，但在加冕儀式時被特赦，撿回了一條命。不過，身為實行犯的兩位騎士並未獲得赦免，因為兩位強烈希望被判死刑。」

巴爾特去見了尼特及傅斯班，兩人望向巴爾特的眼神中滿是憎恨。

「你們想死就去死吧！只不過要在我的麾下為保護人民而死。聽好，這個國家即將面對前所未有的危機，你們就在我的麾下戰死，為陶德家的名聲錦上添花吧。」

兩人在猶豫過後接受了巴爾特的提議。

「將軍，請您稍等。在頒布特赦令前，您要是帶走他們兩位，會讓我很困擾的。」

「你就擺個什麼人偶之類的東西進去頂著吧！」

得到兩位騎士後，準備狀況有了大幅的進展。

巴爾特還去見了醫學知識淵博的賽諾斯畢內。

「賽諾斯畢內閣下，王宮的藥草園裡是否有史莫路巴斯？」

「有的。」

「我想麻煩你將它們連根拔起，並精製為毒藥。此事十萬火急。」

接下來又去見了工學識士奧羅。

「我會提供材料和資金，麻煩你在這二十天內盡你所能做出改良十字弓，越多越好。」

「十、十把就已經是極、極限了。箭大概可以做個兩、兩百支吧。」

夏堤里翁出借了騎士納茲．卡朱奈爾，並讓他帶上了阿格萊特家祕藏的魔劍。而納茲同時也是個優秀的參謀。

「去拜託密斯拉子爵提供兵力如何？派遣過來的騎士的薪水及報酬就讓密斯拉子爵負擔。不過，前提是要讓密斯拉子爵能夠自由使用在四個月前的可露博斯堡壘防衛戰中取得的所有魔獸毛皮。」

「哦？」

不知道從哪得到了消息，多里亞德莎到訪。

「聽聞您即將與龐大的魔獸群一戰，可否帶我一同前去？」

「妳的任務應該在王宮之中。說起來，我們是以女武官指導者的名義招聘妳，要是讓妳參加邊境防衛戰等戰役，將使帕魯薩姆王家背上背信棄義之名。」

「是……」

「這麼說來，這次夏堤里翁閣下出了不少力，真是幫了我大忙。」

「是嗎？」

「嗯。對了，我聽說不久之前有人闖入後宮唱情歌，他唱的是什麼歌呢？」

「我當時正在練武場進行鍛練，所以沒聽到那首歌。」

——夏堤里翁，你真是個可憐的傢伙。

劍匠湛達塔到訪。他是巴爾特在帕魯薩姆國內的視察旅行途中認識的鍛冶師，擁有超凡的手藝及志向。而在他回到王都，並告知巴爾特想要找一位能幹的工學識士聯手打造新的魔劍時，巴爾特便將天賦異稟的奧羅介紹給了他。

「巴爾特大人。」

「喔喔，湛達塔閣下，原來你來到王都了呀。」

「奧羅閣下的發想非常出色，我終於遇上了優秀的盟友。這一切也全都是託巴爾特大人之福。話說回來，你好像正在為戰爭做準備？」

「是啊。」

「這時候就輪到劍匠出場了。」

請湛達塔幫忙磨劍，必能提升攻擊力，這真是個求之不得的提議。

該做的事多得不得了，時間轉眼即逝。

2

明天就是出征之日，在這天夜裡，卡繆拉為巴爾特準備了特別的晚餐。

想來這位廚師也是一路走在與安居樂業無緣的人生道路上的男人。

卡繆拉擁有高超的料理手藝，但由於他討厭制式化的料理，對於食物只講求美味，所以接連遭到貴族家辭退。最後，他終於找到陶德家這個安身之地，卻被巴爾特所剝奪。不知道他心裡對巴爾特抱持著什麼樣的看法呢？

端上桌的全是些前所未見的料理，其玄妙的滋味更是令人目眩神迷。

終於要上主菜了。

巴爾特只知道那是道裹上麵衣的油煮料理。盛在潔白淺碟中的一道孤零零的油煮料理。

真難得看到如此樸實無華的擺盤。

　刀子毫不費力地沒入料理中。巴爾特心想，這下刀的手感和切下在螺裡塞滿碎肉或碎魚肉的蒸煮料理很類似，內餡卻非他所想的那樣。

　他把料理送入口中。口感濃稠且帶有微微鹹味，似是常見的普通食材。下巴微微使勁便能輕易咬下，咬起來十分爽脆，這暢快的感覺令人不禁再三咀嚼。內餡溼潤柔嫩，幾乎只憑舌頭輕壓就能讓它化開，醇郁的奧妙滋味在口中擴散開來。

　入口的瞬間明明如此清淡，越嚼卻越是散發出層次豐富的滋味。口中所有味蕾都感受到酥麻的刺激，味道在口中如野火燎原般蔓延開來，即使這味道已將口腔侵蝕殆盡，依然持續地擴散，彷彿要將上顎及下顎全都渲染上這般滋味。

　該怎麼形容這滋味呢？說不出究竟是酸味、火辣滋味、鹹味、甜味還是苦味，但同時也兼備這所有的味道。

　巴爾特吞下了料理，它如飲品般滑順地落入喉中，留下了令人心曠神怡的溫潤喉韻。

　卡繆拉揭開了料理的神祕面紗。這居然是道以牛(莫爾羅格)的腦漿製成的炸物料理(史克庫)。

　「自古以來，幼牛的腦漿就被稱為『軍師的妙藥』，據說有促進腦袋靈活運轉的功效。希望這道料理能助閣下一臂之力。」

3

密斯拉子爵先是針對先前援助可露博斯堡壘一事，向巴爾特致上誠摯的謝意，接著交出了六位從騎士（休塔雷）。經濟因素使得這些人無法當上騎士，但他們全都是已接受過充分訓練且經驗老道，有資格成為騎士的人們。而馬（希巴）及精良武器都由子爵出借給他們。

在離開了密斯拉，前往洛特班城的路上，他們順路去了趟已經全毀的茨卡德堡壘。

在調查過損傷狀況後，眾人皆認為這是被野獸，而且是龐大的魔獸群所襲擊的痕跡。應該是靠白角獸或是類似的魔獸的衝擊才得以破門而入。

巴爾特在十月三十六日抵達了洛特班城，距離集結之日的十月四十日，還有四天的時間。

邊境騎士團長翟菲特及副團長麥德路普專程來到城門外迎接巴爾特。

「巴爾特大將軍（杜沙·安特拉）閣下，沒想到會有在你的指揮下作戰的一天到來。在此事態下，這麼說雖然不太妥當，但我可是高興得不得了。」

「說得沒錯。邊境騎士團全員皆發自內心地歡迎大將軍閣下到任。」

帕魯薩姆騎士團目前的戰力共有六十九位騎士及八十位從騎士。此騎士團的編制相當獨特，三位騎士為一小隊，三小隊為一中隊，而三中隊即為一大隊。以三大隊編制來說共需八十一人，但多少有些缺額，所以就算把翟菲特算進去，目前人數也只有六十九人，而卡杜薩邊境侯爵出借了九位騎士及十五位從騎士。

十月三十七日，也就是巴爾特抵達的隔天，葛立奧拉皇國的部隊也抵達了。

指揮官是提爾蓋利伯爵亞夫勒邦・法伐連。論戰力，他們居然動員了法伐連家的所有人員，共有三十位騎士及三十位從騎士，還有六十位持弓的隨從（比艾雷）。隨從無法上前線，不過他們全是經歷過充分的弓技訓練，又能整備武器或者療傷的人們。

喬格・沃德帶著蓋涅利亞的兵力抵達洛特班城，是十月三十九日的事。

蓋涅利亞派出的戰力共有第五騎士團二十四人、第六騎士團二十四人以及第七騎士團二十四人，再加上非戰鬥人員的十八位隨從。這是能派出的騎士團中，除了第八騎士團外的所有人員，以國力而論，實屬破格的兵力。

巴爾特接下來必須與喬格一戰。蓋涅利亞國所提出的條件，即是要巴爾特打倒喬格，宣揚武威，才會承認他三國聯軍指揮官的身分。

這是他們之間的第幾次決鬥呢？在喬格十六歲那年，巴爾特三兩下就解決了他；在喬格二十二歲那年，巴爾特還能從容地打倒他。而在喬格滿二十六歲的兩年之前，在決鬥最激烈之時，巴爾特的右臂無法動彈，喬格在勝負未分時便揚長而去。

總之，喬格就是視巴爾特為眼中釘。他甚至為了完成打倒巴爾特這件事，捨棄自己的身分離鄉背井。即使在命運的巧妙安排下，他目前安於蓋涅利亞國大將軍的身分，望著巴爾特的眼裡依然搖曳著狂熱的火焰。

「喬格，歡迎你。今晚就好好休息，明天再來一決勝負吧。」

「不，就現在。我們現在立刻來決鬥吧！臭老頭，你再多活個那麼一兩天也沒屁用對吧？柯林！盔甲！拿我的盔甲和劍來！」

「遵命！」

「唔嗯，翟菲特閣下，請你把亞夫勒邦閣下叫來。我想請他當見證人。」

「好，沒問題。」

亞夫勒邦從城中來到現場。

「你就是喬格．沃德大人嗎？我是提爾蓋利伯爵亞夫勒邦．法伐連，手握葛立奧拉派遣軍帥印之人。這場決鬥將由我來擔任見證人，你同意嗎？」

「嗯。」

柯林及隨從扛來了喬格的盔甲，開始動手幫他著裝。

「沃德大人，請移動到城裡的競技場。」

「在這裡就行了。」

「那麼，我們先來決定決鬥方法、判定勝負的條件以及勝者可享有的權利。」

「拿自己喜歡的物品擊打對方，輸的一方必須服從贏的一方。就這麼簡單。」

在喬格穿好盔甲時，朱露察卡牽著月丹現身了。在他身後，騎士納茲、騎士尼特及騎士傅斯班帶來了巴爾特的盔甲和劍。

柯林．克魯撒摸著喬格座騎的頭，在牠耳邊說道：

「達斯特，好好幹啊。」

原本待在城裡的帕魯薩姆及葛立奧拉的騎士們都來到城外一觀戰況。

朱露察卡對月丹這麼說道：

「待會兒再餵你好吃的蔬菜啊。」

喬格．沃德的座騎達斯特是匹有著漂亮漆黑毛皮的巨馬，雙目間長著一撮白毛。喬格的盔甲也是黑色，加上頭髮、鬍子及眼眸全是黑色，全身漆黑一片。

柯林．克魯撒在隨從的幫助下，扛來了喬格的劍。喬格的手一放上劍柄，兩人便合力開始退去劍鞘，泛著黑光的長大劍身逐漸露出其面貌。待劍完全出鞘後，劍尖沉甸甸地落向地面。它的長度超越了一般人的想像。

喬格單憑一隻右手猛力舉起了這把劍身極寬且重的劍，接著將它扛上了右肩。

與其相對的月丹是匹毛色看似點上了幾筆薄墨的白馬。巴爾特穿著底色深藍，裝有黑銀色金屬板的將軍盔甲，上面刻著王國徽章。

朱露察卡及騎士尼特從巴爾特左側遞出了劍。他從月丹頭上接過了劍。兩人開始退去劍鞘，暗銀色劍身逐漸現身。這把劍的尺寸比起喬格手上那把毫不遜色。喬格手上的劍，劍身從底部至尖端皆具寬幅，相較之下，巴爾特的劍身尺寸略有不及，越至尖端越細，厚度方面則略勝一籌。

喬格調轉馬頭，開始遠離巴爾特，最後在離他約百步的地方再次調頭。他保持著將劍扛在肩上的姿勢，把韁繩捲在馬鞍上後，以左手拉下面部護具。

巴爾特也將劍靠在右肩上，將過長的韁繩綁好之後，用左手拉下面部護具。

巴爾特也可以選擇用古代劍戰鬥。他已能駕輕就熟地使用古代劍，只要能躲過喬格的首次攻擊，想必能一擊定勝負。

不過，再怎麼說這都是種耍心機的戰鬥方式。這樣可不行，他得堂堂正正與喬格正面決勝負，才能得到全軍信任。若以這種攻其不備的方式取得勝利，還不如直接把指揮權交給喬格算了。因此，巴爾特選擇以大劍一決高下。

喬格的馬邁步奔馳。

月丹也邁步奔馳。

不停地奔馳著。

兩匹巨馬以特種馬才擁有的神速往彼此奔去。彷彿要踏破大地般的驚人蹄聲正高聲地述說著軍馬是種怪物等級的生物。

兩位騎士舉起了極重的大劍。

轉眼間，兩人互相將彼此鎖定於射程之內，接著便將雙手高舉的大劍對準雙方的頭頂一揮而下。

劍與劍正面交鋒，發出毀天滅地般的激烈碰撞聲。

雷神伯爾‧勃曾經因為想強搶森林之神烏巴奴‧朵多的美麗妻子伊沙‧露沙，對烏巴奴‧朵多揮下了「雷槌」。就在此時，烏巴奴‧朵多及伊沙‧露沙之子奇多則以「大地之劍」彈開了這一擊。「雷槌」被彈開後爆發的強大破壞力將大地剜出了一個大窟窿。當時出現的裂縫即是現在從杜勒延伸至邁爾卡洛神殿自治領地的那片大地上的「大裂痕」，而該少年奇多正是後來的戰神瑪達‧貝利。

在旁觀戰的所有人都想起了這個神話。

不分軒輊。

兩股破壞力勢均力敵。在兩位騎士的臉龐之間，兩把大劍正進行著激烈的較勁。

兩人同時抽劍，兩匹馬也各自退了一步。

接著兩人高舉大劍，往彼此頭頂揮下。金屬互相撞擊，迸發了火花及激烈的聲響。

使用雙手大劍這種武器，必須透過揮擊增加加速度。若是乘坐在馬匹上，則會利用馬的衝刺力量來增幅威力，並不是僅靠手臂力量揮舞即可使用的武器，這兩人的臂力已經脫離了常識範圍。

第二次的激烈衝突讓巴爾特的腰部叫苦連天，右肩後方也感到一陣刺痛。

巴爾特無視這些不舒適的感覺，再次舉起了劍。他的手臂肌肉發出紮實的慘叫聲。

他利用臂力讓高舉的劍乘上加速度，往喬格頭部揮下。

喬格則使勁將劍往右後方一拽，在猛力扭動腰部的同時揮出黑劍。劍就這麼豪不偏移地往橫向砍盡。

巴爾特的劍劈中了喬格的左肩，而喬格的劍則陷入了巴爾特的身體左側。

衝擊令人眼花撩亂。不過，巴爾特逼著自己保持清醒，利用腳部的動作對月丹下達指示。

月丹正確地解讀了巴爾特的意圖，往後退了幾步。

接下來，月丹又突然向前進。這次牠往與方才的相反方向，也就是喬格和他的座騎的左方衝了過去。巴爾特擠出最後的力量舉起大劍，由左往右橫掃。然而他其實已無力揮劍，光要借助馬匹的衝刺力道揮劍就用上了全力。

喬格以由上方壓制的形式接下了巴爾特這一劍。

兩把大劍短兵相接，吱嘎作響。

——就是現在！

在巴爾特冒出這個念頭的同時，月丹昂起了身軀。

喬格的身體被頂了起來。差點失去平衡的他反倒利用這股力量猛地伸長身子，想以體重加乘力道來擊退巴爾特的劍。他的腰已完全離開馬鞍，只靠著踩在馬鐙上的腳及大腿夾住馬身的力量支撐著自己。

巴爾特轉動手腕，扭轉劍勢。

喬格的劍架在巴爾特的劍上，冒著火花滑開。喬格使盡全身的力氣想擊退對方，然而這股力道卻被對方卸去。喬格完全失去平衡，他的右腳脫離了馬鐙。

月丹快步向後退，接著縱身一躍。巴爾特用整副身軀支撐著大劍。

大劍擊中了喬格的臉。

跳躍帶來的衝擊力在他臉上爆發，他被擊下了馬。

月丹順著衝勁跑了幾步，接著調頭停下來。

巴爾特再沒有任何足以發動攻擊的力量。

喬格倒在地上，連試圖起身的動作也沒有。

「勝者，巴爾特．羅恩大人！」

亞夫勒邦高聲宣布。

朱露察卡以驚人的快速動作幫巴爾特拿下頭盔，並解下鎖子甲。

巴爾特氣息粗重，胸口因對空氣的強烈渴求而痙攣著。他滿頭大汗，髮絲緊緊貼在頭上，腳步蹣跚。他感覺身體像風中殘燭般飄搖，彷彿在這短暫的時間中少了一半的體重。

他在這短短的時間內，耗盡了足夠他用上好幾天的力氣。全身肌肉都已力竭，連站著都很困難。

即使如此，巴爾特還是命令自己抬腳走近喬格。

「喬、喬格！」

柯林．克魯撒猛地回過神來，飛奔到喬格身邊，接著靈巧地拿下他的頭盔。喬格也是一副汗水淋漓的模樣。

依然俯臥在地的喬格向巴爾特伸出了右手。巴爾特邁出依然不穩的步伐，抓著喬格的手拉著他坐起身。

朱露察卡及柯林分別向巴爾特及喬格遞出水壺。兩人大口將這甘露一飲而盡，並冒出了大量的汗水。水分滲進身體，僵硬的身體終於開始活絡起來。

在短暫地調節過呼吸後，喬格維持坐姿對巴爾特說了一句：

「你這怪物老頭。」

喬格自己站了起來。這男人還是老樣子，總能讓人驚訝不已。

喬格掃視自己的部下一圈，接著向天空高舉拳頭，朗聲宣布道：

「直到這場戰爭結束為止！我軍的指揮權！全權交給巴爾特・羅恩！」

蓋涅利亞的騎士們異口同聲地允諾了。

「喂！老頭！」

「怎麼？」

「給我酒喝。」

「喔喔！還有美味的牛肉也讓你吃個痛快。」

喬格舔了舔嘴唇。

其實巴爾特的身體也渴望著酒與肉。

「亞夫勒邦閣下、翟菲特閣下，請兩位也一同出席吧。」

「哈哈，我就是在等這個。」

「是！樂意之至。」

「翟菲特閣下，還有一件事。」

「啊？呃……喔……了解！眾人聽令！此刻三國聯軍總指揮官巴爾特・羅恩大將軍下達命令，今晚的晚餐會請來酒保，發放給所有弟兄每人一杯酒！」

此時說的酒，當然不是平常搭配晚餐的兌水葡萄酒，而是滿滿一勺的高酒精濃度蒸餾酒。

不用說，全場當然是一陣歡聲雷動。

三國聯軍就這麼順利組成了。

就在柯林正準備通過門口時，一位站在一旁的男人叫住了他。

「請把那位喬格．沃德將軍的劍交給我。」

「啊？你哪位？」

「我是巴爾特大將軍直屬的劍匠湛達塔。經過剛剛的決鬥，應該對喬格將軍的劍造成了相當的損傷，必須立刻進行打磨。麻煩你把劍送到我這裡來。」

「什麼？這樣不對吧？不是應該先處理巴爾特將軍的劍嗎？」

「巴爾特將軍的劍可以晚點再處理，喬格將軍的劍可不能等。來，快把劍交給我吧。」

「喔、喔。」

湛達塔會這麼說，是因為他知道巴爾特再也不會用那把劍。

今天功勞最大的是月丹。巴爾特的力量和敏捷程度都劣於喬格，持久力方面當然也遠遠不及他。對這樣的巴爾特而言，他唯一的優勢就是馬。月丹擁有龐大的體型及強大的力量，以及與巴爾特心靈相通的聰慧及敏捷。若少了這些，巴爾特不可能獲勝。

「朱露察卡，你可以幫我弄點好吃的給月丹飽餐一頓嗎？」

「好喲。」

月丹的雙眼亮了起來。

第二章——魔獸來襲

—卡拉芋甜乾—

1

新年到來，一月已經過了十五天。

在派員四處偵察的同時，巴爾特則正在對聯合部隊進行訓練。

在他下達要五位騎士（可爾德葛斯）一組對抗一隻魔獸的指示後，有騎士開口表示不滿。

「我們蓋涅利亞的騎士，就算一對一也絕不會輸給區區魔獸。」

話才說完，喬格便過來拎起了騎士的前襟，以幾乎是鼻尖相貼的距離怒斥道：

「你可別小看魔獸！還有，你給我記著，只有我才有資格對死老頭有意見。」

巴爾特接著對翟菲特下達了另一則指示，要他從帕魯薩姆騎士團的從騎士中選出負責操作十把改良十字弓的射手及協助上弦的人員。結果堤格艾德被選為射手，榮加則被選為協助上弦的人員。

2

巴爾特、翟菲特、亞夫勒邦、喬格，還有眾副官都在房間裡。

騎士尼特和騎士傅斯班被視為巴爾特的親信，在各國騎士間都吃得開。

尼特因為被巴爾特揍歪了鼻子，因而得到了「歪鼻」的外號。

傅斯班總是把自己打扮得時髦整潔，所以被叫做「貴公子」。

這場會議由騎士納茲主持。

「麥拉奧城的急使剛剛抵達了。這位是隸屬於葛立奧拉騎士團的從騎士泰茲洛閣下。」

看從騎士泰茲洛的容貌，與其稱之為青年，更像是位少年。

「十天前，我們騎士隊在執行保護商隊前往托萊依的任務。抵達後，發現托萊依已遭魔獸襲擊而全毀。部隊長閣下判斷久留該處太危險，所以我們便折返麥拉奧城，這是四天前的事了。騎士團長閣下認為應該立即將此事呈報巴爾特大將軍，所以才會派遣我到這裡來。」

「辛苦你了。托萊依的居民真是太可憐了。對了，托萊依死了多少人？確定是魔獸所為嗎？」

「是、是的。托萊依的居民約有一百五十人，還有約二十人左右的護衛士兵留守。加上短期停留的商人及作業員，我們認為應該差不多有一百八十人至一百九十人左右，而這些人全數死亡，屍體上留有獸爪及獠牙的痕跡。此外，從民家圍牆和牆壁皆已坍塌的情況看來，可判斷這並不是人類發動的襲擊，而是魔獸的襲擊。這是我們部隊長閣下的見解。」

「馬和牛呢？」

「是！馬和牛也全數慘遭毒手。」

「牠們全被吃掉了嗎？」

「是？」

聰明的亞夫勒邦接著問下去。

「從騎士泰茲洛，你花了四天來到這裡對嗎？馬術還真是精湛呢。你該不會是昆特家的人吧？」

「是、是的！伯爵閣下，您說得沒錯，我是昆特家的支系巴克蘭家的長男。」

「嗯，我曾見識過你父親的馬術呢。讓你們珍貴的馬匹如此操勞真是不好意思。不過，這通知來得如此之快，或許可以拯救無數的生靈，我希望你能仔細回想，好好回答大將軍閣下的問題。首先，托萊依過去共有幾隻馬和牛？」

「是！我感到非常光榮。我想馬應該有二十隻左右，牛則是四至五隻。」

「那些牛和馬的身體上有沒有肉殘留？」

「沒有，肉全被吃個精光，只剩下骨頭。」

「這樣啊。那麼人的狀況又是如何？」

「是。人、人也一樣，能稱得上肉的部分都被吃得一乾二淨。」

從騎士泰茲洛嗚咽了起來。

「有沒有看到襲擊該處的野獸的屍體？」

「沒、沒有看到。」

「小麥和蔬菜等食材的狀況怎麼樣？」

「全都被吃光了。」

在把泰茲洛帶到別的房間後，眾人開始進行商議。

最先開口發表意見的人是翟菲特。

「看來雖有士兵留守，卻還是慘遭單方面的蹂躪。應該將這次的狀況視為魔獸所為比較好吧？而且恐怕數量十分驚人。畢竟是在連逃跑或聯絡的時間都沒有的狀況下全數遭到殺害。」

亞夫勒邦也同意這個看法。

喬格把椅子拉到牆邊，正坐著熟睡，所以由柯林代為表示贊同。

商議到最後，他們決定縮小範圍，頻繁進行偵察。

就在隔天的一月十六日，再次有急使抵達，通報麥拉奧城遭到魔獸襲擊。

3

十二日的夜裡，三十隻長耳狼（巴露班）魔獸襲擊了麥拉奧城。他們不小心讓兩隻魔獸從側門侵入，造成了三人死亡，十多人受傷，不過最後成功除掉了侵入的魔獸。在這之後，麥拉奧城便被魔獸群團團包圍。

麥拉奧城是座空有城名的小規模堡壘。但它的結構堅固，屏障高度也相當高，雖然可容納人數不多，不過只要退居守勢，它便是座不容易攻下的堡壘。據說城內戰力共有三十位騎士及十五位從騎士，還有約十人的隨從。

「加減派點援兵應該就能退敵了吧？不過，我不認為那已是魔獸軍隊的全部戰力。」

「由於食材儲備也相當充足，只要不出什麼意外，城堡應該不會失守才是。如果要派出援軍，就該以大量兵力一次解決，分散兵力可不是件好事。」

在聽完翟菲特及亞夫勒邦的意見後，巴爾特看向喬格。

喬格依然窩在牆邊，他在裝睡，看來心情不太美麗。

柯林代為發言：

「我們的騎士都有些焦躁了，各個都喊著『我們不是來打仗的嗎？』。」

沒錯，維持士氣也是個不可小覷的問題。

不過，那些嚷著想要快點戰鬥的騎士們，根本不明白五百隻魔獸是多麼可怕的戰力。我方的騎馬戰力約為三百人上下。若是偶然碰上後開戰，根本就連想要正面交鋒都是不可能的任務。面對此等對手，原本該要以敵人的五倍……至少也要以三倍的戰力應戰。

想要彌補這戰力差距，只能靠城牆和毒藥。若敵人是普通的魔獸，可以誘敵前來，進行殲滅戰。

然而，此次的敵人明明是魔獸，卻做出了迥異於魔獸的行為，這點讓巴爾特十分頭痛。論能力，敵人確實是魔獸。但是論行動，卻像是服從著司令官指揮的軍隊，所以不可將這場麥拉奧城襲擊事件視為魔獸行動，而必須試著將它想成一場作戰。

「如果這是場作戰，我們就必須懷疑這是調虎離山之計。」

亞夫勒邦一臉驚訝地看向巴爾特。

「引我們的兵力前往麥拉奧城，再對別處發動攻擊啊。原來如此。」

「不過，這調虎離山之計是為了要對哪裡發動襲擊？」

「從騎士泰茲洛不是給了我們一個很重要的線索嗎？」

「原來如此！是有餌食的地方！」

亞夫勒邦這苛刻的用詞引來翟菲特一陣白眼。

「啊？怎麼回事？可以也幫我說明一下嗎？」

「騎士柯林，事情是這樣的。由於魔獸數量非常龐大，所以需要大量的食物。牠們將會去攻擊儲存著大量食物的地方。」

「巴爾特將軍，原本食用草木的野獸在變成魔獸後，同樣也是食用草木嗎？」

「是的，騎士納茲。原為草食的野獸在變成魔獸後，雖會將人啃咬至死，但依然不會吃人。如果牠們之中有白角獸或袋猿的魔獸，小麥和蔬菜被連根吃淨的狀況就說得通了。」

亞夫勒邦的手指在地圖上繪出一道軌跡。

「牠們對托萊依發動襲擊，是在十二至十四天前的事對吧？魔獸也有分腳程快慢。說到能在十幾天內抵達，又有夠五百隻魔獸食用的糧食的地方……是這裡。」

亞夫勒邦的手指直指洛特班城。

洛特班城裡，光是非戰鬥人員就有五百位以上的居民，再把騎士團和隨行人員算進去就有將近九百人。而且城裡有豐富的水源、大量的馬、牛、豬（帕魯克魯）、羊（伊梅拉）、穀物及蔬菜等糧食，對魔獸來說是個絕佳的糧倉。而且只要能控制洛特班城，其西側就是蓋涅利亞的城鎮及村莊。

從這裡到蓋涅利亞都城的距離，幾乎等同於從托萊依來到這裡的距離。換句話說，若牠們在托萊依填飽了肚子，就有足夠的能量來到此處，那麼牠們很可能在這裡飽餐一頓後，就動身直擊蓋涅利亞都城。從那裡前往杜勒或盛翁的距離可近多了。

萬一讓牠們通過此處，中原各國便會直接成為牠們的狩獵區。

「若是此城落到牠們手裡，中原的城鎮及村莊將無力抵抗，落得慘遭蹂躪的下場。我們必須立刻開始進行迎戰的準備！」

眾人拆除了競技場的圍牆，將石塊搬到北門前堆了起來。南門與東西兩門前也安置了路障。

毒壺、油壺及弓被搬上了城牆，在決定弓兵配置後，為了應付夜間的敵襲，眾人將會輪流休息，以備隨時進入戰鬥態勢。

隔天一月十七日的中午，寒風颼颼的洛特班城迎來了約五百隻魔獸的襲擊。

4

巴爾特下令要城牆外的人全數進城，並關閉了四座城門，只讓喬格·沃德和蓋涅利亞的騎士們以遊擊隊的形式在南門外待命。

不久後，敵人現身。

上百隻白角獸。

上百隻藍豹（耶魯加）。

約五十隻長耳狼。

上百隻巨鼻獸。

還有上百隻的大岩猿（杜沙科魯阿斯巴）。

巴爾特連忙讓蓋涅利亞軍進入城內。

魔獸群的後方還有約五十隻席由路多，每隻背上都坐著瑪努諾。席由路多是一種巨型無毛鳥，持久力較馬來得遜色，但贏在瞬間爆發力上。瑪努諾們長長的身體纏繞在席由路多的脖子上，以這樣的方式騎乘在牠們身上。

魔獸們筆直朝向北門前進而來。

打頭陣的是白角獸，牠們頭上那對槌狀大角威力驚人。白角獸魔獸多達百隻，若不是設置了路障，堅固的門扉險些就立刻粉碎。

魔獸們停下了腳步。

城牆上站了一排弓箭手，正在等待命令。城牆高度約二十步左右。

城牆中央配置了十座十字弓，而奧羅幫忙準備了三百二十支箭矢，箭矢上刻有溝槽，其中塗滿了史莫路巴斯的毒藥。

在其兩側各站了三十位法伐連家隨從，手裡全拿著長弓待命。這些人在最初使用的也全是塗毒的箭矢。

而在這群人的左右兩側，分別有二十位持弓的帕魯薩姆從騎士待命。

在這猛獸成群卻不聞獸吼的異樣情況中，氣氛顯得非常凝重。

待命的時間持續著。

沉重的壓力讓每個人全身僵硬，並逐漸剝奪了眾人的思考能力。

「魔獸牠們都不靠近耶~是不是讓牠們害怕過頭啦？」

朱露察卡語調悠哉地說道。亞夫勒邦也開口回應：

「看來是這樣沒錯。沒辦法了，你們都給我笑吧。」

這個指示的涵意是——因為魔獸們嚇到不敢靠近，我們就展露笑容讓牠們放下怯意。接到這奇特的指示後，士兵們哄堂大笑起來。

此時，魔獸一方有了動靜。

後方的大岩猿們走了出來。牠們的身高與人類相去不遠，體型矮胖，脖子沒入身體，幾乎無法判別到底有沒有脖子。牠們有著異樣厚實的胸膛及壯碩的手臂。大岩猿能輕易捏爛人類的腦袋，魔獸化後的力量會有多強也很難想像。

十字弓部隊和弓部隊的指揮，分別交由騎士麥德路普和騎士亞夫勒邦來負責。麥德路普和亞夫勒邦的忍耐力也很強，在大岩猿逼近石堆所在的位置前，他們一直在等待著發射的信號。

「十字弓部隊！發射！」

十支凶器射向魔獸。改良成近距離用的十字弓威力無窮。

對付上百隻大岩猿，只用上了僅僅十支箭。不過，其效果十分顯著。這十支箭阻止了大岩猿們的行動，甚至還將牠們擊飛至後方。

士兵們一陣歡聲雷動。

亞夫勒邦接著下達命令：

「長弓隊，揚弓上箭，發射——！」

射手若保持揚弓姿勢待命，將會快速消耗體力，所以亞夫勒邦才會讓所有人休息到最後一刻，再行雲流水般地下達了一連串命令。

六十支毒箭落在魔獸們身上。

「接下來，各自開始進行連續攻擊！」

射手們動作熟練且迅速，接連不斷從箭筒中抽出箭矢發射。

十字弓部隊也開始發射第二波箭。不枉平時加緊訓練，沒有半個人驚慌失措。

大岩猿們撿起石堆的石頭開始往城牆扔了過來。猿猴與人類不同，無法進行遠距離的投擲，但是以其驚人臂力所投擲出的石塊仍是個威脅。牠們扔出的石頭全擊中了門或城牆，只有一塊擊中了一位長弓射手。射手摔落城內中庭，恐怕小命已然不保。

現場形成箭矢與石塊互擊的壯烈場面。

伴隨巨響，魔獸們扔出的石頭造成了城牆的耗損。對身旁的射手的頭被砸爛的光景視若無睹的射手們只是一股腦地射著箭。大岩猿們在轉眼間便被打成了刺蝟，但依然頑強地不肯倒下。

有三座十字弓被投石砸毀，剩下的七座也已經將三百二十支箭發射殆盡。

大岩猿們已把石堆的石頭全數扔完，於是前進到門扉的咫尺之前，撿起剛剛丟過的石頭又開始扔了起來。

此時已倒下的大岩猿將近十隻，史莫路巴斯之毒果然發作得太慢了。

不過，既然牠們來到了這個位置，就可以進行下一步了。

翟菲特發出了信號。在他的指示下，人員開始將裝有油的壺往猿猴們丟了下去。壺一破裂，便使得猿猴們全身布滿了油，射手接著射出早已準備好的火箭，全身著火的猿猴們在地上打滾。魔獸也很怕火。

中毒及燒傷使得猿猴們的動作變得遲緩，弓箭高手們趁著此時對準眼睛或喉頭發箭，擊殺了牠們。不久後，猿猴們便全軍覆沒。

死者十八人，傷者三十一人。

箭矢消耗了儲備量的兩成。沒想到居然在近戰開始前就出現了犧牲者。不過，他們成功將上百隻大岩猿全數殲滅。

太陽馬上就要下山了。

漫長的夜晚即將開始。

5

魔獸們的吼聲響起。

巴爾特的手伸向腰間的古代劍，握住古代劍劍柄的手傳來陣陣刺痛。

大岩猿們這可說是魯莽的突擊確實擾亂了騎士們的心緒。再加上這咆哮聲，騎士們連休息都無法休息，開始逐漸耗弱。

「老爺子、老爺子。我端了熱湯來啦。」

「嗯，謝啦。」

士兵們輪流休息、用餐。這種時候，粗線條一點比較好。其中喬格．沃德就是最好的例子。

喬格回到城牆內，丟下一句「暫時沒我們的事了」，就讓部下們去用餐。聽說他在用餐過後直接穿著盔甲便躺下呼呼大睡了起來，部下們於是也以將軍馬首是瞻，跟著開始休息。

這份膽識是目前這座城中最需要的東西。

今天只出現了一個月亮，是「妹之月（沙里耶）」。沙里耶較「姊之月（蘇拉）」明亮，照亮地面的光芒卻相當微弱，而且今晚的沙里耶是以新月型態出現。

黑暗會使人類的不安升溫，視線不佳也會拉低戰鬥能力。

敵方之中有長耳狼及藍豹，夜晚即是牠們的天下。

無數閃著紅色光芒的眼睛正往城的方向靠近。

是長耳狼和藍豹。牠們四散在北門附近徘徊，開始嚎叫了起來。這下就連已經入睡的人都被吵醒了。

亞夫勒邦偶爾會命人放箭威嚇，卻構不成有效的攻擊。

總覺得好像忽略了什麼重要的事物，到底是什麼呢？

「亞夫勒大哥。」

「別這樣叫我。怎麼了？」

「亞夫勒大哥，聽說你以前養過袋猿？」

「嗯。袋猿在皇都可是稀有動物。牠小時候真是可愛極了，很多貴族女性都想養一隻。我本來是要拿來當送給多里亞德莎的伴手禮，但她好像對飼養動物沒什麼興趣，最後就變成我在養了。」

「亞夫勒大哥做人還挺老實的嘛。袋猿很聰明對吧？」

「就說了別這樣叫我。嗯，不僅把戲學得好，對主人也很忠心。長大之後我就把牠放到庭院裡當看門猿了。」

「袋猿還會使用道具對吧？之前有隻從森林裡跑出來的袋猿闖入了村莊的民家，拿木棍打破甕，偷走了甕裡的地瓜。」

「哈哈，確實像牠們會做的事。我家的袋猿還會開門和關門呢。」

「畢竟是亞夫勒大哥養的袋猿～想必是隻趾高氣揚的猿猴吧？」

「你講話再這麼不知禮數，我就砍了你。」

「喔～你已經進步到能砍了我是嗎？亞夫勒大哥，你很努力喔。」

聽著聽著，巴爾特知道自己的臉色肯定十分蒼白。

沒有袋猿的身影。白天來的魔獸群之中，並沒有看到袋猿。

在襲擊可露博斯堡壘的那群魔獸中，袋猿也在其中。喬格也說他所擊退的魔獸之中有袋猿的存在。

但這裡卻沒看到半隻袋猿。

那麼牠們上哪去了呢？

就在此時，警示西門發生異變的太鼓聲響了起來。

6

太鼓是用來通知眾人袋猿入侵城中時的道具。牠們似乎選了西門與南門之間警備人手較少的地方攀上了城牆。

二十隻左右的袋猿看都不看慘叫的居民一眼，筆直往西門飛奔而去。

北門和南門相當巨大，特別是北門的門扉為三層構造，就算魔獸強大亦難攻破。西門及東門的規模就小了些。

袋猿們就是打開了那座西門。原本在北門前進行威嚇行動的長耳狼和藍豹們像是說好了似的，突然往西門奔去。

巴爾特等人下了城牆，上馬移動。

長耳狼及藍豹魔獸群已經開始入侵西門。

不過喬格及時趕到，成功關上了西門，實屬一大功勞。

巴爾特抵達西門時，最先映入眼簾的是喬格勇猛作戰的英姿。

多位士兵正死命地在抵住西門，不僅擺上粗壯的支柱，還在堆著沙包和石塊。柯林和幾位騎士正在牽制魔獸。

喬格則在他們前方單槍匹馬應付著大批魔獸。他一身黑色盔甲，頭上未戴頭盔，手上正肆意揮舞著黑色大劍。魔獸接連猛撲而來，卻全被他擊飛出去。

「喔喔喔，這正如一陣『暴風（班薩爾）』啊。」

亞夫勒邦在巴爾特身邊低聲說道，似乎早已對喬格的別名有所耳聞。

有幾隻魔獸緊咬著喬格的身體，還有幾隻對著他張牙舞爪，但這些魔獸全被喬格扭轉身體的力道甩開，或是被劍擊飛出去。被擊飛的魔獸們狠狠摔落地上，在一陣慘叫後再次起身襲向喬格。施加了驚人加速度的黑色大劍不停旋轉，不僅擊飛了魔獸，還擊碎了牠們的頭，斷了牠們的腳。

此時入侵的魔獸有約二十隻長耳狼及十隻藍豹。喬格這種不顧後果的凌亂攻擊當然只維持了很短的期間，卻已為大家爭取到了寶貴的時間。

巴爾特下馬，拔出古代劍，向魔獸們發動攻擊。眼見巴爾特一擊就讓魔獸斃命，人人皆驚訝連連。

不過，在這個時候表現最為耀眼活躍的人其實是葛斯．羅恩。

葛斯拔出魔劍「班．伏路路」，在一片黑暗中動作靈活地斬殺魔獸。他的劍路精準，不是砍下魔獸的頭，就是一擊刺中牠們的心臟，轉眼間就送魔獸群上了西天。他這精湛的技藝在遙遠的將來依然蔚為話題。

亞夫勒邦有魔劍「暗黑咆哮（涅里貝爾）」在手，以強力且精準的斬擊一路擊敗敵人。

翟菲特則率領部下急忙趕向袋猿們的入侵地點。他們的目的是不讓更多袋猿闖入城牆之內，同時也要找出已進入城內的袋猿予以斬殺。

眼見狀況逐漸平穩下來，巴爾特安心地呼出一口氣。

就在此時，在北門的方向響起了通報異常的鐘聲。

7

就在巴爾特調頭返回北門時，弓兵們已在騎士麥德路普的指揮下著手展開攻擊。原來是白角獸開始了對北門的突襲。令人慶幸的是，塗毒的箭矢還有剩。

「麥德路普閣下，別想用箭矢打倒牠們，讓弓兵放箭時必須以讓毒進入魔獸體內為主要目的！」

「是！」

「我知道在這片黑暗中，這實屬無理要求，但還是請讓他們瞄準軀體，而非堅硬的腦袋。」

「是！」

上百隻白角獸一副不在乎會斷腳的模樣，不停發動瘋狂的猛烈突擊。

過沒多久就傳來了第一層門扉被突破的報告。

——讓裝備長槍的騎士隊從東門出去攻擊白角獸？不，不行，一旦這麼做，在後方待命的大鼻獸應該會發動攻擊。

大鼻獸是擁有極為堅硬的鼻子以及尖銳獠牙的大型山豬魔獸，突擊速度異常迅速，是在騎馬狀態下相當難應付的對手。萬一長耳狼和藍豹趁著騎士隊和大鼻獸纏鬥時前來，派至城外的騎士隊將會全軍覆沒。

「巴爾特大人。」

「翟菲特閣下，怎麼了？」

「我們在北門內側堆起石堆，再安排手持大盾的騎士守在石堆後方吧。」

「唔，似乎也只能如此了。行，你去安排吧，記得還要準備長槍。」

「是。」

這麼做是為了在第三道門扉被突破時，為在城牆內側發生的戰鬥做準備。

「尼特！」

「我在這裡！」

「你去幫我跟騎士麥德路普傳話，要他們在毒箭用完之後停止攻擊並離開北門上方，接著移動至能夠攻擊到門扉內側的位置待命。把所有的箭都先搬到那裡去！」

「得令！」

「傅斯班！」

「在！」

「把非戰鬥人員帶進建築物裡，讓他們從裡面把門牢牢堵上！」

「是，遵命！」

此時他們收到了第二道門扉被突破的報告。

「堤格！榮加！」

「在！」

「是！」

「小壺的油已經用完了，拿大壺的油來用無妨。動員從騎士把能搬的油全搬到城門去！」

「是！」

「是！」

巴爾特下達完命令後，便登上了城牆，接著把送到的油接連潑灑出去，並命弓兵發射火箭。暗夜之中捲起熊熊火焰，使得魔獸們發出了憤怒的吼聲。

巴爾特下了城牆，來到廣場。

——早知道就先讓人在廣場架起帶刺的柵欄。

喬格來了，身上的盔甲破爛不堪，臉上也還留著幾道魔獸的爪痕。他粗魯擦拭過後留下的血痕以及新流出的血十分鮮明。他正在喝水，不對，他喝的不是水。他的水壺竟然裝了蒸餾酒，散發著一股濃烈的酒精氣味。

「老頭子要不要也來一點？」

巴爾特接過水壺灌了一口。這酒相當烈，引得他喉頭一陣火辣，丹田也瞬間暖了起來。

「要吃嗎？」

喬格從衣袋中取出了某樣東西遞了過來。

巴爾特接過後立刻咬了一口，是根莖類食物。這是卡拉芋甜乾（卡拉多）。

卡拉芋滋味香甜，加熱後甜味將會提升數倍。這種名為甜乾的料理方式，是先以熬煮方式提出食材甜味，再將其放在大太陽底下曬乾即可完成。這在邊境是常見的戰備糧食，在中原倒是不曾見過，應該是喬格命人製作的。

這卡拉多並沒有硬到難以入口，殘留的一絲軟度讓它吃起來很順口。

咬下一口再仔細咀嚼，身體歡喜地迎接著這甘甜滋味，起了一陣雞皮疙瘩。巴爾特感覺到那因寒冷及緊張而僵硬的肉體，正在漸漸回復柔軟度及敏銳度。喬格帶著的量並不足以讓人吃撐，不過這種食物只要一點點就足以成為能量來源，也能帶來十足的飽足感，是能在緊要關頭引出戰士力量的戰備糧食。

在巴爾特把最後一塊放進嘴裡的同時，傳來了第三道門被突破的聲音。

終於來到最後決戰了。魔獸的數量多於能成為戰力的人數，實在難以取勝。

不過，即使會戰敗而死，巴爾特也要盡自己所能削減魔獸數量。他認為這就是此刻自己被賦予的使命。

緊接著，地獄般的戰鬥開始。

在大盾引導之下，白角獸接連闖入。喬格、葛斯、亞夫勒邦及翟菲特嚴陣以待，負責斬去牠們的前腳。

面對白角獸龐大且狂暴的衝刺，只有這四人能冷靜抵擋，且能一擊重傷白角獸的腳。

接著由長槍部隊多人圍攻，一齊攻向腳部負傷的魔獸。手持魔槍的納茲表現最為活躍。

魔槍總共只有六把。巴爾特心想，真希望能多來幾把魔槍啊。

戰槌攻擊倒是意外有效。

在瀕死的白角獸開始進入四處打滾的狀態時，摔倒或是無法避過魔獸攻擊的人也開始出現。

葛斯也因為疲勞，出招時明顯少了一絲俐落。

喬格曾一度被白角獸撞飛出去，但在起身後便以一副若無其事的模樣回歸了戰線。

翟菲特因為腳傷而退到了後方。

在入口的迎擊開始跟不上節奏，毫髮無傷的魔獸接二連三入侵城內。在被魔獸撞飛、踐踏及碾壓下，騎士們一個個地死去。

巴爾特在後方對陣形做出指揮，偶爾還得迎擊闖入城內深處的魔獸。

古代劍賜予了他驚人的攻擊力，但在防禦方面，他依然只是個老人。他在周圍的騎士們保護下給予魔獸打擊，精良的盔甲能擋下致命傷，然而在魔獸的多次衝刺下，他還是摔倒在地，盔甲也慢慢地開始扭曲變形。傷痕逐漸增加，握住古代劍的手傳來陣陣刺痛。

不久之後，毒藥開始發揮藥效，魔獸的動作逐漸遲鈍。

「城牆要塌啦——————！」

有人如此大喊。北門上方的城牆崩塌，使得仍在城外的白角獸無法入侵。

偵查兵正在叫喊著什麼，但巴爾特的耳朵幾乎快要聽不見了。

他爬上沒有崩塌的城牆石堆。大鼻獸群正蜂擁而來。城牆上駐有弓兵，箭矢也仍有庫存，獨缺指揮官。不知道騎士麥德路普的狀況如何？

巴爾特下令——有多少箭盡量射。

大鼻獸在堆積如山的白角獸屍體以及瓦礫的阻擋下，無法成功入侵。這是大好的箭靶啊。不過，大鼻獸的毛皮十分堅硬，箭矢不容易射進牠們的身體。

長耳狼及藍豹繞過牠們背後，飛奔過瓦礫堆衝了進來。

好重，身體好重。

這副盔甲具備優秀的防禦力，但在要長期戰鬥的情況下，它對巴爾特來說實在太重了。

即使如此，巴爾特依然拔出古代劍砍向長耳狼及藍豹。

這完全是場混戰，事情演變至此，已不需要指揮，也已無法進行指揮。

此時，風吹動雲朵，掩去了沙里耶。北門前的廣場有多處篝火皆倒塌、熄滅，巴爾特的所在位置陷入一片漆黑。

黑暗之中，某種生物從正面向巴爾特猛撲而來。

是藍豹。巴爾特舉起古代劍迎擊，卻因劍勢不足而使得古代劍被藍豹給咬住。

在巴爾特動彈不得之際，一隻長耳狼從右邊向他發動攻擊。

就在這個時候，有人舉劍以身體擋下長耳狼。是堤格艾德。

長耳狼原本想咬破巴爾特的喉嚨，攻擊卻略微一偏，一嘴咬上巴爾特下巴的鬍子。長耳狼著地後，立刻調頭攻擊堤格艾德。

接著，有個人以細劍深深地刺入那隻長耳狼的眼中。是榮加。以細劍從眼部深深刺入至腦部即可殺掉魔獸，但這不是想做就能辦到的事。這過於戲劇化的場面深深地烙印在巴爾特眼底。

接下來的事，他就沒什麼印象了。

巴爾特在地獄中不停奮戰。已經過了多久時間呢？

當他回過神來，已經沒有需要他打倒的敵人了。廣場滿布血及屍體。

巴爾特的全身上下沾滿了被他所殺的魔獸的臟器及血液。

——贏了、嗎？我們、贏了嗎？

巴爾特愣愣地佇在原地，此時有人拉了拉他的手臂。在有人從兩側撐住他的身體的狀況下，巴爾特登上了城牆。鼻子的舊傷抽痛了起來。

他看向偵查兵所指的方向，該處的景象粉碎了他所有的希望。

有東西正從破曉的地平線往他們的方向前來。

那是河熊(鐸巴)，是河熊魔獸。數量足足有兩百多隻。

河熊是因為移動速度緩慢才姍姍來遲嗎？沒有比河熊魔獸更難纏的對手了。牠有著堅硬的毛皮且難以攻擊，爪子的破壞力及咬合的力量令人顫慄，更有三眼類獨有的凶暴及強韌。

憑已然崩塌的北門是阻擋不了牠們的。河熊也擅長爬樹，這種程度的瓦礫堆三兩下就能輕易越過。

騎士們已經無力作戰。葛斯、喬格、亞夫勒邦和翟菲特早已疲憊不堪，連站著都成問題，這座城中已無任何戰力。

還活著的大鼻獸們雙眼發著精光，等待著可以出手殺害人類的時機。

完了，巴爾特心裡這麼想著。而就在這個時候，他的體內燃起了某種意志。

——就算要我拿命來換，我也要打倒這群傢伙。

此刻，握住古代劍的手傳來一陣至今未曾有過的刺痛感。

這麼說來，握住古代劍的手會感到刺痛，是什麼時候開始的呢？

彷彿在告知他什麼消息，又像在追求著什麼。

他不禁高舉起古代劍。他原本以為自己已經連舉劍的力氣都沒有了，劍卻被他流暢地高高舉起，彷彿這是劍本身的意志一般。

巴爾特將被平整截斷的劍尖朝向近逼而來的河熊魔獸群，接著以扯破喉嚨的氣勢高聲喊道：

「史塔玻羅斯——————！」

聽到這聲叫喚，古代的魔劍亮了起來。轉眼間，魔劍化為巨大的光球，散發出足以壓制即將升起的太陽的光芒。緊接著，劍身冒出形態巨大的某種東西，筆直地往魔獸群飛去。

也有人將其稱之為龍。

不對，也有人說牠是馬。

總之，在場的所有人都見證了這一幕。巴爾特所發出的光柱直擊魔獸群，發出了爆炸般的閃光。

巴爾特的意識陷入黑暗之中，後來發生的事他全都不記得了。

不過，在他倒下之時，他記得有一道無形之聲在他腦海裡響了起來。

『我找到你了。』

聽見這個聲音的不只巴爾特。

整片大陸的所有人類及亞人全都聽見了這個聲音。

第三章——瑪努諾的女王

沙蟲雜炊

1

——我得救了嗎？

喉嚨似乎被咬破了，巴爾特發不出聲音，身體也無法動彈。

有人把水壺伸進他嘴裡，往他口中注入了水。

不，這不是水。這是葡萄酒摻了大量井水的飲品，讓他灼熱的口腔感到一陣舒暢。朱露察卡拿著水壺，神色擔憂地低頭看著巴爾特的臉。

有句話一定得問。巴爾特拚命想擠出一句話，努力到了最後，他發出了沙啞且不成調的聲音。

「死了、多少人？」

「有很多人活下來喔。」

這句話撫慰了巴爾特的心，他再次沉沉睡去。

過了幾天之後，他終於恢復到勉強可以對話的程度，不過還無法站立行走。

聽說今天是三月七日。龐大魔獸群蜂擁而來的那一天是一月十七日，而巴爾特則是在十八日的破曉時分倒下的。算起來已經過了七十二天。

朱露察卡和葛斯輪流照料他，用吸嘴讓他喝下水、牛奶（莫爾羅格布依由）、果汁或是以蔬菜熬煮的湯品。兩人幫巴爾特擦汗、清潔眼屎、更換內衣，甚至還幫他清理排洩物。想必這兩個月來，他們一直是這樣照顧著自己吧。

那個時候到底發生了什麼事？

聽說只要是在屋外的人，全都看見了從古代劍滿溢而出的光芒。光芒洪流湧向黎明的地平線，衝擊了步步逼近的龐大河熊魔獸群。然而，曝露在光芒浪潮下的魔獸們，在光芒平息下來的那一刻，全是一副若無其事的模樣站在原地。

但是，魔獸們眼中的妖異紅光卻不見了蹤影。河熊們至今那整齊劃一的行動彷彿就像一場夢，牠們開始徑自行動，過沒多久就往來時方向步行離去。

瑪努諾消失在樹海的方向，大鼻獸也離開了。

沒有人能夠理解究竟是怎麼回事。大家只知道一件事——巴爾特引發的奇蹟救了這座城，守住了中原。

損失極為慘重。

葛立奧拉皇國派來的三十位法伐連家騎士中，有十二人死亡，十一人負傷。三十位從騎士中，足足有二十四人死亡，六人負傷。以弓兵身分奮勇作戰的隨從也傷亡慘重，六十位隨從中，有三十一人死亡，二十二人負傷。

蓋涅利亞國派來的部隊裡的七十二位騎士中，有十九人死亡，四十一人負傷。十八位非戰鬥人員的隨從中，有兩人死亡，八人負傷。

帕魯薩姆國的邊境騎士團裡的六十九位騎士中，有二十六人死亡，三十八人負傷。死者中還包含了副團長麥德路普．葉甘。八十位從騎士中，有十七人死亡，五十二人負傷。

奧爾凱歐斯家的九位騎士中，有一人死亡，八人負傷。十五位從騎士中，有三人死亡，六人負傷。

從密斯拉借來的六位從騎士中，有兩人死亡，一人負傷。

陶德家的騎士「歪鼻」尼特．尤依爾及「貴公子」傅斯班．提艾魯達雙雙身亡。聽聞他們是在北門崩塌後的那場戰鬥中，捨身為差點被白角獸殺害的巴爾特擋下攻擊而死。巴爾特無法回想起當時的情況。

此外，非戰鬥人員的隨從及居民中，八人死亡，約有二十人負傷。

騎士納茲．卡朱奈爾負傷且暫時陷入意識不清的狀況，但只消兩天便下了床，為戰後處理四處奔走。他以巴爾特的名義，向從帕魯薩姆王國前來的參戰者們發放了賞金、慰問金及撫恤金。他花了約兩星期處理完這些事，在將要給巴爾特的報告整理完畢後，便帶著翟菲特寫給國王的報告書動身前往王都了。

巴爾特讀了納茲的信，了解了尚未完成的工作。接著，他寫了信給騎士尼特及騎士傅斯班的遺族。由於手還不靈活，所以是由他口述再請葛斯提筆寫下內容。

他聽聞兩位的母親都還健在，不知道她們會以什麼樣的心情來閱讀這份通知？

此外，巴爾特也寫了信給國王。他簽名並蓋了將軍之印，以牛皮紙將信件包起來之後，再取了可伊楠西里的樹液封口並蓋上印章。接下來，他將刻有王印的短劍及將軍之印封了起來，託付給翟菲特。他在信件最後寫到，希望能辭去將軍一職。

連同指揮官級人物在內，總戰鬥人員三百七十八人之中，有一百三十七人死亡，一百八十五人負傷。此處提及的負傷指的是十天內無法回歸戰場的重傷，並不包括輕傷，實質耗損率為百分之八十五。即使巴爾特擁有長久的戰鬥經歷，這次也算是前所未見、聞所未聞的龐大損失了。

這些死傷者都是因為巴爾特的愚蠢所造成，這項事實苛責著他。

他們可是在如此堅固的城中作戰，也有負責勞動的人手，要是早早開始為防衛戰做準備，戰況應會是天壤之別。若他能在更早的時機使用古代劍的力量，應該也能大幅減少死者人數。

眼見巴爾特如此懊惱，葛斯和朱露察卡只是默默地在一旁守候。

而巴爾特接到了一個讓他心情更為沉重的消息。

駐守在麥拉奧城的葛立奧拉邊境騎士團全軍覆沒。

魔獸們的戰術完全相同。先由長耳狼吸引眾人注意，一到夜晚，袋猿就從反方向入侵。牠們從裡面打開門之後，長耳狼便衝進城內，待有人發覺時，早已陷入了難以重整旗鼓的劣勢。騎士團長用盡全力讓年輕的隨從們逃離麥拉奧城，然而在逃跑的過程中，他們一個個遭到長耳狼襲擊，最後只有三位少年抵達了洛特班城。

騎士團長泰德．拿威格是位沉默寡言、性格耿直的男人。副團長克伯．可赫是位霸氣外顯的青年，還曾經笑著說過因為他自己也使用戰槌，所以很想見見哥頓．察爾克斯。

而他們都已經不在這個世上了。

2

翟菲特說出了一句不可思議的話。

「可否讓我們也將自己的劍獻給大將軍？」

巴爾特感到一陣疑惑。他在問明緣由後大吃了一驚。

原來是亞夫勒邦在返回皇都前，來到了臥床沉眠不醒的巴爾特身旁，將劍獻給了他。

聽聞此事的法伐連家騎士們，個個爭先恐後地湧入巴爾特的房間，最後所有人都對他獻上了劍，還做了名冊留下才離開。事實上，名冊也真的存在。

騎士向騎士獻劍，有時能看作是美化主從關係或僱用關係的行為，但其本質則是靈魂的契約。劍是騎士的靈魂，獻劍這個行為等同於表明自己的敬仰之心，以及將對方視為引領靈魂之人的決心。

有人說騎士道凌駕於王命之上。比起一國之法、王的命令或是騎士所背負的一切糾葛，騎士道得擺在第一優先。事實上，世上沒有任何一位騎士能以這種方式活著。但也正因如此，騎士們的內心深處都渴望著能遇見一位體現真正騎士道的騎士。

騎士有權決定自己想要獻劍的對象。並不是將劍獻給自己認可為靈魂導師的騎士，對國王或領主獻上的劍就失去了效用。話雖如此，要是對隸屬他國或敵對勢力的騎士獻劍，就會被懷疑是否心有不忠或懷有叛意也是事實。

因此，這也代表向巴爾特獻劍的騎士們，被巴爾特的騎士風範深深感動，甚至不惜遭到誤解。

而且翟菲特還說，蓋涅利亞的騎士在見到如此作為之後，也想跟著共襄盛舉，卻因為喬格的反對而無法付諸實行。

——怎麼會有這種事？他們到底對我這種無能無用的指揮官的哪部分有了什麼樣的誤解，才會發生這種事啊？

「巴爾特大人，難道您只接受葛立奧拉騎士的劍，卻不肯接受帕魯薩姆邊境騎士團的劍嗎？」

「不，翟菲特閣下，他們的劍我也未接受啊。」

「您要是拒絕我，我這騎士團長的臉要往哪擺？」

不得已之下，巴爾特只好回答「你們的心意，我心領了」。

翟菲特向巴爾特獻上了劍，接著其他騎士也爭先恐後地向巴爾特獻上自己的劍。

就這樣，巴爾特手邊留下了第二本名冊。

辛卡伊的侵略風暴襲捲了整個中原。

辛卡伊派遣使者到帕魯薩姆、杜勒、盛翁、蓋涅利亞，以及葛立奧拉各國宣告開戰。辛卡伊打著冠冕堂皇的口號，要導正戰亂不休的各國國王的殘暴及無能，打造太平盛世。

辛卡伊軍首先直搗杜勒的都城，短短一日就使之淪陷。

接下來，辛卡伊採取的行動才更令人難以置信。他們居然只在杜勒的都城僅僅停留了三日，又於三天後襲擊了盛翁的都城，在一天內使之淪陷。

如果目前為止的戰鬥方式令人驚詫，那麼他們接下來的行為或許只能稱之為瘋狂了。身為主將的物欲將軍（古利戈爾·安特拉）將軍隊兵分三路，一路由物欲將軍親自率領往帕魯薩姆前進，另一路則前往蓋涅利亞，最後一路去了葛立奧拉。

怎麼會有如此愚蠢之事？辛卡伊軍閃電般地攻下杜勒都城，代表周邊的有力都市未遭波及，依然存在。當然，周邊城市的騎士們都會為了收復都城、拯救國王而來。擊敗這些騎士，並讓騎士們屈服才算是真正得到了勝利，而且他們若不安撫這片土地的居民，讓居民感受到新任支配者的恩澤，這又怎麼算得上是征服？只要疏於處理就容易引起接連不斷的叛亂及反叛，最後便無法成功將該國收歸己有。

此外，不論是多麼強大的軍旅，分成數隊派向遠方皆會弱化每隊的實力，落得補給線分散，將兵也無法好好輪班，休養生息，導致被各個擊破，最後落得曝屍荒野的下場。

然而，辛卡伊超脫了這一切常識，在與三個國家的戰爭中以有利之姿節節邁進。

這類情報幾乎都是從喬格·沃德那裡得知。

喬格已經折返蓋涅利亞與辛卡伊軍對戰。不知為何，他會趁激戰的空檔，頻繁派遣傳令兵到洛特班城來報信。

3

巴爾特把虛弱的身體靠在月丹背上，於三月十八日朝北方啟程。他的目的地是伏薩山腳的那片遼闊樹海，瑪努諾的女王就住在那裡。巴爾特非常想知道她控制魔獸襲擊人類的理由。

巴爾特只帶了葛斯・羅恩一人同行。

朱露察卡跟他們分頭行動。巴爾特命他前往杜勒、盛翁及蓋涅利亞，調查辛卡伊侵略的情況。

他們花了三十天左右抵達樹海。

此處和一般森林完全不同，是個稍有鬆懈就會招致死亡的地方。

此時此刻，有某種東西朝著巴爾特的頭掉了下來。葛斯以迅雷不及掩耳的速度舉劍劈開它。

那是六指尖刺。一旦沾上六指尖刺吐出的藍色液體，該部位就會遭到溶解。飛濺的體液潑到了肩上，但只能忍耐。

六指尖刺只是巴爾特擅自決定的稱呼，他並不知道牠真正的名字。起因是牠的模樣就像是被砍斷手腕的六指巨人（德薩・陶利）的手，且全身覆蓋豔麗多彩的尖刺，所以巴爾特才決定這麼叫牠。

乍看之下像是長在高處的果實，但只要有獵物經過其下，牠就會掉下來並大張其口，正正像是巨人張開了緊握的拳頭一樣。接著，以牠黏膩噁心的身體附著在獵物身上，分泌會使身體溶化的液體溶解對方，再將獵物吃掉。

六指尖刺分泌的溶解液體似乎具有瞬間麻痺對手的效果，兩人曾目擊牠在吃大猿猴的場面，麻痺效果讓大猿猴完全無法動彈。

這片樹海就是如此，充滿了令人厭惡的生物，而且腳下十分潮溼，身體隨時都可能突然下陷。目前兩人迫於無奈，是下馬行走。

這裡是片祕境，相傳沒人能在踏入樹海深處後還活著回來。而巴爾特身處這麼一片樹海中，只是一股腦兒地往深處前進，但其實他也沒什麼明確的目標。

一般來說，在森林裡不需為食物發愁。然而，在這片樹海之中卻不是如此。

畢竟不論是果實、水果或是生物，放眼所及的全是些從未見過的東西。

不是在想伸手摘取看似美味的果實時，果實卻大張著長著獠牙的嘴咬過來，要不就是在看到應該能吃的動物時，從牠背上爬出了無數的可怕蟲類。總之，這就是個完全顛覆了常識的地方。

此時派上用場的是葛斯準備的乾糧。

他們在沙漠旅行時，曾多次遭到沙蟲的攻擊。沙蟲是會躲在沙中移動，再突然冒出來的奇異生物，不過葛斯似乎知道牠們的所在位置，總是三兩下就解決了牠們。接下來，他會剜去內臟，將皮的部分風乾再切碎放進小包中。

巴爾特思考過他這麼做的用意，後來才知道是為了拿來吃。

先煮一鍋加了鹽巴的湯，再放入沙蟲碎末。濃縮的沙蟲碎末會因吸水而膨脹。最後再加入味噌（伍涅露）和野草。

巴爾特試著吃了一口，味噌已入味，吃起來相當可口。柔軟彈牙的口感以及入喉的滑順感都令人覺得暢快，而且還意外的有飽足感。

這是極佳的乾糧，而且乾燥的沙蟲會縮得很小，不占空間。

巴爾特從來沒想過自己會變得如此喜歡沙蟲。

踏入樹海的第三天，他們眼前是被高聳蒼鬱的交纏林木掩去日光，圍繞著異樣氣息及氣味的混沌世界，連方向都無法確定。兩人在葛斯優秀的方向感引導下，不斷地往樹海更深處前進。

巴爾特扒下吸附在身上的水蛭，試圖從一片沼澤旁通過。

葛斯停下腳步，望向沼澤中央。巴爾特察覺此情況後，也跟著停下來。

某種東西悄無聲息地從混濁的水裡冒了出來，那是一顆人頭。頭部先露出水面，接下來眼睛也浮了上來。那是一對小小的眼睛，且正筆直地望著巴爾特的方向。

對方緩緩地靠近兩人，使無聲的漣漪泛起。最後，牠在來到岸邊附近時停了下來。

伴隨著嘩啦啦的潺潺水聲，那個生物撐起身體，激起陣陣水花。
那是張極為小巧的稚嫩少女臉龐，溼濡的長髮緊緊貼在她臉上。
鼻子及嘴唇也十分精巧。巴爾特原本預期接下來會出現下巴和脖子，但是出乎他意料之外的是，接下來出現的是稱不上下巴或脖子的小小窟窿，再往下就是牠的身體。
過沒多久，一對沒有乳頭的乳房出現了，是奇妙且淫靡的隆起。
與人類相似的部分只有上述這些，再往下連著的是長長的身體，上面覆蓋著蛇一般的鱗片。
是瑪努諾。
瑪努諾將頭舉高到巴爾特腹部左右的位置後，就放棄了將身軀挺出水面。牠與巴爾特之間的距離不到十步，在如此近距離的觀察之下，看得出瑪努諾的臉龐比人類小了一大圈。稱其為幼女似乎比少女來得恰當。
瑪努諾在相當於人類手臂的部位上長了一片很像翅膀，不對，是很像魚鰭的膜狀物。半透明的膜之中分布著類似細小血管的管狀物。若以魚鰭來做比喻，在相當於骨頭的部位卻長著看似奇怪觸手的器官，最頂端的粗壯觸手在其尖端處又分支成數條觸手，蜿蜒蠕動著。瑪努諾將那部位伸展開來。
『人類。』

巴爾特心下一驚。因為他的腦袋裡傳來一陣像是聲音的音頻，耳邊卻只聽見了咻咻的陰森聲響。這道音頻形成的話語並非出於牠的嘴。

『人類。』

「是瑪努諾？」

『沒錯。人類，看來你能聽得見我們說的話呀。』

「當然聽得見。」

『你解開了施加於我們身上的詛咒。』

『或許也能解開女王身上的詛咒。』

『因此我們允許你前往女王的寢室。』

接下來，牠收起右鰭，以左鰭指了指某個方向。

巴爾特看向那個方向，但他未見到什麼特別之物，只有不斷綿延的樹海。只要往這方向前進就行了嗎？

待他回頭時，瑪努諾已經開始沉入沼澤。

「等等，我有事想問你。」

『動作快，我們壓制不了多久。』

轉眼間，牠的身影已沒入水中，僅有殘留於水面的漣漪訴說著方才的邂逅確實發生在現實之中。

巴爾特及葛斯順著她所指示的方向前進。後來，瑪努諾又多次出現，指示他們該前進的方向。

巴爾特牽著月丹前行，腦袋裡思考著一件事。那隻瑪努諾說巴爾特解開了牠們的詛咒，聽牠這麼一說，他想起了一副景象。那是由古代劍滿溢而出的光芒洪流狠狠擊中魔獸群時的事。

在意識逐漸模糊之時，他覺得自己好像看見了一副奇妙的景象。他彷彿看見了光球從蜂湧而至的河熊魔獸們身上飛出，接著冉冉升上了天空。

進入樹海的第十二天，也就是四月十六日，巴爾特和葛斯來到了瑪努諾女王身邊。

4

奇形怪狀的樹木盤根錯結，遮蔽了天空。樹海深處的此地昏暗陰森，感覺就像下到了地面之下。這裡的鳥兒及野獸的種類皆前所未聞，而牠們所發出的聲音則陰鬱至極地迴盪著。

在日照如此缺乏的地方，理論上雜草應該難以生長，然而交纏他腳的草地卻是如此茂密，這

是怎麼回事？

目的地近了。

他聽見了。

那撥開水面時發出的嘩啦啦潺潺水聲。

還有似是呻吟的無數音頻。

每前進一步，香甜腐敗的氣味及不祥的氣息就越加濃重。

忽然之間，占滿視線的綿延林木景色斷開，眼前猛然出現了一片開闊空間。

那座蒼藍陰暗的湖泊異常美麗，湖水顏色像是有人將染料融入了水裡。

對岸有一株龐大的參天巨木，以巨木稱之都還嫌膚淺，而樹幹的部分開了一個大洞。

不，並非如此！

這株如同神話巨鳥棲身之木的參天巨木，其名為揚帕葛路巴，它正是這座湖、這座森林。

幾乎有一座小村莊大小的揚帕葛路巴根部開了一個洞，水聚積於此洞內形成了湖。

成千上百隻的瑪努諾從水面探出了上半身。

牠們全面對著同一個方向。

在那個方位上有一隻巨型瑪努諾，想必就是「女王」了吧？彷彿藤蔓向著巨木延伸一般，所有長於牠們頭部的髮絲全都向著女王延伸而去。

『快。』

『快。』

『快到女王身邊去。』

有聲音從腦中竄出。

『人類啊。』

『動作快。』

『我們能牽制女王的時間已經……』

『所剩無幾。』

聲音正在催促著巴爾特。

可是，他該怎麼做才能到達女王身邊呢？一旦踏進這座湖，他的身體應該會直接往下沉了吧？

此時，某種覆蓋著鱗片，長度驚人的黏稠物體彼此交纏著浮上了蒼藍混濁的湖面。是瑪努諾。可怕的蛇妖們將身體緊靠在一起，隨即搭起了一座形態怪異的浮橋。

巴爾特踏上那座浮橋，橋的支撐使他不至於沉入水中。

他踩著啪沙水聲，在這座看起來觸目驚心的橋上前進著。每當他的腳踩在橋上，那噁心的觸感總讓他背上冒起陣陣寒顫。

差不多走到一半時，巴爾特感到膝蓋一陣痠麻，但依然繼續前行。

距離越近，女王的模樣就越發清晰。牠是位體型龐大的銀髮美女，美豔淫靡的外貌勝過巴爾特見過的任何美女。

不過牠的膚色卻蒼白得像個死人，肌膚質感冰冷如蠟像，渾圓雙眼如青蛙卵般透明澄澈。豐厚的銀色長髮凌亂地披散在身後，有著淺紫色乳頭的雙丘展現出足以令畫家嘆息的奧妙形態，展開於身體兩側的水之翼與其軀體極為相襯，更加襯托出牠的美麗。牠的眉毛、嘴唇以及形態優美的下巴都因憤怒而顫抖著。

『喔喔喔。』

『喔喔喔。』

『可恨啊。』

『可恨啊。』

『為何……』

『為何……』

『要對我施以……』

『如此的束縛？』

瑪努諾們擠滿整座湖泊，從牠們頭部延伸出來的黑又長的尖刺都刺入了女王身體。尖刺的顏色到了前端轉為黑中帶白，來到女王附近時又變化為透明無色，看起來彷彿一件美麗的晚禮服。

束縛著女王的瑪努諾們看起來痛苦，無法長久維持這樣的狀態。

巴爾特拔出古代劍。

在洛特班城解放此劍之力時，他失去意識長達兩個月。如今，這樣的危險依然存在，但他也只能放手一試。

巴爾特深深吸進一口凝滯的空氣。這口空氣讓喉嚨及肺腑感到灼熱刺痛，但他不在乎，刺出古代劍，放聲大喊：

「史塔玻羅斯！」

耀眼光芒將古代魔劍包覆其中，光芒出現後，化為蜿蜒起伏的光彈發射出去，命中了女王身體後，化為光芒瀑布流洩而下。

巴爾特感覺意識逐漸模糊，但依然努力站穩腳步。所幸，這次他並未昏厥倒下，成功地保有自我，但無力感卻強烈地無以復加。

他忽地回過神來，發現女王就近在咫尺。是何時被人扛到這裡來的呢？還是女王自己走近而來的呢？

牠的眼睛呈現沉靜的黑色，髮色也已化為黑色。牠身上已不見那扎入身體以鎮壓牠的咒縛之髮，肌膚也回復近似紅潤的色澤。

面對巨型美女俯瞰著自己的那雙眼眸，巴爾特直直地望了回去。

『沒想到最後居然會是人類救了我。』

腦袋中響起的聲音太過強大，甚至令他感到痛苦。

『總有一天得對那隻破蜥蜴還以顏色才行。』

『但在那之前，我得休養生息。』

『人類啊，你叫什麼名字？』

「巴爾特・羅恩。」

『嗯。』

『人類巴爾特羅恩。』

『你現在就離開吧。』

『將來我必向你致謝。』

「在離開之前，請告訴我一件事。瑪努諾今後還會再襲擊人類嗎？」

『此次的事是由我下令執行。』

『但並非出於我的意願。』

『我們再也不會襲擊人類。』

『但會殺掉踏入我們領土的人類。』

「目前似乎有些人類被不明人士所操控，這是否為瑪努諾所為？」

『那並非我們所為。』

『我們能凍結人類……』

『但沒有能自由操控人類的力量。』

「還有其他魔獸（基傑露）嗎？如此大量的魔獸是來自何方？」

『你口中的基傑露，指的是體內宿有可恨精靈（姆立克）的野獸嗎？』

『這東西已不復存在。』

『要集結如此龐大的數量，需要花上極長的一段時間。』

『我們是在以帕塔拉波沙曆計算的長達兩夜之前開始製造牠們。』

『總之，石頭被蜥蜴帶走了。』

『我們不會再製造那樣的生物。』

『滾吧！人類巴爾特羅恩。』

女王的面貌出現了變化。牠的嘴巴撕裂成醜陋的模樣，接著露出獠牙並張開了血盆大口，臉頰也浮現了鱗片。一雙眼眸染成鮮紅色，臉部及胸口爆著青筋，全身噴發著憤怒的波動。

巴爾特不禁退了一步。

腳下的觸感不太對勁，以蛇女的身體架起的棧橋正要沉入水中。

巴爾特調頭就跑。

橋在他眼前逐漸崩解，如同蛇在水中四散一般。由數不清的瑪努諾的下半身交纏所架成的橋分崩離析，像藻類般在水中漂盪遠去。

巴爾特拔腿狂奔，就在他終於抵達岸邊時，湖水已經淹到他膝蓋以上的部位。

他回頭一望，瑪努諾們的頭髮再次刺入女王身體。女王怒氣沖沖地想解開這束縛。然而，在她試圖解開束縛的同時，牠的身體開始以極為緩慢的速度漸漸下沉。

巴爾特發覺自己不太舒服。他感到頭暈目眩，全身冒汗，還有陣陣惡寒湧上。身體十分沉重，手腳麻痺無法動彈，他就在此時失去了意識。

這次他只花了兩天就醒來了。

並在五月八日返回了洛特班城。

第四章　就任聯軍元帥

——糖醋獅子蟹（卡薩・依巴姆）——

1

朱露察卡比巴爾特和葛斯早返回洛特班城。

根據他的報告，辛卡伊軍先繞到莫魯道斯山脈北方，再以迅雷不及掩耳的速度攻下了杜勒的都城。指揮官是跋叩將軍。

辛卡伊軍在引出杜勒軍之後，俘虜了杜勒國王。三天後，由路古爾哥亞・克斯卡斯將軍率領的辛卡伊主力軍隊抵達後，杜勒國王才被釋放，且是無條件釋放。杜勒國王對家臣們說道：

「我十分欽佩辛卡伊國的跋叩將軍，我要舉辦宴會招待將軍。」

國王就這麼舉辦了一場由出兵侵略的一方及遭受侵略的一方把酒言歡的奇妙宴會。

一台黑色大型馬車被拖到庭院後，杜勒國王開口說道：

「馬車上坐著辛卡伊的顯赫人物，諸位快前往問候。」

接著，杜勒的大臣們及上級貴族便輪流進入馬車。

在此事發生的三天後，由瑠凱將軍率領的分隊襲擊盛翁的都城，俘虜了盛翁國王。而在這裡也舉辦了奇妙的宴會，讓黑色馬車駛入了盛翁國的重鎮地區。

後來，杜勒及盛翁兩國的國王、大臣們以及上級貴族們，莫名地開始協助起了辛卡伊軍。供給糧食、提供休息場地，還讓他們自由在國內通行。

辛卡伊軍兵分三路，分頭進攻帕魯薩姆、葛立奧拉及蓋涅利亞三國。

帕魯薩姆方面，辛卡伊軍的瑠凱將軍攻陷了歐柏斯堡壘。

葛立奧拉方面，辛卡伊軍的跋叩將軍攻陷了克布希堡壘。

蓋涅利亞方面，都城一度差點淪陷。不過，被從洛特班城緊急召回的喬格．沃德將軍擊敗了辛卡伊軍的袞堂將軍，成功逆轉了戰況。

巴爾特對那台黑色大型馬車十分在意，於是朱露察卡便開口說道：

「是說～在陶德家打雜的小姑娘說過，曾在去年六月左右看過有輛黑色大型馬車停在宅邸附近。不過我聽她提起這件事的時候，並沒有特別放在心上就是了。」

看來那台黑色大型馬車藏了什麼祕密。

雖然令人難以置信，不過進了黑色大型馬車的人都會被操控心神。

此外，巴爾特明白了辛卡伊軍為何如此強大的祕密。

首先是盔甲的部分。辛卡伊的騎士們使用的盔甲，是將魔獸毛皮黏合於布料上製作而成，所以兼具堅固及輕便，使他們動作迅速。喬格讓朱露察卡把盔甲的實物帶了回來，讓巴爾特得以仔細進行檢證。

接下來是馬匹的部分。辛卡伊軍的座騎是針對高速及機動性進行了優化的馬。在過往的常識之中，重騎士是作戰的主力。尤其是在平原戰中，重騎士的攻擊力及防禦力具有壓倒性的強大，所以強壯且體型巨大的馬匹理當較為受到喜愛。

只不過骨骼紮實、腿部粗壯的馬匹，速度未必比較快。

相對地，聽說辛卡伊軍的馬輕盈苗條，速度非常快。

還有武器的部分。辛卡伊軍使用的是長柄武器。

在中原的戰爭中，只有在開戰時才會使用突擊長槍，基本上，騎士的武器就是劍。從來沒有人懷疑過這一點。然而，巴爾特以前就經常在想，要是能設立一個用雙手揮舞長柄武器的騎士團，想必所向無敵。如今這樣的軍團實際存在著。

正當巴爾特認為得立刻前往王都之時，王宮派來了使者邀請他出席重臣會議。

巴爾特、葛斯及朱露察卡便返回了王都。

一行人抵達陶德家時，巴里．陶德已被召至王宮，所以不在家中。

當晚的主菜是糖醋獅子蟹（卡薩·依巴姆）。

這種螃蟹正如其名，外形高大威猛，然而其極具深度的柔滑鮮甜及高雅的濃醇香氣，其他任何一種螃蟹都無法望其項背。這可是難以捕獲的佳餚，而且還是正好剛脫完皮的，連殼都能入口。

「因為我得到了這種螃蟹，所以心裡就想著閣下今天或許會回來。」

今晚卡繆拉那針對料理的自信滿滿說明令人特別有懷念之感。

這道以濃稠的糖醋醬汁燉煮而成的螃蟹料理，據說加了六種辛香料及四種香草。看著通體鮮紅的螃蟹自在地在白色大盤上冒著熱氣，令人自然地流露出笑容。

巴爾特剝去螃蟹外殼，取刀切下邊緣送入口中。這部分沾了大量醬汁，香濃氣味強烈刺激著鼻腔。蟹肉來到舌尖，濃稠的糖醋醬汁充滿整個口腔，火辣辛香料的刺激挑起了他的食欲。

輕咬之下發覺其實意外地韌口，於是巴爾特再使勁一咬，這次牙齒輕易地就陷入蟹殼之中。他試著將其咬斷，此時蟹殼又化為彈牙的口感，這是只能在剛脫完皮的螃蟹身上嚐到的獨特口感。他吞下經過仔細咀嚼的蟹殼，取悅喉嚨及胃部。

好了，接下來終於要對蟹肉下手了。不，等等，還有內臟，得嚐嚐內臟才行。濃稠的內臟正在訴說要巴爾特快點將它吃下。

叉子滑順地叉了進去，撈起暗紅色的內臟。軟硬度烹煮得恰到好處，正好是能以叉子叉起且不碎落的程度。

——喔、喔、喔！

螃蟹內臟真是種不可思議的食物，內臟本身甚至可稱之為頂級味噌（伍涅露）。怎會有如此複雜且鮮味四溢的味道呢？只能說是鬼斧神工了吧。

巴爾特忍不住喝了一口葡萄酒。這是杯清爽冷冽的紅酒。

享受著葡萄酒帶著內臟一起落入胃袋的感覺，巴爾特體驗到了深深的滿足感。

「話又說回來了，卡繆拉，你還真用了不少辛香料啊。餐後的茶也很好喝，想必花了你很大一筆錢吧？」

「不不不，最近南方的辛香料和茶葉產量豐富，所以市場價格也便宜了些。」

餐後的茶帶著幾許令人懷念的香氣，是琶斯・琶琶斯葉子的香味。琶斯・琶琶斯有消除疲勞、回復體力的功效。想來他會加入大量辛香料並不只是為了調味，而是看中它有著療癒巴爾特疲憊至極的身心，促進健康的效用。

——可惡，卡繆拉你這傢伙。

那天夜裡，巴爾特沉沉睡去，好好地休息了一番。

2

破曉時分，巴爾特被朱露察卡叫了起來。

「老爺子，你仔細聽我說。辛卡伊軍大敗了國王直轄軍，就在卡瑟東南方的草原上。直轄軍損失慘重，耗損率超過四成，中軍正將翟菲特．波恩伯爵挺身保護國王而戰死。目前他們對王都居民封鎖了敗戰的消息。」

朱露察卡先做了消息還有多處不明朗的聲明後，開始說明狀況。

辛卡伊軍在二月十八日開始進攻歐柏斯堡壘，花了一星期便攻下堡壘。

國王派出了直轄軍，指揮官是翟菲特．波恩大人。繼巴爾特之後，他被任命為中軍正將。翟菲特率領著中軍的正副二軍前往討伐辛卡伊軍。

王家直轄軍共分為上、中、下三軍，每支軍隊又細分為正軍及副軍。換句話說，總共有六支軍隊。每個軍隊都由一百支騎馬隊、一百支弓兵隊、一百支槍兵隊，以及一百支重步兵隊所構成。也就是說，依以往的算法，即使中軍的正副軍加起來也只有兩百位騎士。進攻歐柏斯堡壘的辛卡伊軍中，光騎兵就有四百位。以如此陣容前往討伐，感覺戰力似乎稍嫌不足。

不過，帕魯薩姆國王直轄軍的組成與過往的騎士團不同。

除了約一百騎的近衛軍，帕魯薩姆王家並未調動太多強力的騎士團來到中央。

這是因為在經濟面並不如此寬裕，再加上有力貴族們編造歪理加以阻撓，所以每當發生戰爭，國家都不得不向有力貴族們尋求幫助。想當然，勝利帶來的好處大多也落入了有力貴族們的口袋之中。此外，他們湊出來的戰力也不一定會全然照國王的想法行動。

歷代的帕魯薩姆國王都努力想改變如此情況，同時也針對偏重於騎士，也就是騎馬戰力的軍隊編組進行改革。

步兵方面，他們讓步兵配備鐵盾、鐵製護胸、鐵製頭盔及鋼劍，培養能在戰場四處奔走的體力，打造規格統一且堅固的長槍，讓步兵累積集團戰鬥的訓練經驗；而在弓兵方面，則仔細教導他們能全面壓制敵人的射擊方法，並訓練弓兵騎馬移動。

他們是專注投入於軍事活動的完全非生產人員。要為如此龐大的人數提供衣、食、住以及整頓裝備會帶來非常大的負擔。不過，歷代國王都鍥而不捨地在推動軍制改革。

後來在試行軍制整頓時，得到了花費比偏重騎士的編組來得低上許多的明確結果。而且將騎馬隊、槍步兵隊、重步兵隊及弓隊四種兵種搭配運用的效果極佳。

近年的帕魯薩姆國王直轄軍可說是攻無不克、戰無不勝。

而且辛卡伊軍是以高速機動及長柄武器為主要戰術，以帕魯薩姆國王直轄軍的戰鬥方式，打起來應是如魚得水。事實上，領軍出擊討伐占領歐柏斯堡壘的辛卡伊軍的翟菲特，在初戰時大勝了辛卡伊軍。他們擊殺了一位敵方將軍，且捕獲了文泰將軍。

此時，伐各和艾吉得兩座都市再度崛起，而這兩座都市加起來共有四百騎的戰力，再加上辛卡伊本國派出的數百騎增援，如此龐大的兵力以排山倒海之勢襲擊了卡瑟的城鎮——這件事發生在三月二日。

卡瑟只消半天便淪陷。原本駐守於古利斯莫城的騎士聽到卡瑟淪陷的消息後，不戰而棄城出逃。

王宮在得知此訊息後，一度陷入了恐慌狀態之中。這也難怪，這代表辛卡伊已吸收了伐各、艾吉得、古利斯莫及卡瑟，接下來萬一連勒伊特都淪陷，莫魯道斯山系的運輸路線將遭到封鎖，進而造成連半塊綠炎石都無法得手的結果。帕魯薩姆王國現今的富庶豐饒全靠從莫魯道斯山系取得的大量珍貴燃料，也就是綠炎石所支撐，絕不能容許綠炎石的進口中斷這等情事發生。

居爾南特國王以上軍正將的身分率領上軍正副軍，再讓下軍正將夏堤里翁率領下軍正副軍，一同前往卡瑟。他亦下令要王國西北部諸侯參戰，並將負責攻擊歐柏斯堡壘的翟菲特也叫了過來。

三月四十二日，兩軍在卡瑟東南方的戈爾特平原發生激戰。

首戰中，帕魯薩姆王國軍以其堅不可摧的戰力重創了辛卡伊軍。

但是中軍及翟菲特的損傷卻十分嚴重。畢竟他們先是從王都策馬長驅至歐柏斯擊破敵軍，又在包圍戰進行地如火如荼之時接到了長途跋涉至卡瑟的命令，一路皆是不眠不休地戰鬥。

就在此刻，物欲將軍上場了。

如虎入羊群一般，物欲將軍粉碎了帕魯薩姆王國軍。陣形和戰術全都發揮不了作用，物欲將軍一揮動手上那把寬大的劍，騎士就連人帶馬被擊飛出去，步兵們也成了肉塊。帕魯薩姆王國軍最後陷入全軍崩潰的狀態，而此事也引起了諸侯軍隊的恐慌，他們從戰場上逃之夭夭。

物欲將軍接著鎖定擔任總帥的居爾南特國王為目標。翟菲特及夏堤里翁帶著精銳擋下了攻擊，雖然國王順利脫逃，翟菲特卻因此殉職，這件事發生在四月二十九日。居爾南特國王在五月六日回到了王都。

以上是朱露察卡徹夜收集來的情報。

巴爾特受到了強烈的衝擊。翟菲特這個男人命不該絕，也不是這麼輕易就會死去的男人。他的死亡對這個國家和居爾南特國王來說都是沉痛的打擊。

此時，帕魯薩姆正處於國家存亡的危機之中。巴爾特希望能早早結束那什麼重臣會議，他必須向居爾南特國王報告目前已知的情報。

3

「朱露察卡，真的能穿這東西嗎？」

「可以啦！」

這裡是王宮的更衣室。巴爾特接下來要參加重臣會議，但朱露察卡所準備的卻是大將軍的第一類正式禮服。

巴爾特著裝完畢，朱露察卡也開始更衣。

墊肩、羽毛帽、蓬鬆袖套和飾有釦子的豪華靴子，最後還在腰間纏上了紫紅色飾帶。在正式場合中，紫紅色飾帶應該只有高級貴族才能配戴才對。

巴爾特隨著領路人前行，在越過數道門扉後，他看見房間另一頭有座巨門。

「接下來只有身分高貴之人才能進入。」

葛斯在這裡被擋了下來，但是對方卻讓朱露察卡和巴爾特同行。

——啊，是服裝的關係啊。

巨門被推開後，巴爾特和朱露察卡走了進去。

門內人山人海，而居爾南特國王就坐在房間深處。

「巴爾特大將軍身後的是什麼人？」

面對出言質問的重臣，朱露察卡開口回答道：

「我是巴爾特．羅恩的家臣朱露察卡。」

朱露察卡解下掛在脖子上的金鍊子遞給附近的官吏。金鍊子上吊了一塊看似寶玉的物品，官吏將此物品呈給了坐在上座的人物。

「典儀官，這是什麼？」

「在葛立奧拉皇國，這是準貴族的身分證明。此物是用來贈予對國家做出龐大貢獻的平民，擁有它的人可獲得與伯爵同等的席次。」

不止房間內的人們感到驚訝，巴爾特也吃了一驚。他曾聽說朱露察卡被賦予了準貴族的身分，但他從未想過居然會是如此高等的身分。

葛立奧拉皇王雖然從不邁出皇宮深處，但偶爾也會有想要見見富商和平民的時候。不過，皇宮深處只允許位高權重之人進入。作為權宜之計，就出現了準貴族這個身分。

帕魯薩姆必須尊重他國體制，若不如此，我國體制也得不到尊重。要是事先知道這件事，巴爾特或許還能找理由將朱露察卡擋在門外，但由於事發突然，他也無計可施。

「那這件事就這樣吧。好了，巴爾特大將軍辭職一事已得到批准，也已任命了下任的大將軍。不過，在本日的會議中，將針對大將軍的行為進行協商，所以限於今天這個場合，你就先當做自己回任了大將軍之位。咳咳，巴爾特大將軍。大將軍是位驍勇善戰的勇士，在長達四十年的時光中，你率領騎士們在『大障壁(吉安・杜沙・羅)』的缺口不斷與魔獸交戰。這都是憑國王陛下的恩德，才能夠得此優秀的指揮官。嗯，然而在洛特班城的戰役之中，我國邊境騎士團的六十九位騎士中，有二十六人死亡，三十八人負傷，整體耗損率為八成五，損失極為慘重。」

巴爾特感到一陣心痛，這些死者也可說是被他親手所殺。

「即使我軍有著如巴爾特大將軍的名將，依然無法避免這毀滅性的慘敗下場，這是否表示我國軍制問題不小？」

巴爾特不明白這段話的意思，不禁抬起了頭。

「過去我國的邊境騎士團是在邊境侯爵管轄之下，在接到鄰近諸侯的建議或請求時，會自由地採取行動。此外，國王直轄軍的規模也很小，在軍事方面原是由諸侯們同心協力採取臨機應變的對應，如今卻只聽從國王陛下一人的命令行動。不用我多說，歷代國王陛下皆賢明且智勇雙全，他們的指揮絕不可能有任何一丁點的錯誤。然而，洛特班城太過遙遠。不只是洛特班城，在這幾代的偉大國王陛下努力下，我國的版圖大大拓展。將在國內各地發生的軍事相關問題全壓在國王一人身上的這種做法，或許還是太過勉強。若是原先軍制上就有其疏漏，那麼此次大敗也不能說是巴爾特將軍一個人的責任。」

巴爾特懂了。他明白了重臣們的目的為何。

他們的目標正是居爾南特國王本人。

在直轄軍遭到重創的此刻，他們想趁機斥責國王的錯誤，削弱他的立場，讓自己的意見被重視。同時，他們也多少希望能使軍制恢復原制，回復大貴族們的利權。

巴爾特腹中燃起熊熊怒火。

——此時此刻，身為重臣就該支持國王不是嗎？真是一群蠢才！

正當巴爾特深深吸氣，想痛罵重臣們時，他發覺有人扯著他的右邊袖子。是朱露察卡，他彎了彎手指，指著他自己。

巴爾特無言以對。接著，他決定試著相信這個吊兒郎當的傢伙。

「就由我的家臣朱露察卡來回答吧。」

「大將軍，這樣真的好嗎？這個人說出口的話，責任全都得歸於您。」

「當然，你就把朱露察卡的話當成我的話吧。」

朱露察卡挺身向前踏了兩步。

4

「容我向各位重臣稟報。前些日子，在洛特班城發生的對魔獸防衛戰中，出現了許多死傷。每當巴爾特大將軍閣下想到死亡及受到重傷的人們及其家人時，總是會感到一陣痛心疾首。根據您剛剛的發言，我們了解到各位重臣也有同樣的想法，巴爾特大人也對您懷有深深的感謝之意。那麼，集結於洛特班城的三國騎士，包含指揮官級人物共有一百八十七人。而襲擊洛特班城的魔獸，有長耳狼、藍豹、白角獸、大鼻獸、大岩猿、袋猿各一百隻，以及兩百隻以上的河熊，再加上百來隻的席由路多和百來隻的瑪努諾，是個總計破千的龐大魔獸群。」

「那又如何？不過就是群野獸嗎？有什麼好怕的？我們光騎士就有將近兩百人，而且不是還有從騎士嗎？沒道理打不贏牠們。」

「是。正如您所說，牠們不過就是群野獸，只不過頑強了那麼一點點。請您先要有個認知，要打倒牠們所需要的攻擊力，是打敗一般野獸的十倍，而牠們的獠牙及爪子擁有高出一般野獸一倍的威力。假設這裡有一隻白角獸，我說的不是魔獸，是一般的白角獸。面對一隻白角獸，只要有兩位騎士大人，各自發動十次攻擊，總計二十次的攻擊應該就能打倒牠。但這要是白角獸魔獸，就得再加上兩百次的攻擊。如此多的攻擊需要有多位騎士大人才能達成。但敵人中還有長耳狼和藍豹的魔獸，就算想利用馬的速度將白角獸玩弄於股掌之中，最後也只會落得馬匹被咬死的下場。」

「那就死守在城牆裡戰鬥不就得了？」

「巴爾特大將軍正是採用了您所說的做法。只不過，若不是大將軍精確地判讀敵方的行動，且整備迎擊的態勢，騎士團、洛特班城的居民會全數喪命，甚至連葛立奧拉、蓋涅利亞及帕魯薩姆三國的城鎮及村莊也早已成了魔獸的餌食。巴爾特將軍能做出如此充分的調度，正是因為國王將自由管轄權及優秀的騎士團託付於他，他才能撐過壓倒性不利的戰局，進而成功擊退魔獸。若要將這戰果歸功於軍制，那麼將軍隊整頓為現今體制的歷代國王陛下及各位重臣，應可稱之為此次大勝利的重要推手。」

「唔、唔。」

另一位重臣向前踏了一步，開口說道：

「雖說只是暫時的，但是促成了三國聯軍一事，也是未曾記於史書中的罕見之舉。國王陛下能夠完成這項交涉的手腕令我十分欽佩。話雖如此，每個國家都有不同的規矩，相較於由一國騎士組成的軍隊，在由三國騎士組成的聯軍中，命令難以傳達完全，容易產生誤解及混亂，這可說是不言自明。我們多數人認為，若非向葛立奧拉及蓋涅利亞求助，而是向我國的有力騎士求助，自然能發揮較佳的合作關係，成功減少損害。這部分您怎麼看？」

「是！您說的實在太有道理了。敝人認為，為了讓騎士大人們發揮實力，各部隊的通力合作是最為重要的一環。在那如地獄般的攻防戰進行得如火如荼之際，每位騎士大人都盡了其人數的兩倍，甚至三倍的努力。」

「真的是這樣嗎？我舉個例子啊，我絕對沒有貶低王妃殿下的故鄉的意思，不過葛立奧拉皇國原本不就是個由北方森林之民所建造的國家嗎？跟所屬我國這等擁有古老傳統的國家的騎士氣質應該有所不同吧？該國騎士是否立下了與我國騎士同等的汗馬功勞也很難說。還是說，你的意思是我國騎士劣於該國騎士？」

「不敢不敢。帕魯薩姆王國的騎士大人果敢勇猛、才智過人，這是眾所皆知的事實。另一方面，葛立奧拉皇國的騎士大人們在巴爾特大將軍的指揮之下，也充分地發揮了他們的力量。比如說，葛立奧拉皇國的六十位隨從帶來了以北方大森林的林木削製而成的優質長弓，以純熟的技巧對魔獸群放出了箭雨。在無法正面迎敵的攻城戰初期，最為活躍的就屬這支弓技嫻熟的弓兵隊了。」

「唔，那蓋涅利亞又如何？我聽說巴爾特大將軍好像還賭上了總指揮官之位，跟蓋涅利亞的喬格．沃德將軍進行了場一對一的決鬥。喬格．沃德將軍真是太不像話了。巴爾特大將軍擔任總指揮官一事早已定案，居然還挑起這場以指揮權為賭注的決鬥，這只讓我覺得該國就是被他的心高氣傲所害。同為指揮官還進行決鬥，這也會勾起兩人麾下的騎士們之間對立的氣氛吧？這點你又怎麼說？」

「是！恕我冒昧，喬格將軍來自邊境，他可是從年少時期就開始向巴爾特大將軍討教，磨練武藝至今的人呢。弟子遇見師父，一心想讓師父見識自己的成長，因而不顧一切地死纏爛打，這也是其可愛之處。巴爾特大將軍也深知這點，不顧自己的年紀，硬要人準備大劍，在以力相搏的正面對決中擊敗了喬格將軍。在決鬥結束後，喬格將軍不可能為此耿耿於懷。在被狠狠擊敗之後，他一站起身就立刻在蓋涅利亞的各位騎士大人面前高舉拳頭，朗聲大喊此戰中我軍的指揮權全權交給巴爾特．羅恩大人！蓋涅利亞的各位騎士大人看見這一幕後，打從心底有了這樣的認知：『喔喔，此次的總指揮官，是相當於喬格將軍師父地位之人，是位稀世猛將！』而帕魯薩姆和葛立奧拉的各位也親身體會到喬格將軍和巴爾特大將軍的武威過人，此時三國聯軍才真正開始團結一心。」

「唔、唔。但也很難說所有騎士都對巴爾特大將軍感到信服吧。我聽說葛立奧拉的指揮官是法伐連家的少爺，該家系在葛立奧拉也是屈指可數的名門。恕我失禮，巴爾特將軍家世不明，又沒爵位又沒領地，我實在不覺得他會真心服從將軍。而且，對帕魯薩姆邊境騎士團的騎士們而言，一位來路不明的大將軍空降指揮，難保他們內心沒有任何困惑。」

「是！您對指揮者與受指揮者之間的信賴關係如此珍而重之，還真是有心。大國重臣居然擁有如此縝密的目光及心思，真令我滿心感動。不過，您這是多慮了。在打贏防衛戰，擊退魔獸們之後發生了一件事。法伐連侯爵家的繼承人，也就是提爾蓋利伯爵亞夫勒邦大人，在巴爾特大將軍身旁向他獻上了自己的劍。」

「什麼！這是真的嗎？」

「哈哈！不只如此。那位伯爵麾下的騎士大人們，在伯爵之後爭相獻上了自己的劍，希望巴爾特大人的高潔行為成為他們騎士道上的引路之光。不只如此，帕魯薩姆王國邊境騎士團的騎士大人們，也全數向巴爾特大將軍獻上了自己的劍。敝人看見這一幕，心裡想著原來這就是騎士與騎士的名譽羈絆，感動地泣不成聲。」

「居然有這種事。唔唔、唔唔！」

另一位重臣挺身向前一步，開口如此說道：

「你叫做朱露察卡是嗎？」

「哈哈！沒錯。」

「我一直覺得必須傳喚你來。好了，諸位，我從某人口中聽聞了一件奇事。幾年前，有位外號『腐屍獵人（荀拉徹薩拉）』，名為朱露察卡的盜賊洗劫了整個奧巴河東岸。一問之下才知道，巴爾特大將軍帶在身邊的僕人好像也叫做朱露察卡。萬一巴爾特大將軍的親信過去曾是位下流的卑鄙盜賊，這又是怎麼回事呢？所幸王都內有人知道盜賊朱露察卡的長相。來來，你快到這裡來。」

巴爾特一見到來者，心都涼了。

來的人是卡爾多斯・寇安德勒。

「寇安德勒大人，那位名為朱露察卡的盜賊是否就在房內？」

卡爾多斯四處張望整個房間。在看見巴爾特時，他裝出驚訝的模樣，然後視線來到了朱露察卡身上。不過，他什麼也沒說。

「你說說，那個人是否就是『腐屍獵人』朱露察卡？是否就是那位洗劫東部邊境貴族家，還把陛下印章賣給你的男人？」

卡爾多斯以可疑的目光盯著朱露察卡，但就是不開口。

倒是朱露察卡開口如此說道：

「卡爾多斯・寇安德勒大人，好久不見。」

「咦？你、你是……你是那個朱露察卡嗎？」

「容我向重臣大人們稟報。我確實把印章帶給這位卡爾多斯・寇安德勒大人，硬是賣給了他。那是由溫得爾蘭特先王陛下交給愛朵菈・德魯西亞小姐，再由愛朵菈小姐託付給巴爾特大將軍的印章，但印章可不是我偷來的。巴爾特大將軍擔心當時的情況再發展下去，王使一行人會遭到卡爾多斯．寇安德勒大人殺害，才命令敝人這麼做的。」

「所以你就是『腐屍獵人』朱露察卡對吧？你承認了對吧？」

「是的。敝人在見到卡爾多斯大人時，確實是報上了這個名字。此外，在奉臨茲伯爵大人之命行動時，還有現在，我都是以朱露察卡一名自稱。而關於在這之前我跟著什麼樣的主人、做了哪些工作，很遺憾，我無可奉告。」

一直沉默不語的居爾南特在此時開口了。

「一個會滔滔不絕地將主人的祕密全盤託出的人說的話才真是不可信。話又說回來了，由竇伯爵，你到底想做什麼？我從以前就認識羅恩家的朱露察卡，何止認識，有段時期他還隨侍在我身邊。看穿了先前古利斯莫伯爵的叛亂，救了我軍的就是這個男人。朱露察卡從未對我撒謊，或者說錯什麼話。能得如此可以信賴之人實屬難能可貴。相對地，你拉出來當證人的卡爾多斯，他這個男人長年欺瞞先王陛下，迫害先王心愛的王妃及她的孩子，私吞養育孩子的費用，最後還讓自己的兒子假冒成我，宣稱他兒子才是居爾南特！還擅自打開先王陛下寫給母親的信件，在母親不知情的情況下偽造回信。由竇伯爵，這個只知道撒謊和背叛的男人，到底哪裡值得你信任？此外，是誰准你把卡爾多斯帶離那間宅邸的？還有，卡爾多斯的宅邸應該是禁止進入才對，你們又是怎麼建立起交情的？稍後你來見我，給我個能讓我接受的說明。」

那個叫什麼由竇伯爵的人滿臉通紅，嘴巴一張一合地說不出話來。

房裡的氣氛有了轉變。至今重臣們全是一副等著獵巫的模樣。不過，他們現在終於發現，自己說不定也有可能成為被狩獵的一方。

有位重臣站了出來。

「巴爾特大將軍今年貴庚？」

「答！巴爾特將軍今年六十有一。」

「六十一歲啊……你撐著年邁之軀為王國奮戰到最後，我們在此一同致上深深的謝意。聽說巴爾特大將軍在與魔獸之戰昏厥了之後，將近兩個月的期間都處於昏睡狀態。依你這年紀，會發生這種事也不奇怪。不過，有這麼個會在戰爭中途昏厥的指揮官，騎士們是不是也無法充分發揮他們的力量呢？這點也著實令人擔心。你的看法如何？」

「是的、是的！您居然連巴爾特大將軍的身體狀況都如此關心，真是胸懷廣闊。大將軍肯定也十分感動。話又說回來了，我想您應該也已有耳聞，自從城門被破陷入混戰狀態後，巴爾特大將軍也拔劍迎戰。他在勇猛的騎士們逐漸耗盡力氣之時奮戰到底，然後在驅逐了最後的敵人，並確認危難已過後才倒下。在所有騎士中站到最後一刻的人正是巴爾特大將軍閣下。他憂國憂民且心繫國王，才能夠有拚盡體力氣力戰到最後一刻的表現。正因如此，騎士大人們看見展現出鬼神般的戰力的巴爾特大將軍日復一日都沒有轉醒的跡象，在這當中見到了騎士的理想典範，才會對大將軍獻上自己的劍。」

「唔唔……」

在這之後，還有多位重臣掀起論戰，說是必須將巴爾特的錯誤弄個明白。

而這些全被朱露察卡一一駁回。

最後重臣們終於理解，這場在洛特班城發生的魔獸防衛戰，是在絕望的戰況下獲得了奇蹟般的大勝利，而大將軍及騎士們奮勇作戰，值得被大大讚賞一番。同時，這場戰役對國王、王國以及重臣們都是場榮耀之戰。最後，審問會便以此結論落幕。

巴爾特深感佩服。朱露察卡在所有論戰中大獲全勝，但是他也沒有讓重臣們，甚至是他們背後的大貴族們顏面掃地。要是由巴爾特自己進行答辯，肯定只能說出徹底擊垮對方的話。這麼一來，即使贏了論戰，也只會留下與重臣們互相對立的事實。

重臣之中應該也有對朱露察卡或巴爾特心懷善意之人。若以謾罵回敬發問者，連那些心懷善意之人都可能成為敵人。此次成功規避了這種情況，這將會是他們今後最寶貴的財產。

重臣會議後，國王召喚巴爾特前去。

「老爺子，在洛特班城似乎發生了一場驚天動地的戰役。你做得很好，謝謝，真是辛苦你了。話又說回來，我不是很清楚那場魔獸襲擊最後的情況，你在報告書中也是含糊帶過。」

巴爾特向居爾南特如此報告──最後，在有超過兩百隻的河熊魔獸逼近而來時，他以魔劍「史塔玻羅斯」將其擊退。

「嗯哼。原來那聲『我找到你了』就是那個時候所發出的啊。那麼，那個聲音所說的找到，指的是找到那把劍嗎？」

「或許是，也可能不是。」

「唔、唔。這件事還是不要公開提及好了。對了，報告書中寫著你要去見瑪努諾的女王，你去了嗎？有成功見到牠嗎？」

巴爾特敘述了與瑪努諾的女王會面的情況。此外，也針對各國戰況做了報告。居爾南特也做了許多調查，不過還是對朱露察卡的調查之詳細及迅速感到驚訝。

「黑色馬車是嗎……話又說回來了……老爺子，你還是讓朱露察卡待在我身邊吧。」

「恕我拒絕。」

在這之後，巴爾特受到正妃雪露妮莉雅的召見。多里亞德莎也一同列席。

「哎呀呀，巴爾特．羅恩大人，真是久違了呢。您是幫我與陛下作媒之人，但直至今日都未有機會向您問候，請容我向您致歉。」

王妃準備了紅色的茶及近似黑色的點心。它不僅只是黑色，上面還灑了些如雪般的白色砂糖，說是名為克朗布魯庫塞的點心。

巴爾特原以為它是種堅硬的點心，沒想到他猜錯了，叉子順利地就滑了進去。外表看起來樸實無華，內部卻有著複雜的層次。

巴爾特送了一塊入口品嚐。滋味甜中帶著微苦，口感鬆軟滑順，摻在其中的果實碎末香氣十足，真是絕佳的美味點心。

巴爾特盯著點心內部。雖然這行為不甚禮貌，不過雪露妮莉雅王妃應該會予以包容才是。

這種點心為三層構造。第一層及第三層的構造相同，以兩片薄麵皮夾著史璞利露及克路修。所謂史璞利露指的是從牛奶中萃取的高級脂肪。將史璞利露打發之後，就會變成一種極為鬆軟、口感驚奇的食物，與砂糖是絕配。而克路修指的是南方林木的果實，炒過再磨成的粉會散發一種玄妙香氣。話又說回來了，巴爾特還是第一次體驗到這種混合克路修及史璞利露的調理方式。而且其中還點綴了一些果實碎末，應該是以石窯烤過可可多果實及瑪魯羅果實再將其磨碎製成。不論在口感還是滋味變化上，這點心都實屬頂級。

第二層又更加出色。將大量的史璞利露打發之後再混入了牛油（布衣由・伍）。那入口即化的香甜、輕盈且柔和的口感，與第一層及第三層形成難以言喻的對比。

偶爾送入口中的紅茶的苦澀及香氣，與那些微的甜味極為搭配。

「呵呵呵，這是南方的茶，希望還合您的胃口。我向國王陛下稟報過後，進了一些南方的辛香料和茶葉在王都販賣，也正在推動與葛立奧拉皇國的交易。」

卡繆拉有提到最近在市面上能買到許多南方的辛香料及茶葉，看來幕後推手就是雪露妮莉雅王妃了。

6

巴里・陶德上級祭司聽完重臣會議的始末後，先大發了一頓脾氣。

得知朱露察卡的應答後，又爆出一陣大笑。

「原來如此、原來如此。講到他們啞口無言也不是辦法，適度地掌握他們的弱點，笑臉相陪才是上上之策。這下國王陛下辦起事來也會容易一些。」

重臣會議的三天後，巴里說了一段奇怪的話。

「巴爾特・羅恩大人，請你擔任聯軍元帥（瓦吉德・安德朗德）一事已定案。」

「聯軍元帥？」

「是的，容我依序向您說明。」

國王直轄軍在卡瑟大敗的消息，對一般民眾並未公開，但還是傳進了王宮。

側妃及女官們感到極為不安，因此第一側妃對正妃雪露妮莉雅如此說道：

「正妃殿下，您的國家規模龐大，還有許多騎士大人對嗎？萬一發生類似這座王都陷入危難之類的事，貴國是否會派援軍前來協助？」

「哎呀？帕魯薩姆王國不是有英雄巴爾特．羅恩大人在嗎？」

「巴爾特．羅恩大人？」

雪露妮莉雅王妃讓多里亞德莎講述了巴爾特的故事。側妃及女官們都被他的故事深深吸引。

最重要的是，正妃雪露妮莉雅大肆讚揚該名騎士這件事，令人聽得十分暢快。

畢竟雪露妮莉雅王妃是位沒有缺點的女性。原以為她是位從野蠻北國嫁來的王妃，不料她打扮奢華、品行優良、言談高雅，話題也十分豐富。側妃們在喝過雪露妮莉雅的女官泡的茶，吃過專屬廚師做的點心之後，由於那滋味實在太過美味，使得大家在邀請雪露妮莉雅王妃來參加自家茶會時皆苦不堪言。

如此完美的雪露妮莉雅，居然對這位擔任帕魯薩姆王國中軍正將，名為巴爾特的騎士讚不絕口。側妃們聽見我國騎士倍受稱讚，心情都大好了起來。

不久之後，出入王宮的上級貴族的妻女也被巴爾特的故事所吸引。

她們向祖父、父親及丈夫開口詢問：

「為何王宮不任用巴爾特‧羅恩大人這個人才呢？」

女性干涉政治或軍事是極為荒謬之事，但女性的力量卻也不容小覷。更何況三位側妃所說的話，就算是最高級貴族也得洗耳恭聽。

在這因緣際會之下，巴爾特‧羅恩大人的功績在重臣會議中被宣揚開來。

此外，葛立奧拉皇王也送來了親筆書信，詢問是否有組成軍事同盟的意願，還提及若由巴爾特‧羅恩大人擔任總指揮官，願將指揮權交給帕魯薩姆王國。

能夠得到指揮權，代表帕魯薩姆在形式上成了盟主，而大貴族和重臣們也認為這大好機會不可錯過。

於是最後新設了聯軍元帥這個職位，並請巴爾特以軍事同盟最高指揮官的身分走馬上任。

巴爾特在聽完巴里的說明後考慮了一下。

巴爾特和這個國家的任何大貴族都毫無關係。萬一戰況落入不利的地步，應該會立即遭到切割吧？這將讓他必須以如履薄冰的心情進行指揮。

不過，這也許就是命運。

與物欲將軍對決並打敗他，讓中原恢復和平一事，或許才是上天賦予自己的使命。

隔天，也就是五月三十五日，巴爾特來到帕魯薩姆王宮，在文武百官及葛立奧拉皇國特使們的見證下，被任命為聯軍元帥。

第五章 山岳戰

香蒸牛背肉

1

「國王陛下，請說明一下國王直轄軍將帥的人事安排。」

「喔喔，巴爾特元帥，當然沒問題。我將提拔夏堤里翁擔任中軍正將。我心目中的上軍正將人選是西戴蒙德・艾克斯潘古拉。」

「啊？」

也難怪巴爾特忍不住發出了疑惑的聲音。西戴蒙德是帕庫拉的騎士，而且還是首席騎士。不論怎麼想，由他來擔任帕魯薩姆王國國王直轄軍的將軍一職，都太奇怪了。

「濟古恩察是先王陛下正式承認屬於帕魯薩姆王國的大領主領。因此，所屬濟古恩察大領主領地的帕庫拉的騎士，效忠帕魯薩姆國王也不是那麼不自然的事。」

「但是依照慣例，上軍正將不是該由王族來擔任嗎？」

「嗯。我原本計畫先以客將的名義任用他。不過，在他抵達王都採取指紋時，我發現他的指紋居然與初代國王極為相似。而且相傳初代國王原本就是從艾克斯潘古拉家分出來另創家系的。換句話說，我倆是同族，那麼他就有資格擔任上軍正將。我試著提出這樁人事案，意外的是夏堤里翁居然立刻表示贊成，所以馬上就定案了。似乎是有人幫我對夏堤里翁灌輸了西戴蒙德的英勇事蹟。」

那個人就是巴爾特。他後悔著自己是否說了不該說的事，但一切為時已晚。

接下來，巴爾特去找了工學識士奧羅，委託他製作改良十字弓及變形長槍。在製作變形長槍方面，劍匠湛達塔也會出手協助。在湛達塔的要求下，巴爾特還把辛卡伊騎士的盔甲借給了他，當作製作長槍時的參考。

另外，他也去見了文泰將軍。

他是在歐柏斯堡壘一戰中遭翟菲特俘虜的辛卡伊將軍。在他被抓之後已過了將近兩個月，但聽聞他除了名字之外什麼也不肯說。

「你是之前來過這座地牢的人吧？」

「是啊。你幾歲了？」

「二十六歲。我獲准洗了澡，也修剪了頭髮和鬍子，感覺清爽了不少。最棒的是吃到了好吃的食物，讓我感到很開心。這是你的命令吧？我要被判死刑了嗎？」

「不。」

巴爾特送上了酒，跟他邊喝邊聊了起來。文泰將軍回答了巴爾特問的所有問題。相傳辛卡伊國謎團重重，如今巴爾特也對它的樣貌有了相當的了解。

令人驚訝的是，辛卡伊國位於一個名為「怒火谷」的地方，據說當地魔獸多如牛毛，辛卡伊的騎士即是在與魔獸戰鬥的同時磨練自己的武藝。

文泰將軍打從心底尊敬路古爾哥亞．克斯卡斯將軍，說他是位存活了上百年，一路支持、守護國家至今的武士。文泰將軍原本只是個貧窮的樵夫之子，而提拔他上位的人也是路古爾哥亞將軍。

「唔嗯。活了上百年的騎士是嗎？這位路古爾哥亞將軍到底是何方神聖？」

「不知道。路古爾哥亞將軍就是路古爾哥亞將軍，不是其他任何人，這樣就夠了。」

「你們是何時開始運用騎在馬上揮舞長柄武器的作戰方式的？」

「嗯～應該是十多年前吧？路古爾哥亞將軍宣布要奪下整個世界，改變了武器和戰鬥方式，訓練了許多有潛力的人成為騎士。」

「你知道克爾戴巴朱國王的長槍嗎？」

「哦，你居然知道這麼古老的東西。」

「最後長槍怎麼樣了？」

「嗯~路古爾哥亞將軍好像想用克爾戴巴朱國王的長槍去做某件事，但最後似乎失敗了。他殺了使用者，不過似乎也從中得到了什麼天大的好處。」

「哦，你知道得很詳細呢。這不是發生在你出生之前很久的事嗎？」

「是啊。不過這件事在辛卡伊的騎士之間還滿有名的喔。」

「你知道路古爾哥亞將軍侵略撒爾班公國的目的嗎？」

「他的目的就是魔劍『班・伏路路』呀。聽說他有清楚對當時的主將將軍這麼說過。」

「最後他有找到魔劍『班・伏路路』嗎？」

「在滅了撒爾班公國的四五年後，路古爾哥亞將軍好像提過他知道『班・伏路路』的下落了。這件事我是從跋叩將軍那裡聽來的。」

「你口中的跋叩將軍，就是那位攻下葛立奧拉皇國要塞克布希堡壘的將軍對吧？」

「啊，原來他成功啦。真不愧是跋叩將軍。」

「他是位優秀的將領對嗎？」

「我完全比不上他啊。他在路古爾哥亞將軍的部下之中是個頂尖人才。他跟兩位弟弟──跋恩將軍、跋突將軍合稱辛卡伊軍三傑。」

「話又說回來，既然已經知道『班・伏路路』的下落，為什麼沒有前去奪劍？」

「這點我也不清楚。聽說跋叩將軍也問過這個問題，得到的答案是不用再理那件事了。

是說你看起來滿強的呢。」

「我身後的那位男人更強喔。」

站在巴爾特身後的當然就是葛斯・羅恩。

「你要不要跟他打一場？」

「可以嗎！」

巴爾特望向葛斯，葛斯瞇起眼表示同意。

「嗯，可以。」

三人移動至練武場，巴爾特讓人拿來了文泰將軍的盔甲和武器，葛斯則取了練習劍。

「你拿那玩意兒好嗎？我可是要以命相搏喔。」

「這玩意兒當然就夠了。你要是殺得了那男人，我就給你糧食和馬並放你離開。」

「你這話真是令人驚訝。要是我輸了，我要付出什麼代價？」

「什麼代價都不需要，剛剛那些話已經夠了。」

文泰是位可怕的戰士。他以驚人的速度及技藝揮舞那把又長又巨大的長槍。葛斯避過了，又或許該說是卸去了他的攻擊，最後將對手的武器劈成兩截，結束了這場比試。

在文泰將軍被押回牢裡時，他回頭問道：

「把我打倒抓回來的那位做作的鬍子騎士現在還好嗎？」

「那個男人在對戰路古爾哥亞將軍時死了。」

「這樣啊。」

文泰將軍離開之後，巴爾特問葛斯：

「怎麼樣？」

「臂力及動作靈活度極佳。大腿內側肌肉鍛練地十分強壯，要是他騎馬與我對戰，應付起來應該會挺吃力的。」

「連你都覺得吃力？」

「要是有多位使用長武器的敵人以他那番威力及速度出手的話，狀況將會很不樂觀。而且，照他的攻擊方式，到了緊要關頭可能會攻擊馬匹，是相當難纏的對手。」

2

五月三十九日，為了擬定戰略而召開了御前會議。

主席由從阿格萊特家借調來的騎士納茲·卡朱奈爾擔任。

首先由西戴蒙德報告國王軍重新編組的狀況。

國王直轄軍原本的編組為六支軍隊，分別由騎馬隊、槍步兵隊、重步兵隊及弓兵隊各百位構成。換句話說，總兵力為兩千四百人。但因在戈爾特平原損失了眾多兵將，隨後便致力於補足兵員，並進行訓練，目前終於回復到將近一千八百人左右的規模。他表示要暫時廢除下軍，以僅設立上軍及中軍，再各自分為正副軍的架構重新編成。

接下來，由負責的重臣針對葛立奧拉皇國援軍的部分進行報告。

巴爾特就任聯軍元帥的隔天，也就是五月三十五日，他即向葛立奧拉皇國提出派遣援軍的請求。特使允諾會派出一百五十騎的援軍，最快約在五十天後的七月初左右抵達。

接著是針對葛立奧拉目前戰況的報告。

在開戰初期，辛卡伊即火速攻占了葛立奧拉南部的克布希堡壘。駐守克布希的辛卡伊的跋叩將軍能征慣戰，總以絕妙的節奏出兵妨礙葛立奧拉的行動。據說目前葛立奧拉的老將們全處於被耍得團團轉的狀況之中。

「此次葛立奧拉將依我方請求派來援軍，問題是我們必須付出的代價。在他們經濟也備受打擊的情況下，還願派來多達一百五十騎的援軍，他們必定會向我們求取交通費、維持費及報酬。這部分該如何處理，在重臣會議中也還未有結論。」

此時居爾南特國王扔出了一個震撼彈。

「我在考慮把洛特班城讓渡給葛立奧拉皇國。」

出席御前會議的樞密院成員以及重臣全都瞠目結舌。

不對，卡杜薩邊境侯爵以及巴里·陶德上級祭司平靜如常。

洛特班城說得上是帕魯薩姆在邊境經營上的重鎮，也是一個象徵。若將此城讓渡給葛立奧拉，中原各國將會將此決議解讀為——葛立奧拉將取代帕魯薩姆成為東部邊境的霸者。

此時負責通商業務的重臣開始針對這部分進行說明。

洛特班城在水及糧食方面皆可自給自足，是可半永久維持運作的邊境最大據點。接收此城對葛立奧拉來說是個極為豐碩的成果。簡單來說，他們沒有不接受此一提案的選項，而既然接收此城，就必須補充兵員、廣納人民、經營街市及維持治安。

其實此次帕魯薩姆及葛立奧拉一致同意，要積極加強彼此間的商業交流，目前的通商品項也已訂定，而目前只有洛特班城能作為中繼站。也就是說，就算將洛特班城讓渡給葛立奧拉，我方還是能繼續將其作為通商據點來利用，維持費用的重擔則是加諸在葛立奧拉身上，而修復因魔獸襲擊崩塌的北門的費用也會由葛立奧拉來負擔。帕魯薩姆不再需要派出龐大軍力常駐東部邊境，這些費用就可以花在其他更有價值之處。

全員都對此案之狡猾感到佩服。

不過該怎麼做才能讓卡杜薩邊境侯爵同意此提案？即使沒有經濟方面的利益，擁有洛特班城，在那裡嚴密監控邊境是一份巨大的榮耀，這麼做等同於從卡杜薩邊境侯爵身上剝奪了這份榮耀。

巴爾特緊緊盯著地圖不放，接著他得到了答案。

伐各和艾吉得。

要是能夠打贏這場戰爭，這兩座有力都市將完全落入帕魯薩姆囊中。這兩座都市將是牽制西方的要塞，因此必須派駐一位特別值得信任，且擁有強大力量的騎士，卡杜薩邊境侯爵正是極為適任的人選。

——唔唔，居爾還真是成了一位了不起的國王啊。

最後由巴爾特針對辛卡伊軍本隊的動靜進行報告。

路古爾哥亞將軍現在還在卡瑟按兵不動。他觀劇、鑑賞畫作及音樂、參觀工房、召待貴族舉行晚宴，每天都過著王侯般的日子。民眾慢慢地習慣了這位有著奇異外表的征服者，紛紛說他應該是巨人族或神族的後代。換句話說，路古爾哥亞將軍打算認真統治卡瑟。

待軍隊重新編組及補給結束，讓城鎮狀況穩定下來，使其作為據點的功能完備之時，辛卡伊軍應該就會出兵進攻王都了。

「騎士納茲，你推測辛卡伊軍大約會在什麼時候抵達王都？」

「是！卡瑟到王都的距離約是一百二十刻里，驅策馬車十二天就能到達。若帶上步兵行軍，應該需要耗上三十天吧。假設我們對卡瑟和王都間的幾個有力都市下令，要他們拖住辛卡伊軍的腳步，則還要再加上這些爭取來的天數。若辛卡伊軍今天，也就是五月二十九日從卡瑟出發，最快會在七月一日，最慢會在七月二十日抵達。這是我目前的預測，日期將會隨著得手的情報進行修正。」

「唔嗯，諸位，讓我們在此確認一下兩軍的戰略目的吧。就算辛卡伊軍毀了帕魯薩姆的王都，只要國王陛下依然健在，帕魯薩姆王國就能夠東山再起。換句話說，這會成為一場長期拉鋸戰。我不認為這是路古爾哥亞將軍所樂見的。也就是說，我們可以將辛卡伊一方的目的視為殺害或是抓住帕魯薩姆當今國王。那麼，我帕魯薩姆及葛立奧拉聯軍的戰略目的為何？我方目的為擊敗並驅逐辛卡伊軍，收復卡瑟以及將伐各和艾吉得完全納入我國支配之下。論起達成此目的的必要條件，就是打倒路古爾哥亞將軍。他會打頭陣帶兵殺到還是留在卡瑟，到時候才會知道。我在此宣布作戰計畫，我方聯軍作戰為將辛卡伊軍誘至王都北方的山岳地帶，給予痛擊，成事之後再殺了路古爾哥亞將軍。」

在巴爾特說明了山岳戰的戰術後，迎來一片反對的聲浪。但是西戴蒙德、夏堤里翁、卡杜薩邊境侯爵，還有巴里．陶德都表示贊成，最後在國王的裁決下決定採用此戰略。

在這之後開始針對細部調整做討論，會議結束時已近破曉時分。

「聽說物欲將軍的身高是常人的一倍，大劍一揮可一舉橫掃距他三十步遠的所有騎士。

越聽越覺得他是個令人難以置信的怪物。不過，就算是怪物，應該也是個有著脈搏血流的生物。正因我們把他視為人類才會感到恐懼，把他當成魔獸！像殺害野獸般的包圍他，殺死他吧！」

在巴爾特的宣言結束後，居爾南特國王為會議做了總結。

「如此冗長的會議，真是辛苦各位了。只要有巴爾特元帥在，看來路古爾哥亞將軍也與野獸無異。真是令人愉快啊！走吧，各位，出發打獵去吧！」

3

六月一日，辛卡伊軍從卡瑟出發了。僅僅五天後，這個消息就傳到了王都。

再過三天後傳來了續報，得知物欲將軍留在了卡瑟。

路途上的城鎮都幫忙爭取了時間。他們所爭取到的每一天都為聯軍提升了勝算。

巴爾特將全力投注在訓練兵將上。

辛卡伊軍預計抵達的日子經過逐漸修正，最後推算出他們將在七月二十八日抵達王都西方平原。此一計算比當初預測的最快抵達日多爭取到了長達二十七天的時間。多虧這段時間，不僅提升了改良十字弓及改造長槍的數量，訓練也有所進展，山野地形也得以被牢記。

某一天，喬格．沃德莫名地跑來了。

而且還帶著副官柯林．克魯撒和外交大臣。

「喂，我來當你們的援軍啦。」

外交大臣表示，蓋涅利亞也想參與我方與葛立奧拉的協定。援軍僅僅兩位，但搶在葛立奧拉之前以援軍身分飛奔而來這點有著很大的外交意義。而且在通商態勢確立後的參與，和在確立前的參與在交涉的幅度上有著天壤之別。

帕魯薩姆的重臣們全都驚嘆著蓋涅利亞什麼時候變得如此擅於外交？

不過，事實其實不然。

基於御前會議的結論，帕魯薩姆派遣特使前往蓋涅利亞徵求通行蓋涅利亞國內的許可，以利葛立奧拉的援軍能順利快速地抵達。由於喬格聽到這件事就擅自離國而去，外交大臣才匆匆忙忙跟了過來。

喬格不請自來地跑到了巴爾特的宿舍，也就是陶德家去。

「喂，老頭子，弄點東西給我們吃吧，我們要住在這裡。」

「呃，巴爾特元帥，真不好意思，麻煩幫我們準備兩個房間。」

「哈哈哈，好吧。喬格、柯林，你們可以好好期待這家裡的餐點。」

在巴爾特告知卡繆拉喬格愛吃牛肉，而且還是個大胃王之後，當晚的晚餐就出現了他珍藏的肉品料理。

「優質肉品正好差不多熟成了。最先為各位送上的是肩膀邊緣部分的肉，這是每頭牛身上都只能取下些許的稀有部位。」

喬格雙眼發光地啃起那塊肉，巴爾特也開動。

巴爾特原本想著這滋味出乎意料的清爽，在咀嚼之後冒出的肉汁卻極為濃厚。這道肉品料理僅灑了少量辛香料烤製而成，並未使用重口味的醬汁。肉中好像意外地帶有脂肪，咀嚼起來也相當柔和，是種令人陶醉的滋味。不僅如此，後味還相當紮實。真是塊不可思議的肉。

說起喬格的反應，他咬了一口就愣住了。

巴爾特抿唇一笑。

——喬格這傢伙，被這驚人的美味嚇傻了吧。

在這之後，喬格以千軍萬馬之勢一口氣把肉全掃進胃裡，接著仔細品味著肉的後味，一副陶醉不已的模樣。

「……真好吃。」

他的臉因美味而歪斜扭曲著，嘴裡重覆著同一句話。

「真好吃……」

他接著看了看空空如也的盤子，盤中連半塊肉都不剩，那張凶神惡煞般的臉龐因傷心而扭曲著。此時侍者走了進來，手上還端著裝了別種肉品料理的盤子。喬格的表情立刻充滿喜悅的光芒。

「接下來是臀部凹陷處的部分，這個部位兼具脂質帶出的香甜以及紅肉獨特的鮮味。」

這次的肉一樣只用了鹽及辛香料烤製而成，而且只烤了一下子，刀子切下後的斷面甚至讓人懷疑它是不是生肉。然而這塊幾乎等同生肉的肉，卻三兩下就被嚥了下喉。滋味滑口鮮甜、無與倫比。

喬格同樣在轉眼間就掃光了這盤肉，接著以充滿期待的眼神望向門口的方向，第三片肉不負他的期待被送了進來。

「這是腰上肉。這可是相當於『肉中之王（夫爾艾利翁）』的牛肉中，更有資格被稱為王者的部位，味道就不必多加說明了。這個部分我準備了足夠的量，不嫌棄的話，吃完可以再加點。」

「什麼！」

喬格緊盯著卡繆拉，臉上一副望著殺父仇人的表情。

「喂，還可以再加點是嗎？」

「是的。」

「那就給我送上來吧！」

「遵命。」

——喂喂喂，喬格，得先吃完一盤才能再加點好嗎？你不是連吃都還沒開始吃嗎？

而且盛在盤上的肉不止相當大塊，還十分厚實，喬格的意思是還要再吃一片跟這同樣的東西嗎？

巴爾特的擔憂根本是杞人憂天。喬格火速地解決了那塊肉，在無聊又漫長的等待時間中，他似乎終於發現有人為他倒了紅酒，連續喝了五杯。

就在追加的肉送到喬格面前時，巴爾特也吃完了自己的那塊。

「卡繆拉，我也要再來一片。」

「啊，麻煩也給我來一片。」

葛斯也自然地舉起了手。結果大家都是貪吃鬼。

喬格又再加點了一片之後終於填飽了肚子，全身無力地靠在椅子上，輕聲咕噥了一句：

「要是也能讓老爸吃吃這種肉就好了……」

——老爸？

巴爾特思考了一下，才發覺他所說的是養父帕賽魯·沃德。

帕賽魯在寇安德勒一黨中也曾是位赫赫有名的豪傑之士，但他從未參與過攻打帕庫拉的戰役。據巴爾特所聞，他只要聽到進軍的目標是帕庫拉，就會佯稱生病把自己關在宅邸中。

他這麼做並不是因為懼怕帕庫拉的騎士，而是知道他們沒有進攻的正當理由。換句話說，帕賽魯是位知廉恥的騎士。

帕賽魯生前也愛吃肉嗎？巴爾特已記不太清楚他去世的時間，但喬格在十六歲與巴爾特初次對決時，應該已繼承了薩爾克斯領主之位，所以帕賽魯在這之前應該就已不在人世了。

這讓巴爾特想起了一件事。在洛特班城時，喬格曾說過別小看魔獸。除了帕庫拉的騎士之外，帕賽魯是唯一一位擁有魔獸殺手別名的騎士，而且他幾乎都是隻身打倒魔獸，也可說他比帕庫拉的騎士更為優秀，而印象中他是被魔獸所傷而死。巴爾特對喬格與帕賽魯的關係不甚了解，不過應該是對感情融洽的父子吧？

「喂，死老頭。」

「怎麼？」

「我不走了。」

「什麼？」

「我的意思是，我不要離開這座宅邸了。」

「隨你高興。」

喬格知道目前還輪不到自己出場，每天過著飲酒吃肉的日子。如此行為令巴爾特不禁想他到底是來做什麼的？不過一想到山岳戰又添了一名大將，就也氣不起來。

有一天，西戴蒙德．艾克斯潘古拉前來拜訪。

「巴爾特大人，容我為遲來的問候致上歉意。」

「喔喔，西戴蒙德。你應該很忙吧？歡迎你來。」

「西戴你這討人厭的傢伙。太礙眼了，不准你來這座宅邸。」

「瘋狗喬格，你在這裡幹嘛？」

「兩個人給我好好相處。話說回來，西戴蒙德，真虧格里耶拉大人准你離開帕庫拉。」

「不不不，第一次對方來打探意願時，格里耶拉大人拒絕了。理由是無論如何也不能將首席騎士借給遠方的異國。但後來再次接到要求，這次還附加了兩個條件，一是借調期間以三年為期，二是會派出兩位能力優秀的騎士代我職位。居爾南特國王陛下兩度提出要求，若是再次拒絕將會使他顏面掃地。而且再怎麼說，對格里耶拉大人來說，居爾南特陛下就像他的弟弟一樣。弟弟登上王位，他心中的喜悅及榮耀自是不言而喻，所以也有心想要助其一臂之力。」

仔細想想，居爾南特、西戴蒙德及巴爾特這三位帕庫拉的騎士，如今居然成了帕魯薩姆的支柱，這真是件令人愉快的事。

這晚的餐桌上熱鬧得不得了。

因為除了巴爾特、葛斯、喬格及柯林之外，還有西戴蒙德在，加上夏堤里翁和多里亞德莎也前來造訪了。

主菜是誕生兩年的公牛背脊附近的肉，卡繆拉直接在大肉塊上塗抹香草再做悶煎。他還在滲出的肉汁中加入辛香料及鹽製成醬汁，吃之前要先淋上此醬汁。整塊肉就這麼被端至餐廳，擺在加熱過的板子上，再由卡繆拉切片分給眾人。

看著冒著蒸氣的熱騰騰肉塊被切成薄片盛盤，再一氣呵成地淋上醬汁，令人忍不住垂涎三尺。被切下的肉片斷面呈鮮紅色。舉刀切下肉片放入口中，熟度恰到好處、肉質柔嫩，卻帶著紮實的嚼勁，真是口感滿分的一道肉品料理。

「卡繆拉，這次你給我一次切三片來，再給我豪邁地淋下醬汁。」

「啊，我也還要再來一片，醬汁要多一點。」

而且這道料理可以盡情加點，愛吃多少片就吃多少片。

喬格和柯林也開心地連番開口加點。

夏堤里翁和多里亞德莎則從西戴蒙德口中問出了巴爾特在帕庫拉時代的英勇事蹟。

七月五日，葛立奧拉的援軍抵達。其中包含八十位騎士、八十位從騎士以及一百二十位隨從，共兩百八十人。

總指揮官是倍達・葛達爾將軍。

令人開心的是亞夫勒邦和奇利・哈里法路斯也在其中。

法伐連家參與了先前的三國聯軍，且蒙受了龐大的損失，所以此次的援軍已將他們排除在外。亞夫勒邦是以個人名義參加，雖然他或許有一半的目的是為了見見心愛的妹妹。

聽說奇利在邊境武術競技會後辭去了近衛武術老師的職位，過著專注於修行的生活，在亞夫勒邦的邀請下決定參與此場戰役。

巴爾特在與倍達將軍交涉過後，讓這兩人成為了巴爾特的直屬部下。此外，還借調了隨從，也就是弓兵隊來作為分隊。

最後亞夫勒邦、奇利及隨從們決定在巴爾特的居所住下來，讓陶德家又更加熱鬧了。

4

鈴鈴～唧唧～

巫女邁步而出。

巫女左手持兩片銀色板子，右手持三個金輪。在行走的同時將兩種物品互相磨擦。

鈴鈴～唧唧～

每當她以手中物品發出聲響，就會向前邁出步伐。她以右腳擦過左腳，舉足至左膝的高度後再放下，以摩擦地面般的動作向前探出。這次換成以左腳做出同樣的動作向前邁進。

巫女呈赤腳的狀態。

她身上穿著寬鬆的淺桃色祭祀服裝，長長的袖子在風的吹拂下微微擺盪著。

在她前進八步之後，取下了捆在腰間的其中一個壺，將內容物灑向地面。接著又回頭走了八步，這次換往東方前進。

她分別在北方灑下水，東方灑下土，南方灑下鹽，以及在西方灑下葡萄酒。

中央跪著一位身穿聖硬銀（瑪娜帝多）盔甲的騎士。在旁觀禮的上千人都知道那個人正是國王，因為只有國王才能接受「四謝之舞」帶來的祝福。

前前任國王喜歡在御駕親征時舉行此儀式，理由是搶在戰爭前舉行此儀式，它就會是個祈禱必勝的儀式。

儀式結束後，國王一高舉雙手，民眾便爆出了歡呼聲。

辛卡伊軍已然大軍壓境一事已是眾所皆知的事。在不安及流言蔓延的此刻，想必這個儀式也安撫了民眾的心。國王軍、諸侯、貴族、官吏們及併肩而立的人們，臉上的表情都十分明亮。

巫女在完成任務後，退至一旁擦汗。這位巫女正是多里亞德莎。

本來此儀式該由神殿的巫女執行，但在儀式開始的前一刻，她卻突然陷入了恐慌狀態。

這支舞只能由處女來跳，違者則死。巫女口中直嚷著她不想死，想必是在這部分心裡有鬼。

在這種狀態下她無法跳舞，而且也不能讓一個已知喪失資格的人來跳。由於並未安排候補人選，眾人一時不知該如何是好。

雪露妮莉雅王妃聽聞此事後，就推薦了多里亞德莎。兩人幼時曾在神殿接受教育，當時曾經學習過獻神舞，而且多里亞德莎還得到了資質甚佳的評價。

多里亞德莎在這支「四謝之舞」中的美麗樣貌被傳為佳話，榮獲了「巫女騎士」的稱號。

在王都西方郊區舉行「四謝之舞」是七月二十四日的事。後來，軍隊便往西方移動，布下陣形。

而就在二十八日，辛卡伊軍和聯軍在王都西方平原爆發了激烈衝突。

5

辛卡伊軍的陣容龐大，共有一千騎騎兵，後方還跟著約八百位步兵。

相較於此，聯軍的陣形配置為由國王軍為前陣，諸侯軍為後陣，葛立奧拉軍則以機動部隊的形式在稍遠的山丘上待命。

國王待在前陣後方，由近衛軍保護著。

王軍的配置為——中央前方為持盾的重步兵及長槍兵各四百位，其後方為四百位弓兵，右翼為兩百位騎士，左翼也為兩百位騎士，由夏堤里翁負責指揮。

就騎馬戰力來看，聯軍有四百位國王軍、一百六十位葛立奧拉軍、八十位近衛軍及約兩百三十位諸侯軍，共計約八百七十位騎士。

辛卡伊騎馬軍團中的四百騎開始發動突擊。

在夏堤里翁號令之下，弓兵隊開始進行攻擊。帕魯薩姆國王直轄軍的弓兵隊受過往一定的空間範圍射出大量箭矢的訓練，在連射速度上的表現極為優異。

然而辛卡伊騎士的盔甲是由魔獸皮革所製成，馬頭及脖子處都掛著同樣以魔獸皮革製成的擋箭用護具。辛卡伊騎馬軍團向前邁進，完全不把箭雨當一回事，

快、真快，實在是太快了。

即使跑在前方的馬匹已倒下，軍團依然毫不畏懼地向前猛衝。

就在他們即將衝入重步兵與槍步兵所組成的防禦陣形的前一刻，騎馬隊向左右分了開來。他們打算從左右包抄，攻擊身處中陣的國王。

這是一次危險的進擊，此種進攻將會使得兩側曝露在我方前陣兩翼的騎馬隊面前。

兩翼的騎馬隊毫不客氣地上前迎敵，但是敵方騎馬隊的純熟度及速度太過驚人，他們操著長柄武器擊飛國王軍騎士，橫衝直撞地以王旗為目標前進。

在國王軍兩翼的騎馬隊與敵方先鋒進入戰鬥狀態時，辛卡伊軍剩除的六百騎開始發動突擊。

夏堤里翁冷靜地做出了應對，可惜敵方的行進速度實在太快，使得步兵來不及布隊。這六百騎兵分為左右兩路各三百騎，在先發四百騎露出側面破綻形成的外圍繞了一大圈，往中陣逼近。

如此雜亂無章的攻擊肯定會被挺身而出的諸侯軍擊潰。然而，辛卡伊騎馬軍團的突擊速度極快。說起來，諸侯軍的前方為身穿厚重全身盔甲，手持盾牌，擁有高防禦力的騎士們，移動速度快不到哪裡去。辛卡伊的馬匹們是與野馬同等的悍馬，只有與其心靈相通，能夠完美駕馭牠們之人才能成為騎士，因此他們趁諸侯軍防禦未及之時逼近了我軍大本營。

話雖如此，國王身邊有著高手雲集的近衛騎士們組成的厚實防禦陣形，若不突破此陣，只會被前後夾攻殲滅。

此時，打頭陣的騎士扔了某種物品出來。

是擲斧。尺寸偏小卻極具重量的擲斧擊飛、破壞了近衛騎士們的盾，漸漸開始對騎士們造成損傷。

——居然還藏著這種手段。

文泰將軍完全沒有提及擲斧。

巴爾特看準時機，催促著國王撤退。國王、巴爾特、西戴蒙德及葛斯調轉馬頭準備逃跑，手持王旗的騎士隨後也跟了上來。

辛卡伊的騎馬隊急起猛追，但近衛騎士幫忙爭取了時間。辛卡伊騎馬軍團不惜任何犧牲，一心一意地追著國王。位於國王正後方的諸侯軍也正在往此前進，但是辛卡伊軍對損害毫不在意，一個勁兒追著國王不放。

辛卡伊軍當然曉得這是佯裝敗逃。

他們知道這是個引君入甕的局。

巴爾特很肯定王宮裡有辛卡伊的密探，不然他們根本無法以詹布魯吉伯爵為傀儡，在陶德家設下暗殺之局。

經過確認，得知了是溫得爾蘭特國王指定陶德家為巴爾特的宿舍，並指名由老相識巴里．陶德為接待人。這個決定中有著讓居爾南特到訪時也能自在交談的體貼心意，這件事似乎也曾在眾多臣子面前提起過。

這是發生在邊境武術競技會之前的事，當時溫得爾蘭特國王的健康狀況十分良好，並未處於需要針對居爾南特的行蹤繃緊神經留意的狀況。

可以想見，密探在此時已身處可聽見國王這段話的位置，該位密探應該也已將此次巴爾特強行通過以國王為誘餌的提案的消息告知辛卡伊。辛卡伊軍得知此事後，即有了「既然對方專程放我們進防御陣形之中，豈有不加以利用之理」的想法。

他們認為就算是陷阱，只要強行突破就行了。國王本人來到伸手可及之處，這可是個絕無僅有的致勝機會。巴爾特在與文泰將軍談過之後坐實了這一點。

因此，只有極少數的人才知道還有另一個陷阱。

騎著國王的馬，身穿神聖盔甲，戴著黃金頭盔逃之夭夭的人並不是國王，而是西戴蒙德。兩人的髮色及瞳色相同，身材和長相也極為相似。此刻他的臉部及頭髮顯露在外，不過從遠方望向此處的國王軍兵將還有諸侯都對此人正是國王一事深信不疑。

正因西戴蒙德成了國王的替身，所以才能在千鈞一髮之際成功逃跑。

辛卡伊的兵將們全神貫注地追著這位假國王。

西戴蒙德、巴爾特及葛斯裝出一副在最後一刻才逃走的模樣。

國王的馬是匹出色的名馬，加上神聖盔甲又輕又薄，奔馳速度相當快。

四人留下騎著腳程緩慢的馬匹的西戴蒙德替身拚命奔馳而去。

四人避開平原，朝著山岳地帶前進。

辛卡伊的將領們肯定也知道山中有手持長槍的士兵埋伏著。

也知道那些只是從諸侯身邊搜刮而來的隨從，缺乏戰鬥經驗。

不管怎麼樣，他們對馬術擁有絕對的自信，即使在山中作戰，也絲毫不認為自己會比帕魯薩姆的騎士們遜色。

就這樣，巴爾特成功將辛卡伊的騎馬部隊引進山岳戰。

6

「給我讓路。」

「這我可辦不到呢。吃了人家那麼多肉，總得做點事才行。你，報上名來。」

「辛卡伊將領拉杜。你又是誰？」

「拉杜是嗎？我記住你了。我是喬格・沃德。」

拉杜也算是名不弱的猛將，他與喬格的一對一廝殺很有看頭。不過，喬格的黑劍的長度、重量及速度超出了拉杜的預估，沒多久他的兵器即被斬斷，且被擊落下馬。

此時變形長槍部隊火速蜂擁而上制服了他。在御前會議中，巴爾特只說要將老舊長槍維修後拿來使用，但正確來說那並不是長槍。長槍槍柄前端安裝了尖銳的勾爪，這是為了讓前端能刺進魔獸盔甲的縫隙，進而捕獲敵人的武器。不愧是在名匠湛達塔的指揮下針對辛卡伊盔甲進行研究後製成的武器，充分發揮了期望中的威力。

在眾多身強體壯的隨從們壓制之下，拉杜將軍完全動彈不得。

「啊啊啊，快救救拉杜將軍！」

拉杜的部下們試圖闖進來救人，但是路面不平使得他們無法大舉進攻。此時，葛立奧拉皇國的弓兵們開始對他們放箭。他們的弓術是在狩獵中鍛練出來的，可在中近距離之下進行精密射擊，正確地捕捉正在活動的目標。他們精準地射穿了裝甲較弱的部位，辛卡伊的兵將們接連倒下。

在不得已之下，他們開始進行撤退。

「很好，這是第二個了。老頭子，我打敗了那個不知道叫什麼的將軍，回到宅邸之後，可得讓我吃點好吃的。」

——剛剛不是說這是為了至今下肚的肉所做的事嗎？還有，你壓根不記得人家的名字啊！這男人真是沒救了。

不過非常可靠。

巴爾特帶著葛斯往下個據點前進。

7

由於花足了時間做準備，才能讓各部隊熟記道路。巴爾特本身十分擅長山野中的遭遇戰，即使是座陌生的山岳，只要稍微繞繞就能立刻掌握地理情況。

在辛卡伊的騎馬軍團中，可以將走在越前方的人視為地位越高之人。這是支信奉極端實力主義的軍隊，採取的戰術也以個人的武勇為核心。反過來說，只要制服指揮官級的人物，就能大幅降低他們的機動力。

大軍無法在山岳地帶中前進，無論如何都得分支成小部隊，路況惡劣使得馬匹也無法發揮速度上的優勢。他們的計畫是在找到容易誘敵進入的地點後，讓兵將們躲在樹蔭及草叢之中，捕獲打頭陣的指揮官級人物。不接近據點的敵人則由朱露察卡負責聯絡西戴蒙德及旗手，誘敵進入。

此種戰術偏離了中原的戰爭方式，也正因為如此，才會是個有效的戰術，雖然只能用一次。

在此日的戰役中，成功捕獲了以瑠凱、拉杜、孫琦為首的九位將軍。

失去指揮官的敵軍們全成了在平原守株待兔的諸侯軍的餌食。逃走的兵將人數應該不到三分之一，可說是大獲全勝。

「老爺子，幹得漂亮。」

有輛女用豪華馬車來到了集合地點。這是帕魯薩姆王家的馬車，門扉上刻有小小的索莉艾斯比花的徽章，是正妃雪露妮莉雅的馬車。

居爾南特國王正與正妃一同坐在馬車之中。今早正妃與三位側妃前來慰問將士時，居爾南特便上了正妃的馬車，在車上渡過了一段短暫的時光。國王與正妃鶼鰈情深是眾所皆知的事實，所以沒有人對這件事感到奇怪。他正是在此時與西戴蒙德交換身分的，不過後來他就一直在這輛馬車之中嗎？待在馬車裡一整天到底都在做些什麼呢？

隔日一大早，巴爾特便領軍開始移動。

終於要進入與物欲將軍的決戰時刻了。

第六章——希魯普利馬路切之戰

——提勒由的湯藥——

1

聯軍在三十天內進軍至卡瑟附近，在東南方的戈爾特平原布下陣形。

辛卡伊軍在路上遭到各城鎮的騎士團襲擊，削減了大半兵力。他們在不斷遭遇零星戰鬥的情況下，依然把國王軍甩在後頭，費盡力氣抵達了卡瑟。雖是敵人，也得稱讚他們優秀。

巴爾特以雙手揣著到手的魔槍，讓手適應著握槍的手感。這把是從王宮的寶庫借來的武器。

接著他回頭望向身後，環視在戈爾特平原布陣的聯合軍的威容。

國王軍的編成依舊是騎馬隊四百位、槍步兵隊四百位、重步兵隊四百位以及弓隊四百位，死傷的兵將由候補遞補。葛立奧拉軍出發時將負傷者留在王都，所以人數稍減，騎士和從騎士加起來共一百二十人，還有一百位隨從。諸侯軍人數則大幅增加，騎士和從騎士加起來共有三百八十人，還有約兩倍左右的隨從隨行。這是因為北部及西部諸侯新加入了戰局的緣故。

此時出現了個令人左右為難的問題。

這並不是一場占領新領土的戰役，所以發放給參戰諸侯的獎賞幾乎算是由王家自掏腰包支出。

因此，他們既希望能夠集結到足以致勝的人數，另一方面來說，集結太多騎士卻也令人困擾。

有報告指出物欲將軍離開了卡瑟的城鎮。巴爾特本就希望能夠避免進攻卡瑟，這個報告讓他放心地呼出一口氣。

接下來傳來了敵方兵力共有八百位騎馬兵以及千位步兵的報告，高出巴爾特的預估。

「肚子餓了，有什麼可以吃的嗎？」

柯林·克魯撒聽見喬格這句話，急忙開始找食物，但似乎找不到。

朱露察卡遞了某樣東西給喬格。

「喔，是煙燻牛肉乾啊，這東西不錯。朱露察卡，你很機靈嘛，要不要來我這啊？」

喬格記得住給自己食物的人的名字。

這麼說來，那件事怎麼樣了？喬格一知道卡繆拉在另覓工作地點，就開始對他展開熱烈的遊說，要他到喬格家工作。

「喬格，卡繆拉答應你了嗎？」

喬格一聽，滿心不悅全寫在了臉上。

「死老頭，他不肯。你老是這樣，總是搶走我看中的人。我真心愛上的女人全被你給搶走了，搞什麼東西啊！」

「你怎麼把我講得這麼難聽。平常就有很多女人愛慕你，而且你不是都會硬是把看上的女人納為己有嗎？」

「是啊。我從來沒禁錮過真心喜歡的女人，可是緊要關頭就不同了。每次我去追求自己覺得不錯的女人，每個都跟我說一樣的話，她們全都說比較喜歡巴爾特大人。你這畜生，搶別人女人的老頭子，總有一天要給你些顏色瞧瞧。」

「不不，這不算是搶別人的女人吧？說起來，你跟我的世代不同，哪有什麼搶女人這種事。重點是我們連生活的地方都不同不是嗎？」

「毫無自覺才更是罪孽深重。真可憐啊……你都不知道自己曾讓多少女人流淚嗎？」

周遭的人全豎起了耳朵。

——不妙。

「願聞其詳。」

——喂！朱露察卡，少給我多嘴！

正當巴爾特想這麼說時，他察覺到了葛斯的不對勁。

2

葛斯在愛馬撒多拉背上痛苦地蜷成一團。
緊咬的牙關縫隙中冒出急促的喘息。
他的眉間及鼻梁處緊皺著，雙眼圓睜，眸中散發著金色的光芒。
握著轡繩的手和肩膀激烈地顫抖著，看起來像是死命地忍著身上的惡寒。
葛斯總是冷靜到可恨的程度，他這異常狀態讓同行的夏堤里翁、喬格、奇利及亞夫勒邦也大吃了一驚。
他們並不知情。
物欲將軍是葛斯恨之入骨的仇敵。
這位可恨的敵人的氣息就在附近，這讓葛斯難以抑制興奮之情。
他垂著頭，雙眼卻望著前方。他正在漸漸接近那個敵人。
來了，越來越近了。

那是什麼？

那巨大的生物是什麼？

巴爾特已聽過許多次。他不認為葛斯或夏堤里翁會說謊。

但是在他內心某處，還是覺得怎麼可能存在那種怪物。

此刻的巴爾特打了個冷顫。

因為眼前所見之物是這麼令人難以置信，他親身感受到的那股存在感是如此龐大。

不知不覺間，巴爾特也開始顫抖了起來，粗重地喘著氣。

鼻子的舊傷傳來陣陣灼熱般的痛楚。

辛卡伊的八百騎黑色騎馬軍隊向左右散成廣大陣行，而在陣形正中央，有個讓人感到距離感錯亂的存在。

有著一般人兩倍身高的怪物乘坐在不知名的野獸背上。這個生物看起來像是無毛大紅熊穿著盔甲，再把脖子換成粗壯馬匹的頸項，鼻尖還長著巨角。

物欲將軍在距離聯軍約五百步左右的地方喝止了辛卡伊軍。

他下了野獸，支身往聯軍的方向走來。

親眼目睹物欲將軍的威容，巴爾特也是一陣哆嗦，但心裡卻高喊著：「太好了！」

之前眾人的問題在於如何將物欲將軍單獨引出。巴爾特心想，在此態勢下，若讓我方的指揮官級騎士挺身站在前線，物欲將軍或許會單獨前來會敵。這個推測一半是根據從文泰將軍口中問出的物欲將軍的性情，一半是基於巴爾特的直覺一類的感覺，而葛斯和巴爾特八成會成為誘敵之餌。

物欲將軍在距離聯軍約兩百步的地方停下了腳步。

巴爾特命軍隊後退五百步。

此時留在前線的有巴爾特、葛斯、夏堤里翁、喬格、奇利和亞夫勒邦六人。六人的左側及右側皆排列著各十台被放倒的載貨馬車，用以代替屏障。

在我方兵將退至後方後，物欲將軍再次邁步前進。

——好！很好！太好了！

作戰逐漸往成功進展。巴爾特在心中大喊痛快。

物欲將軍在距離巴爾特等人約五十步左右的位置停了下來。

隨著眼前所見越來越清晰，距離越來越近，越是能理解物欲將軍的異常程度。他的身體散發著強烈的精氣，直逼巴爾特一行人而來。覆在他全身的皮革盔甲應該是貼合了數層魔獸皮革製而成的吧？胸前及肩膀上還嵌著看起來就很硬的金屬板，連指甲都在手甲的覆蓋之下，但脖子以上卻未穿戴任何防具。

他的肌膚白皙，且滿布刀傷。

雙眼呈如魔獸般的紅色。

毛髮、嘴邊及下巴的鬍子皆是一片雪白，爆炸般往四面八方延伸。

怪物的眼睛骨碌碌地往葛斯一瞪。

「小伙子，你果然還活著。受了那麼嚴重的傷，居然還救得回來，真不愧是返祖之人。」

這聲響彷彿多位巨人（德薩·陶利）同時發聲般響亮。他可是隔著長達五十步的距離以一般音量說話，聲音卻確實傳進了耳裡。

葛斯已恢復了平時的冷靜。他未做出任何回應，僅以銳利的眼神瞪著怪物。

巴爾特以丹田發聲，代葛斯發言道：

「路古爾哥亞將軍，你為何殺光了撒爾班王族？在打敗『王之劍』的那一刻，你應該也能將你所渴望的魔劍奪去才是。你只要取走那把劍不就夠了嗎？」

「咕咕，你就是巴爾特·羅恩嗎？最後的神獸之劍劍手。沒想到在魔獸開始進擊時，你人偏偏正好在現場。那傢伙可是開心得不得了，花時間搞那批魔獸實在太值得了。乾脆先把你殺了好了，這樣也挺有趣的，咕咕咕。你問我為何要殺光撒爾班王族是嗎？」

怪物的視線彷彿要射穿葛斯腰間的魔劍「班·伏路路」。

「要是當下就奪走那把劍，那群人中就算只剩一個人，也會來取我性命。得將他們趕盡殺絕才能奪取那把劍，我早就明白這一點，所以就算知道那玩意兒就在那裡，一百多年來我還是無法下定決心去奪劍。咕、咕。」

「即使是你這種人，殺光一國王族也會感到內疚嗎？」

「那當然，畢竟是殺害同族啊。雖然動手之後也沒什麼大不了的就是了。咕、咕、咕、咕、咕。」

太難以置信了，這怪物說自己也是撒爾班王族。

「那把劍被命名為『伏地之人』，實際上卻是與『伏地之人』對決，並且有著將那吞噬的狼人王宿於其中之劍。我們一直以來接受的教育都說失去那把劍，國家將會滅亡，但只要這把劍還留著，即使滅亡也會再次復甦，事實上卻並非如此。咕咕、咕咕、咕。不對，還不曉得呢。我可受不了自己創造的國家被人毀了呢。還是先殺了小伙子，順便把那把劍吃掉好了。事到如今，應該怎麼樣都無所謂了吧？咕咕咕、咕咕。對了，那把贗品做得不錯啊。是在我走了以後才做的吧？沒想到你們居然會料到我會前去奪劍。咕咕、咕咕咕咕。」

物欲將軍拔劍出鞘，開始邁步往巴爾特等人前進。

他再走近二十步就是攻擊地點了。

「咕咕、咕咕。載貨馬車裡還埋伏了不少士兵嘛。弓兵？有種你們就試試看吧。」

他早已察覺。巴爾特當然早就認為他會察覺。物欲將軍是個直覺異常敏銳的男人，從不錯過任何人的氣息。

怪物再度前進。

——就是這裡！

就在他到達這個距離時，上百支箭矢毫無預兆地從載貨馬車射了出來。

強大如怪物，反應還是慢了幾拍。因為毫無拉弓的動靜，也未聽聞射擊命令。

根本沒必要拉弓。躲在馬車內的士兵手上拿的是改良十字弓，弓弦早在一開始就已拉開來。載貨馬車的底板打了滿滿的洞，可從孔洞向外窺視並射出箭矢，而且也不需要射擊命令，因為事前早已商量完畢，等到怪物前進到某處時就發動攻擊。馬車底部貼著拉拉斯的布，只要距離夠近，就能透過布看見目標的情況，而且十字弓的箭矢也能輕易將它射穿。

上百支箭矢逼近怪物，但怪物依然展現出驚人的反應速度，舉起大劍一揮。從大劍滿溢而出的金色光芒化為洪流，掃平二十台馬車及巴爾特一行人。

馬車彷彿被捲進了龍捲風般被吹飛，巴爾特等人也連人帶馬被風吹向了後方。

但那上百支箭矢不畏風壓，依然擊中了怪物。這些箭矢並不是木箭，而是以鋼製成的箭矢，而且箭頭還是以魔劍的素材打造而成的。這可是用毀了十把魔劍得來的素材做的箭頭。

被勁風一掃，狠摔在地的巴爾特急忙起身，撐著搖搖晃晃的身子以目光尋找物欲將軍的身影。

找到了。

他身上插著二十支左右的箭矢，雙足紮實地踩在大地之上。

一支箭插在他左臉顴骨處，箭矢並未貫穿的這個事實令巴爾特感到一陣愕然。改良十字弓的威力極為駭人，它具有足以將身穿重盔甲的騎士連人帶盾射穿，一擊斃命的威力。這等威力都無法貫穿物欲將軍的身體，代表他的皮膚、肉體及骨頭的堅硬程度超越魔獸。

巴爾特等六人拔腿往怪物蜂擁而上。

葛斯、夏堤里翁及奇利以神速的步法繞到怪物後方。

巴爾特、亞夫勒邦及喬格則從正面逼近怪物。

巴爾特瞥了敵軍一眼。騎馬軍團的八百位士兵動也不動。即使在如此狀況下，他們依然堅信物欲將軍會獲得勝利。

怪物揮舞大劍。散發金色光芒，長度超越人類身高的子彈襲向奇利。奇利差點就能避過那理應人眼不可見的金色光芒子彈，最後還是避不過，被打飛出去，渾身是傷。

巴爾特舉起魔槍往怪物逼近。

怪物放出光芒洪流，擊飛了巴爾特、葛斯和亞夫勒邦。

巴爾特抬頭望向前方，發現怪物正背對著他們，而喬格和夏堤里翁正在他面前痛苦地打滾，想必是被光彈擊中了。

物欲將軍想一次撂倒大量敵人時會掀起金色浪潮，而在面對單一敵人時則會發射光彈。

兩種都是常人所不可見的攻擊，所以難以避開。

不過，物欲將軍最為可怕的攻擊並不是這兩者。

喬格快速起身，再次與怪物近身肉搏。他高舉黑劍往怪物一劈而下。怪物手上的大劍依然環繞著金色光芒，橫掃迎向喬格的黑劍攻擊。黑劍被劈成兩半，喬格狠狠摔向後方的地面。他受到了足以致死的沉重打擊，一動也不動。

就是這招，這招直接攻擊最為令人驚懼。受了這一招，只有死路一條。

亞夫勒邦從左邊衝了過來。怪物將大劍高高舉起。

亞夫勒邦把盾扔了出去。怪物原本準備舉劍劈向他，此時則改變了軌道擊飛那面盾牌，而亞夫勒邦的魔劍刺入了怪物的腹部。

原以為會是如此，但是怪物早了一秒扭轉身體，以左拳揍飛亞夫勒邦。

在亞夫勒邦發動突擊的同時，巴爾特從遠處將魔槍刺進了怪物的側腹部，可惜魔槍因遭到盔甲及肌肉推擠，最後槍尖只停留在表層。

下一秒，怪物的左拳擊中了巴爾特的胸口，巴爾特連人帶槍被擊飛出去。

如此龐大的身軀居然還能有這等速度和反射神經。

巴爾特此時明白了葛斯評論他為毫無破綻的意思。這怪物絕不讓難纏的對手來到自己面前，確實是個無法正面對戰的對手。

不過，毒藥應該也差不多該開始發揮作用了吧？

在改良十字弓的集中攻擊後，由最強陣容不停發動攻擊的安排，並非因為認為如此就可以打倒怪物。眾人的目的是讓他不停活動，好讓十字弓箭矢上的毒發揮作用，以利打倒怪物。所有十字弓箭矢的箭頭都塗上了滿滿的腐蛇（沃魯梅吉耶）毒液，這些毒液是請朱露察卡大老遠前往帕庫拉取回來的。

多人包圍單一敵人，再以毒箭發動攻擊——這恐怕是不可能用在騎士間對戰的戰術，巴爾特就是刻意選擇了這種戰術。

然而怪物卻沒有倒下，為什麼？

奇利在怪物斜後方站了起來，以神速的步法襲向怪物。怪物火速回頭，使劍身燃起金色光芒，狠狠擊向奇利。奇利緊盯著向他襲來的大劍，但還是被揍飛了出去。他被遠遠擊飛後，倒在地面再也不動了。

喬格和亞夫勒邦也再無起身的力氣。

葛斯和夏堤里翁還在嘗試站起來，但他們應該也已幾乎無力揮劍了才是。

至於巴爾特，他扶著魔槍當拐杖站了起來，但是也已無餘力攻擊。

此時，巴爾特靈光一閃。

他在御前會議席間曾說過，要大家把這怪物當成魔獸。當時他只是打個比方，並沒有其他意思。

不過，搞不好這個想法會是正確的也說不定？野獸變成魔獸之後，會成為用刀劍劈砍則難以輕易除去的怪物。這個男人不正是如此嗎？在妖魔（基耶魯卡諾斯）的妖氣洗禮下，野獸會變成魔獸。同理，這個男人搞不好也吸收了妖魔的氣息？

若是如此，如果真是如此……

巴爾特拔出古代劍。

怪物靜靜地俯瞰著他。

巴爾特將古代劍朝向怪物的方向，高聲喊出如今已不在世上的愛馬之名：

「史塔玻羅斯————！」

劍身迸發了藍綠色光芒湧向怪物，接著爆發開來。

在一切平息下來後，在巴爾特眼前的是若無其事地站在原地的物欲將軍的身影。

「行不通是嗎……」

「不，倒也不是行不通。剛剛那一擊是起了作用。我差點就要被送上西天了呢。咕咕、咕。純潔無垢的劍居然能發揮這麼強大的力量啊。不過，我可是吸收了五隻神獸，單憑一隻神獸怎麼可能贏得了我。」

強烈的無力感襲向巴爾特，原因在於他剛剛用盡全身力量來釋放古代劍的力量。自己的意識即將陷入黑暗之中，物欲將軍絕不可能放過倒下的自己，這將會是一場無法再醒來的長眠。

——不行！我不能就這樣倒下。若不齊聚如此強大的陣容，不做這麼多的準備，哪能打倒這隻怪物？居爾會被他殺死，無論如何都得在這裡打倒他才行。

或許是巴爾特這份拚勁喚來了上天的援軍。

後方傳來一陣聲響，是馬匹疾馳的聲音。訓練有素的馬匹載著身穿重裝備的騎士時，就會發出這樣的腳步聲。

有一騎勇士勇猛衝鋒而來。脖子無法動彈的巴爾特連回頭都辦不到。

物欲將軍難得以稀奇的目光看著向他疾馳而來的馬上之人，他接著將大劍高高舉起。

馬蹄聲終於越來越近，越過了巴爾特身旁。

這人是荀斯．伯亞。

是那位長著一張馬臉，在邊境武術競技會的馬上槍項目獲得優勝的騎士。昨天久違地碰了面，他們才剛說定下次要再一起喝幾杯美酒。

荀斯．伯亞左手持盾，右手握著堅固的長突擊槍，腳跨巨馬向前衝刺而去。

怪物瞄準了荀斯的頭部，無情地祭出一計橫劈。

大劍閃爍著燦爛的金色光芒，這計斬擊將會破壞與其接觸的一切。

這一擊輕易地擊飛了荀斯的盾牌，削去了他的頭。

想必這次必殺攻擊已奪去了這位長相怪異的好漢的性命吧。

然而……

理應已經喪命的荀斯．伯亞繼續向前衝刺，將巨大的突擊槍刺進了怪物的右腹，直接將怪物開腸破肚，扯出內臟穿腹而過。

荀斯．伯亞的馬就這樣載著主人，彷彿根本未曾受到怪物攻擊般急馳而去。

怪物的表情因驚愕而扭曲，不禁伸出左手捂住右腹。葛斯．羅恩並未放過怪物首次露出的微小破綻，他從死角往怪物飛奔而去。

怪物察覺到了後方有動靜，試圖回頭採取攻勢，卻慢了那麼一點。

葛斯的魔劍「班．伏路路」已從手肘上方斬斷了怪物握著大劍的右臂。

怪物掄起左手重創葛斯。

在葛斯被打飛出去的同時，夏堤里翁的魔劍刺中了怪物的下腹部。

怪物用左手狠狠擊飛夏堤里翁。

不知何時起身的喬格將已斷成半截的大劍插進怪物的右腳。

怪物踢開喬格，動作卻也停了下來。他站在原地，痛苦地扭動著身體。

沒錯，就在此刻，腐蛇之毒、刺在他身上的箭矢以及葛斯造成的重創正在折磨並奪取這隻怪物的性命。

忽然之間，傳來了一陣地鳴。

是辛卡伊的騎馬軍團知道路古爾哥亞將軍身陷險境，開始發動突擊。

彷彿與此呼應一般，西戴蒙德的號令響起，聯軍也開始發動攻擊。

兩軍共計超過一千五百騎的馬匹進行了一場狂濤巨浪般的突擊，其引起的轟鳴聲甚至給人即將天崩地裂之感。不過，雙方的衝突未成勢均力敵之勢，因為辛卡伊軍的目的在於助路古爾哥亞將軍逃跑。

過沒多久，聯軍擊退了辛卡伊軍，逼得他們往北方竄逃。

贏了。

打倒物欲將軍了。

腹部的傷口十分容易潰爛，更何況他已腸穿肚爛，已是回天乏術。

——追吧！追吧！西戴蒙德，將那群傢伙趕出這片土地吧！

一騎騎士來到巴爾特身旁。原來是荀斯·伯亞回來了。

巴爾特隨時都可能倒下，但他還是想跟這位立下大功的勇士說句話，於是使盡了全身的力氣勉強保持意識清醒。

荀斯往巴爾特的方向接近而來。望著他逐漸接近的身影，巴爾特啞口無言。

他的左臂已不見蹤影，應該是跟盾一起被斬去了吧。
他的頭盔也已脫落，露出了原本的面容。他的臉部已被削去了一半。
這個男人失去了他的左眼及左半邊的腦漿，人是無法在這種狀態下存活下來的。
馬匹在巴爾特面前停下來。
荀斯用殘存的右眼望向巴爾特，對他露出一個看似微笑的笑容。
接著便全身癱軟地從馬背上摔了下去。
巴爾特愣愣地盯著倒地的荀斯。
此時來了一位女孩，應該是個農民吧？這女孩在荀斯身邊跪下，幫他闔上了依然睜著的右眼。接著她雙手抱住了荀斯血淋淋的頭部哭了起來。
——這女孩該不會就是瑪茜？
瑪茜是住在羅卡爾村的少女。約莫十年前，荀斯從敵人手中守住了那座村莊，受到了少女的感謝。然而在半年後，他卻一把火燒了受到可怕疫病侵襲的村莊，殺光了所有村民。荀斯曾說過，當時他也殺了那位名為瑪茜的少女，不過原來她沒死。她擔心荀斯擔心得不得了，所以才來到了這片駭人的戰場。
巴爾特心中忽然湧上一股陰暗的情緒。他自己也感到十分驚訝，並試圖釐清這股情緒的真面目。這股情緒居然是嫉妒，巴爾特十分嫉妒荀斯。

打倒了無人能敵的敵人，保衛了國家、國王及人民，最後在心愛之人的懷中嚥下最後一口氣。身為騎士，沒有比這更好的死法了。跟僥倖存活下來，以這副又老又醜的模樣撿回一條命的自己真有如天壤之別，因此巴爾特才會如此強烈地嫉妒著荀斯。

在巴爾特因自己的想法感到愕然的同時，他放手讓意識逐漸遠去。

3

那位少女果然是瑪茜。多虧朱露察卡從瑪茜和荀斯的隨從口中問出了一些事，巴爾特才能在轉醒之後得知以下這些消息。

在荀斯率領的領主士兵放火燒掉村莊時，瑪茜前往拜訪嫁到鄰近村莊的姊姊而不在村中。起初接到村莊燒燬，居民全數死亡的消息時，她大受打擊、悲痛萬分。不過，當她知道前來燒燬村莊的指揮官是荀斯時，她心裡牽掛著的是另一件事。

那位溫柔的騎士大人肯定心痛得不得了。

她想告訴他事情並不如他想像，多虧了迅速的處置，死灰病最後並未蔓延出去，姊姊婆家所在的村莊和其他村莊都平安無事。所以她想告訴他，她心懷感謝且並不怨恨他。

幾年後，瑪茜為了見荀斯一面，前往了領主居住的城鎮。但荀斯已成了統治其他領地的伯爵的養子，不在這個城鎮裡。待她又長了幾歲，她造訪了該位伯爵統治的城鎮，不巧荀斯正好外出。後來她又前往拜訪了三次，荀斯總是不在城裡。

其實荀斯並沒有外出，而是伯爵不想讓一介村姑與荀斯見面，所以才下令要家臣們告訴她荀斯不在城裡。巴爾特聽到這裡，心中泛起一陣怒意。不過，仔細想想，被荀斯親手燒光的村莊的倖存者前來相見，或許不讓他們見面也是一種溫柔。

這次瑪茜聽到傳聞，說國內的騎士都將聚集在戈爾特平原與辛卡伊軍一戰。她心想，那荀斯或許也會前來參戰，於是便無視因危險而出言制止的姊姊，強行來到了能看見兩軍的地點。

沒錯，瑪茜居住的村莊就在附近。已然毀滅的羅卡爾村也曾經存在於這片戈爾特平原的某個角落。

荀斯．伯亞應該死得瞑目了吧？因為這次他終於守住了他應該守護的東西。

朱露察卡從被打飛的頭盔上取下了插著花的筒子，交給了瑪茜。瑪茜聽說了此物的由來之後，再度流下眼淚，緊緊抱住了筒子。荀斯的隨從們並沒有責怪她的此一行為。

隨從們帶走了荀斯的屍骸及武具，但卻莫名地留下了左臂。瑪茜挖洞埋下了荀斯的手臂，並堆起石堆當成墓碑，最後將殘留在花筒中的花供奉在墓前。

在戰爭結束後沒多久，下了一場不合時節的連綿長雨，將戰爭的痕跡及苟斯的墓碑都沖刷而去。

神奇的是，那片冷冷清清的土地居然化為一片草原，並開起了色彩繽紛的花朵。

不知道是從誰開始的，大家開始稱呼那片土地為瑪茜的花田（希魯普利馬路切）。

後來巴爾特在轉醒之後，在與巴里．陶德上級祭司的談話中，將話題帶到了羅卡爾村莊。巴里知道這座村莊，聽說如今在那座村莊的廢墟中長滿了一種名為提勒由的藥草。巴爾特請人送來了那種藥草，並煲成湯藥飲用。原本該是苦哈哈的湯藥卻帶著不可思議的溫柔滋味。

辛卡伊軍飛也似的逃跑了，最後終究是無法將路古爾哥亞將軍逮捕並取其性命。西戴蒙德往艾吉得西北方追了辛卡伊軍一天的距離後，便下令禁止繼續追下去。卡瑟的城鎮解除封鎖，伐各和艾吉得完全成了帕魯薩姆王國的囊中之物。

有部分諸侯無視西戴蒙德的指示，前往追擊辛卡伊軍。辛卡伊本國毫無疑問是個極為富庶的國家，諸侯們想侵占他們的財富。不過，辛卡伊國的潛在實力相當驚人，最後那些窮追猛打的諸侯遭到了殘忍的反擊。

一直窩在克布希城內的跋叩將軍則棄城而逃。他趁夜突然離城，巧妙開溜，讓葛立奧拉的騎士的欽佩之情多過於憤怒。

帕魯薩姆國王居爾南特宣布前任國王溫得爾蘭特之死是辛卡伊國的陰謀的一環，而此次勝利已為他報仇雪恨，並為溫得爾蘭特國王舉辦了喪禮。

此外，他將洛特班城讓渡給葛立奧拉皇國，伐各則轉封給卡杜薩邊境侯爵瑪多士・奧爾凱歐斯。同時新設了鎮西侯的爵位，命瑪多士走馬上任並代為治理王家領地艾吉得。

而關於保護國王到最後而戰死，並帶來了與辛卡伊軍相關的有用情報的翟菲特，在綜合他所有功績後，在死後將其位階從伯爵提升至侯爵，並且讓他的長男繼承侯爵之位，如預料中地命他擔任王家領地卡瑟的執政官員。他雖然是位年輕的執政官員，但翟菲特培養出來的優秀家臣團應該會從旁輔佐才是。

居爾南特國王認定巴爾特是最大功臣，但是由於他並非王國騎士，所以除了讚揚之詞及賞金外再無其他獎賞。

第二大功臣則是荀斯。國王不僅在王宮廣場為他立了石碑，還追封爵位，並賞賜給他身為伯爵的養父賞金。

而在如何處置俘虜方面則遲遲沒有結論。對於一般士兵，處以一定年限的奴隸勞役就沒問題了。像是讓他們前往礦山等地進行無薪的重勞動工作，或是作為賞賜的一部分，分發給參戰的諸侯。

問題在於該如何處置將軍們。要是讓一般士兵與他們身處同處，他們很可能會煽動士兵發起叛亂。很明顯地，他們將會成為極度危險又難以使喚的奴隸。話雖如此，單純將他們關押也只是徒耗經費。

就在討論往唯有賜死他們的方向發展時，西戴蒙德提出了異議。他認為應該要原諒並釋放他們。將軍們在他們的國家裡是英雄人物，幫助英雄可以賣人情，殺了英雄則容易引來仇恨。若辛卡伊再次伸出魔爪，讓他們燃著仇恨之火面對想復仇的敵人，和面對曾經施恩於他的敵人，哪個比較好呢？這麼一想，無條件釋放這群人會是更好的選擇。這就是西戴蒙德的主張。

這個意見最後被採納了。他們給了將軍們馬匹及糧食，並請將軍們代為傳話。

傳話內容是帕魯薩姆不會要求贖金，但是必須以實際作為來表示承認輸了這場戰爭。

過了不久，辛卡伊送來了大量金塊。這些金塊被視為賠償金，並宣告了戰爭終結。

金塊也分配給了諸侯，一般士兵俘虜的奴隸勞役從十五年減至十年。

帕魯薩姆王宮中有兩位重臣私通辛卡伊國一事被查出，兩位重臣已遭誅滅。

這場是有使以來首次將幾乎所有的中原主力國家全牽連其中的戰爭，所以被稱為諸國戰爭。

為了與三年後的戰役做出區隔，也有人稱之為第一次諸國戰爭。

第八部・第二次諸國戰爭

第一章——雅娜的手環

陶德家的土

1

——原來吃了敗仗成為俘虜是這樣的心情啊……

巴爾特乘坐在月丹背上晃蕩著，腦袋裡藏著這露骨的想法。

——為什麼……事情會演變成這種地步？

巴爾特滿心怨懟地回想著他醒來之後所發生的事。

2

巴爾特是在四千二百七十三年的十月二十七日醒來的。

希魯普利馬路切之戰發生在八月十七日，所以算起來他一共睡了九十四天。巴爾特被人送到陶德家，由朱露察卡和葛斯負責照料。

倍達將軍、亞夫勒邦、奇利和喬格等人在經歷了帕魯薩姆國王的盛大慰勞之後，便各自回國去了。

巴爾特醒來後做的第一件事，就是派葛斯做代表，前去歸還聯軍元帥一職。

他的體重減輕，身體沒有力氣，一開始連站直身子都得費盡力氣，但過個一星期就能走也能騎馬了。醒來後的第十天，巴里．陶德就帶著他到多巴克尼山泡溫泉去了。

巴爾特過了一段悠閒的時光，不過這安穩的日子只持續了一個星期。

在居爾南特國王苦苦央求下出席了賀年晚宴後，一大群自稱前來探病的人接連湧來。

巴爾特是諸國戰爭的英雄，也是居爾南特國王的師父兼深受信賴的武士。而且，聽說葛立奧拉皇國的皇王也以英雄規格相待，蓋涅利亞的喬格．沃德大將軍更與他私交甚篤，在戰爭中還特地隻身騎馬趕來相援。巴爾特肯定會在不久的將來位列高級貴族並形成強大的派閥，無論如何都得跟他締結友誼才行。有這種想法的貴族多如過江之鯽。

此外，想請他幫忙與多里亞德莎作媒的人也跑來了。

多里亞德莎的身分是北方大國來的嬌貴公主，原本就廣受注目。而她身穿薄衫，赤腳跳著「四謝之舞」的模樣更是完全射中了騎士們的心。而且，儀式當天就開始大反擊，轉眼間就擊退了已進攻至王都附近的辛卡伊軍，甚至還成功將西方兩都市完全納入了統治之下，這讓大家認為多里亞德莎簡直就是勝利女神。

由於多里亞德莎這位「巫女騎士」兼「戰爭女神」在王宮中的業務進行得十分順利，她預計會在一年內返國。眼睜睜地放這麼一位出色的女性回國真的好嗎？不，一點也不好。青年騎士們的心中燃起了熊熊的戀慕之火。

然而，多里亞德莎卻絲毫不給人任何機會。

戰爭結束後，有十位女性候補武官雀屏中選，開始接受多里亞德莎的指導。她同時也針對官吏關係人士進行指導，內容為教導他們如何保護貴族女性，以及盤查女性嫌疑犯的知識及技術。由於她非常投入在這項工作中，幾乎沒有所謂的空閒時間。

如此繁忙的多里亞德莎每天都一定會去一個地方，那就是陶德家。她每天都會到那裡去探望巴爾特。

「只要羅恩大人能幫忙美言幾句，就能和多里亞德莎公主拉近關係」。

陶德家連日來湧進了如海嘯般的訪客。

巴爾特只想放慢步調好好思考一番。

關於魔獸、瑪努諾的女王以及瑪努諾的女王稱之為「破蜥蜴」的事。

關於「製造」魔獸及為此疑似需要的「石頭」、疑似強迫女王進行此事的存在，還有「帕塔拉波沙曆」的事。

物欲將軍究竟是何方神聖？他的身體和力量到底是怎麼回事？為什麼他能存活長達幾百年？物欲將軍留下的話又是什麼意思？

他有許多想要好好思考的事，卻遭到一群蠢蛋阻撓。

就在巴爾特即將爆發的前一刻，朱露察卡向他提出了一個好主意。

首先，透過巴里．陶德發布王命，限制探病人數。

前來探病之人需要事先預約，且嚴格限制人數及探訪時間。

此外還要放出消息，內容是只要能在與葛斯．羅恩的細劍比試中勝出，巴爾特就會幫他跟多里亞德莎作媒，但是只有一次挑戰機會，且不接受代理人挑戰。

以夏堤里翁為首，湧來了一波挑戰者，但葛斯毫不留情地打趴了他們。

過了一陣子，眾所皆知巴爾特無心在此國落地生根，近期將再度踏上流浪之旅。還有，在明白無望打贏葛斯後，探訪人數隨之減少，巴爾特終於回復了平靜安穩的生活。

就在他過著這心平氣和的日子的某一天。

多里亞德莎正在露臺上俯瞰著庭院和水池，風吹拂著她留長的栗色長髮。多里亞德莎摘了一朵花，扯下花瓣任它隨風飄去。

——哦，這不就是戀愛之下的犧牲品嗎？

兩天前，巴爾特忽然想起一件事，開口問多里亞德莎：

「對了，在邊境武術競技會結束之後，妳曾說過一句很奇妙的話。說什麼只要到帕魯薩姆就能得到一到兩年的時間。如果這樣還是會出問題，就採用朱露察卡教妳的方法。這段話指的是什麼事呢？」

開口回答的人是朱露察卡。

「啊，那件事喔。我當時是這麼跟多娜說的。我說要不要乾脆跟亞夫勒大哥宣告她有喜歡的人了。只不過如果不明講是誰，這樣也不太妙，所以就隨便從我們這群人中挑一個講就好。」

「哈哈，原來如此。這還真是個大膽的發言。」

「嗯。然後，她後來不是跟葛斯一起回國嗎？好像就在這時候說了她有喜歡的人。不過大家也不怎麼驚訝，好像是因為在從邊境回去時，她心有所屬這件事就已經曝光了。」

「什麼？」

用了曝光一詞，不就代表有喜歡的人這個說法不只是個權宜之計，而是多里亞德莎確實心有所屬。這人到底是誰？

由於兩天前曾發生這件事，所以當巴爾特看到多里亞德莎扯下花瓣隨風飄去，立刻就聯想到了這件事。這是對風神索西艾拉獻上的戀愛祭品。巴爾特一行人中，只有葛斯的守護神是風神索西艾拉。原來多里亞德莎的思慕之人就是葛斯啊。

——夏堤里翁真可憐。

不知不覺間，巴爾特變得十分中意夏堤里翁，他非常喜歡夏堤里翁那股笨拙的傻勁。

此時巴爾特發覺了一件事。要是最後葛斯真的娶了多里亞德莎，等於是羅恩家要娶媳婦了，而他們所誕下的孩子就會是巴爾特的孫子。原本已絕後的羅恩家將會延續下去。

這股強烈的喜悅之情讓他想高聲喊叫。

不過，現在他得自制才行。巴爾特不能因為一己之私，去左右葛斯和多里亞德莎的生活方式。

總之，他決定在旁默默守護兩人的戀情發展。

但這是個大失策。巴爾特不該拖拖拉拉，早該立刻再度踏上流浪之旅才是。

葛立奧拉大使巴魯克利夫子爵趁這個機會接近了巴爾特。

一開始只是單純的探訪，而在多次到訪之後，於不知何時，巴爾特將出席亞夫勒邦的結婚典禮，屆時將以國家貴賓的身分邀請他到葛立奧拉皇宮這件事定了下來，等他發覺這情況時，已被逼入了進退維谷的狀況。

如同巴爾特是位劍藝精湛的武士，對方也是位舌粲蓮花的外交官。這是場打從一開始就沒有勝算的戰爭，要是不想輸，唯有在開戰前撤退一途。巴爾特是在一切都已為時已晚時才發覺了這件事。

六月十二日，迎娶隊伍從阿格萊特家出發至法伐連家。已完成女性武官教育工作的多里亞德莎也一同返國，最後變成巴爾特也與此隊伍同行。

新娘是瑪露愛麗雅公主。她是古雷巴斯塔伯爵之女，和夏堤里翁是同父同母。

在巴爾特還未從沉睡中醒來的期間，瑪露愛麗雅曾和夏堤里翁一同前來探訪，此時亞夫勒邦對她一見傾心。阿格萊特公爵認為古雷巴斯塔家與法伐連家不夠門當戶對，所以決定將瑪露愛麗雅迎回本家再把她嫁出去。後來法伐連家管家帶著十輛馬車的禮物送至阿格萊特家，提出了結婚的請求。

一行人將從帕魯薩姆王都前往葛立奧拉皇都，不過由於目前和蓋涅利亞是同盟關係，所以一般而言將會通過蓋涅利亞。然而，亞夫勒邦卻下了這樣的指示：

「我們走通過盛翁和杜勒的路線，千萬不可以踏入蓋涅利亞的勢力範圍。」

其實對瑪露愛麗雅公主一見傾心的不只亞夫勒邦，喬格也看上了這位公主。

「喂，金毛的，你給我退出。那急驚風的妹妹我要了。」

金毛的指的是亞夫勒邦，急驚風則是指夏堤里翁。附帶一提，奇利・哈里法路斯則被他叫成了小鬍子。

亞夫勒邦和喬格似乎還在巴爾特沉睡的房間裡拔劍相對過。

所以為了不讓喬格從中作梗，才會有了避開蓋涅利亞的命令出現。

「哈哈哈，不管怎麼說，搶走同盟關係國家的高級貴族的新娘這種無法無天的事，他也不敢幹吧？」

巴魯克利夫子爵以此言取笑亞夫勒邦操心過度。

不過，亞夫勒邦在這方面的擔心是正確的。喬格正是會幹出這種事的男人。

在陶德宅邸的最後一場晚餐十分平靜，巴里因公務而不在家中。

巴爾特原本以為這最後一晚，肯定會來些精緻豪華的料理。沒想到出乎他意料，端上桌的料理全是些果實、葉菜類、根菜類等質樸的菜色。吃起來十分美味，正因食材十分質樸，反而才能享受到極具深度的調味。

──哈哈，他是打算先用樸素的料理讓我們意猶未盡，然後再一口氣端出豪華主菜對吧？

巴爾特的預測再次落空。上桌的主菜是道毫不起眼的蔬菜料理。

恰爾帕休。

巴爾特在來到帕魯薩姆後才認識了這種蔬菜。這是由多片菜葉交疊而成的蔬菜，菜葉下半部呈白色且厚實，上半部則呈綠色且軟嫩。是在王都及鄰近地帶隨處可見的蔬菜。這座宅邸中也種植了此種蔬菜，經常以肉品料理配菜的角色出現。

乍看之下，恰爾帕休被隨意地擺放在盤中。看起來簡直就像採摘下來就直接盛盤，但是應該不會有這種事才對。

巴爾特往白色部分下刀，一陣清脆手感後，恰爾帕休便被他切斷了。裡面什麼也沒有。

他將一小塊白色部分送入口中，接著，蔬菜自然的清甜和某種高湯的味道在口中擴散開來。這蔬菜已經過汆燙，但是不論口感或是留在舌尖上的味道，都是恰爾帕休的原味。

——該怎麼說呢？真是道溫煦的料理，令身心都安定下來了。

這次他切下綠色部分吃了下去。些微的苦味令人感到暢快，感覺那新鮮蔬菜所擁有的生命力正一點一滴慢慢滲入體內。

「這些恰爾帕休是最後在家裡的菜園中收成的蔬菜。我以盡可能讓各位享受食材原味為目標做了調理，希望各位能記住這個家裡土壤的滋味。」

巴爾特突然驚覺一件事。

這麼說起來，今晚端上桌的每道料理，所有食材全都是能從這個家的庭園或菜園採摘到的。卡繆拉可是想方設法引出了蔬菜的清甜及營養。

在巴爾特離開的同時，這座宅邸也將關閉。這正是如字面所述的最後的晚餐。

原本這座宅邸會隨著詹布魯吉伯爵定罪而遭到查封，僕人們差點就得背負曾在謀反人士家中工作的汙名離開。不過，因為巴爾特繼續將這座宅邸作為住處，才將他們從這汙名中解救出來。畢竟巴爾特是以聯軍元帥的身分統領三國軍隊，擊敗了強大的辛卡伊軍之人。

此外，這座宅邸還曾經住了蓋涅利亞大將軍喬格、從葛立奧拉皇國趕來的亞夫勒邦和奇利。再加上西戴蒙德和夏堤里翁等高等將軍也頻繁到訪，並在此擬定戰略，許多部門的負責人也曾造訪此宅邸。

在從大國辛卡伊的入侵中守護祖國的這場戰爭中，這座宅邸也曾是其中一個據點。因此，僕人們才得以帶著驕傲及喜悅之情度過在這座宅邸服務的最後一段日子。

僕人之中，年長者選擇退休，其餘的人的去向也已塵埃落定，除了卡繆拉之外。

「卡繆拉，你為什麼拒絕了喬格的招攬？」

「喬格將軍的盛情令人幾乎要喜極而泣。但是，論食材難吃的程度，蓋涅利亞可是中原第一，根本沒有讓我大展拳腳的機會。若要我去那個國家，我還不如到邊境去隨侍在巴爾特將軍身邊比較好。」

「我要繼續踏上流浪之旅，而且也不可能再擁有足以聘請廚師的身分。」

「那麼我就先去巴里．陶德大人的孤兒院幫忙張羅伙食，等待時機到來吧。」

這男人一如往常地講了些奇妙的話。

巴爾特心中有愧。說起來，如果自己沒有來，或許詹布魯吉伯爵也不會成為陰謀的目標人物——這樣的想法在他心中揮之不去。

不過，往事已矣。此時只能用心享用這場餞別的晚餐。

巴爾特將盤中剩下的恰爾帕休送入口中，閉上眼仔細咀嚼。

確實有股土壤的味道。

隔天巴爾特離開宅邸時，所有的僕人都前來送行。

侍從長、侍從及侍童們、侍女長及侍女們、廚房、馬廄的員工們，還有園丁們。

巴爾特叫了他們每個人的名字，與他們一一惜別。

在「下街（由葉）」服務的庫里副主祭和西馬副主祭也前來送行。

「我們沒有告訴孩子們巴爾特將軍即將啟程的消息，您再次來到這座王都時，請務必再來孩子們面前露個臉。」

「嗯，庫里副主祭也要保重啊。」

3

於是，巴爾特此刻正在前往葛立奧拉皇國的路上。

迎娶馬車多達二十八輛。車隊前導的使者先走一步，前往該片土地的貴族家委辦住宿事宜了，大家也有可能會分住不同地點。約三百二十刻里至四百刻里的路程，預計花上約八十天悠哉前進。

「能再次和巴爾特閣下共進旅程，真是令人開心。」

夏堤里翁驅策著愛馬貝可利前進，嘴上如此說道。他將以阿格萊特家公爵代理人的身分出席婚禮。

——呃，你開心的是能和多里亞德莎閣下同行吧？

巴爾特對有著滿滿劣根性的卑劣發想的自己感到厭惡。

「居然能和巴爾特大人、葛斯閣下、夏堤里翁閣下一起踏上長達兩個月的旅途，我真是太幸福了。」

多里亞德莎也是心情大好。

一行人進入盛翁國之後，在蓋冉子爵家落腳。晚餐時段，子爵喚來音樂家們奏樂歡迎，在用餐結束後，還詢問夏堤里翁是否能在舞蹈方面為兩位女兒指點一二。夏堤里翁爽快地答應了，在熟練地引導了兩位與他有著身高差距的少女跳完一支舞後，趁此之便向多里亞德莎邀了一支舞。再怎麼樣，多里亞德莎也難以拒絕，只好答應了他的邀舞。夏堤里翁在眾目睽睽之下與多里亞德莎起舞，享受了一段長到令人傻眼的共舞時光。

兩人的臉都因葡萄酒的酒氣而略為泛紅，在燭光映照下的舞姿更是美得令人嘆息。兩人都是武術高手，動作皆是優雅俐落。子爵叫來了在牆邊待命的畫師，對他吩咐了幾句，肯定是命他將這畫面以畫筆記錄下來。

隔天，夏堤里翁和多里亞德莎邊愉快地交談著，邊策馬向前。

「呵呵呵，我們這群人身邊雖然跟著精銳的護衛們，不過我們這四人也頗有兩下子的呢。」

「豈止頗有兩下子，簡直就是最強陣容。不過，多里亞德莎閣下，要是有盜賊團膽敢前來襲擊，我希望妳能給我個機會打頭陣保護妳。」

「不，我怎麼能讓阿格萊特家家主代理人身陷險境，就由我先出擊吧。」

「那我們就一同出擊吧。」

「好的，一同出擊。」

——夏堤里翁啊……你看起來是挺開心的，但你已經確定失戀嘍。

走在前頭的隨行騎士策馬過來。

「報告。」

「嗯。」

「閣下今晚的住宿地點已經定案，將請您留宿於西布盧尼家。」

——他說的是盛翁的西布盧尼家？

過去辛卡伊進攻撒爾班時，正是一位名為安東·西布盧尼的盛翁騎士協助瀕死的葛斯躲藏起來。安東是坎多爾艾達的友人，還曾幫忙把魔劍「班・伏路路」及坎多爾艾德的信件轉交給葛斯。

葛斯在西布盧尼家待至傷癒，不過盛翁國曾和辛卡伊國結盟攻打撒爾班，萬一他隱匿葛斯這位撒爾班王族的事傳了出去，安東將會身敗名裂。

所以後來盛翁便成了唯一一個葛斯完全無意踏足的地方。

在得知此次旅程將通過盛翁時，巴爾特對葛斯如此說道：

「葛斯，婚禮隊伍好像會經過盛翁。你要不要跟我們分頭行動，到時再在葛立奧拉會合？」

「不必，我會請朱露察卡去調查一下。」

當天夜裡，朱露察卡就不見了人影，直到隊伍即將抵達歐柏斯堡壘時才與眾人會合。

「老爺子，沒事的。奧道斯・夏路已經死了。」

「這人是誰？」

「是敵人。」

巴爾特連聽聞細節的機會都沒有，就這麼進入了盛翁國境。

並投宿於西布盧尼家。巴爾特感覺到了命運一類的東西。

西布盧尼家的家主是名為伍爾頓・西布盧尼的騎士。這位騎士往葛斯瞄來瞄去，讓巴爾特很在意，不過在葛立奧拉大使及隨行騎士們面前也不能說什麼奇怪的話。

晚餐結束後，正當巴爾特等人要回客房時，管家前來拜訪。

「巴爾特．羅恩閣下，打擾您真是深感抱歉，是否能請您移步至前家主安東的房間一趟？」

4

「你就是巴爾特．羅恩閣下是嗎？」

「是的。你就是安東．西布盧尼閣下？」

「正是。」

安東．西布盧尼是位有如白輝石的人物，感覺年事已高，但從他蓬鬆的白髮和健壯的身軀都能感受到一股清澈之感。他的身體狀況似乎不太好，但還是站起來迎接巴爾特。

「巴爾特閣下，請坐。特地請你過來一趟，真是不好意思。」

安東那如岩石般的剛硬臉部線條柔和了下來，露出溫和的眼神。

房裡只剩下安東、巴爾特及葛斯三人，家主伍爾頓並不在場。

「哈哈哈，我沒叫伍爾頓過來，他把這傢伙誤以為是索里烏斯的兒子了。索里烏斯是我起的名字，當時這傢伙住在我家時，我要他自稱是索里烏斯。」

就在這時候，安東端坐起來。

「巴爾特閣下，感謝你收索里烏斯為養子，並賜予他新名字。我很清楚索里烏斯如今踏上了充實的人生道路，容我向你致謝。」

安東對他行了一禮。

「不，安東閣下，我才要向你致謝。在盛翁處於與撒爾班戰爭的情況下，多虧有你救了身陷危難的吾兒葛斯。」

「那是場可恨的戰爭。喔喔，說起這件事，我對打倒那混帳將軍的什麼七英雄獻上了喝彩，沒想到那七英雄之一的葛斯．羅恩居然就是索里烏斯，沒什麼比這更令人愉快的了。」

「安東閣下，我是坎多爾艾達閣下的弟子。」

「什麼？」

接下來，巴爾特和安東也不管夜色已深，開懷暢談了一番。在此次談話中，巴爾特得知了坎多爾艾達的英勇事蹟。

這件事發生在安東就任騎士不久之前，他年方十八的時候。他看見父親麾下的士兵正在審問一位流浪騎士。但是其起因卻是士兵濫用權力，意圖對街上的姑娘有不軌的舉止，結果被流浪騎士訓斥制止。安東透過在場人們的控訴得知這情況後，做出讓士兵接受處罰的安排，並邀請流浪騎士到家中，宴請他晚餐。他一方面是想為叨擾對方致歉，另一方面則是對這暴徒能應付本領高超的士兵的武藝感興趣。

這位流浪騎士正是坎多爾艾達。

他接受了安東的請求，在此停留了一年左右，教導他劍術。

當時安東那身為領主的父親因病倒下，接著便發生了一件事。

侍奉相鄰領地領主的騎士之女與安東是一對戀人，而這位女孩被相鄰領地的領主之子奧道斯．夏路抓走了。據說他是利用安東的名義約她出來，再帶回自己家中，安東前去抗議時只得到了女孩移情別戀，即將成為奧道斯的小妾的這段話。

坎多爾潛入對方的宅邸，取來了女孩親筆寫下的信件。信上寫著自己愛的人只有安東一個，與其遭他人玷汙，不如死了算了。

面對提出此信的安東，奧道斯是這麼說的——那麼就來場二對二的決鬥以明正義，要是你能展現足以打敗我和我的部下的英勇，我就把女孩給你帶回去。

要是拒絕這個提議，等於是放棄了女孩，所以他只能答應下來。決鬥就在隔日舉行。

安東心裡擔心著一件事，那就是見證人是否真的公平公正。

不過，天佑安東。國王派來使者前來探視安東的父親。安東將所有事告訴了使者，拜託他擔任見證人。
隔天，安東在坎多爾及王家騎士的陪同下，前往約定的地點。等著安東的敵人不只兩位，而是二十位。
你不是已經言之鑿鑿地向神發誓，要以兩人戰勝二十人來證明你的正義嗎？這是奧道斯的主張。面對若無其事地偽造神的誓約的人，講什麼道理都沒用。
坎多爾對絕望的安東這麼說道。
原來如此，只要以兩人戰勝二十人，不管什麼神都會認同你的正義對吧？這不挺合理的嗎？
這句話給了安東勇氣，於是他不顧一切地打了起來。就在他剛打倒兩人，放眼看向四周時，除了安東和坎多爾之外，只剩下奧道斯還站著。奧道斯扔劍投降。王家騎士宣布安東得勝，直到確認安東的戀人已回到他身邊，才踏上歸途。
坎多爾離開了，安東和戀人結了婚，繼承了領主之位，生了以伍爾頓為首的子女們。
在這之後過了將近二十年，盛翁與辛卡伊攜手進攻撒爾班。安東心裡忐忑不安，原因在於戰爭本身的理由實在太過自私，再加上他之前一直認為坎多爾是撒爾班的騎士。坎多爾曾說他要回到西方去，說起盛翁的西邊，就會直接聯想到莫魯道斯山系，而那裡只有撒爾班公國一個國家。

在安東聽聞撒爾班公國的「王之劍」的活躍事蹟時，他感覺就像得到了救贖。「王之劍」的活躍對於參與侵略的各國中有良知的騎士們來說，簡直稱得上一大福音。要是在戰場上遇上了「王之劍」，也就是黑騎士，了不起就是將向坎多爾學習的劍技發揮到淋漓盡致，拚死一戰而已。

在撒爾班即將亡國時，有人送了一位負傷的青年來到安東的陣地。將青年送到此處的人自稱是坎多爾的隨從。

安東並未詢問青年的名字，就給他起了索里烏斯．法恩這個名字，並向身邊的人說明這位青年是他的遠房親戚。

傷癒後的索里烏斯埋頭在劍術修行之中，只要聽聞哪裡有劍術高超的騎士，便會發起挑戰。

某一天，他與相鄰領地的騎士進行了一場比試。當時已成為領主的奧道斯也在旁觀戰。

「你是坎多爾的兒子吧？」

坎多爾是他的大叔父，但是長相並無相似之處。不過，眼睛、肌膚及髮色相同，行為舉止及氣質方面也極為相似。想必是奧道斯由恨而生的直覺讓他發覺了這相似之處。若是執意追查，就會知道他是在撒爾班戰役進行得如火如荼之時，來到了安東身邊。他的出身一旦曝光，安東就完了。

索里烏斯逃離了西布盧尼家，改名為班・伍利略後，踏上了流浪之旅。

接觸到至今未曾得知的坎多爾的生前面貌，巴爾特內心升起一陣暖意。

最後安東與巴爾特結下了師兄弟之約。

隔日一早，巴爾特等人踏上了旅途。安東一路目送他們出門。

5

可惜在西布盧尼家得到的那愉快心情立刻就慘遭抹煞。

因為巴魯克利夫子爵開始一一細數，在他們抵達葛立奧拉皇都後，會有何等豪華的排場在等著他們。巴爾特的心情隨著旅途前進而越發沉重。

此刻，一行人在下山途中於湖邊稍作休息。

昨晚，他們在克布希堡壘落腳，那是葛立奧拉南方的一座要塞。下山進入平原後，皇都就近在咫尺。

昨晚在克布希堡壘聽見的那段話，猶如給了他最後一擊。

在他們一行人即將抵達皇都前，皇宮前廣場的某座銅像預計會完工。

銅像的構思是巴爾特眼中蓄著嚴格與溫柔並濟的光芒，低頭看著葛斯，並將右手伸至葛斯頭上要求他起誓，而葛斯則抬頭以感謝的目光望向巴爾特。那是一座以《騎士誓約》為名的等身大銅像，是由頂尖名匠大顯身手打造的傑作。

「哎呀，本來應該要先瞞著您的才是。原本的計畫是讓您看到實物時，大大地驚喜一番呢。不小心就說溜嘴了。」

笑容可掬的子爵所說的這段話，讓巴爾特感到眼前一暗。

他不想去。

他絕對不想去。

有沒有什麼方法能讓他不必去皇都呢？

——諸神啊！我的守護神帕塔拉波沙啊！請賜予守護於我。請賜下黑暗掩去我的身影，讓我能避人耳目，踏上嶄新的冒險之旅。若能實現這個願望，我願奉獻餘生與惡交戰，毀滅邪惡。神啊！偉大的命運啊！請別棄我於不顧！

巴爾特的祈禱上達了天廳。

眼前的湖泊中央，突然咕嘟咕嘟地冒著泡泡湧起水花，接著，一隻怪異生物便現身其中。是瑪努諾。

大家彷彿凍結似地無法動彈。

瑪努諾一邊發出沙沙聲，一邊在巴爾特的腦海裡對他說：

『你是巴爾特羅恩？』

「沒錯，我就是巴爾特・羅恩。你是女王殿下派來的使者嗎？」

『女王要實現與你的約定，有東西要交給你。請你到女王身邊走一遭。』

「嗯！」

巴爾特回頭，強力散發著元帥的威嚴，定睛望向所有人，話中蘊含著不容辯駁的力道。

「容我在此告知各位，我必須去拜訪瑪努諾的女王一趟。」

「巴爾特閣下，你聽得懂瑪努諾的語言？」

夏堤里翁感到驚訝，這代表在他腦海中響起的聲音，夏堤里翁等人是聽不見的。這真是太好了！

「大家應該都知道，在先前的魔獸大侵襲中，瑪努諾逼不得已，也投身其中。而瑪努諾的女王派了使者過來，說要我立刻動身前往。無法與皇王陛下見面，我深感遺憾，無法出席婚禮真是太可惜了。然而，為了大陸的和平以及諸國萬民的安寧，我必須去。若過了一年還是沒有我的消息，就當做巴爾特・羅恩已消失在樹海之中了吧。再會了！」

巴爾特颯爽地掀起披風，動作流暢地跳上月丹背上，策馬急馳而去。

『呃，其實也不用那麼趕著去。若你有事待辦，可以辦完再去。』

他決定當作沒聽到瑪努諾說的這句話。
葛斯和朱露察卡隨後跟上。
眾人皆是目瞪口呆，目送英雄這突然的離開。
後來新娘一行人繼續踏上旅途，平安地抵達了皇都。在婚禮結束後，夏堤里翁向多里亞德莎求婚遭拒而死了心，這場戀慕就此告終，而巴爾特是在很後來才得知此事。

6

活著這件事真是太美好了。
巴爾特打從心底這麼認為。
葛立奧拉皇國中森林眾多，水源也十分豐富。像這樣一腳踏入原始森林，眼前風景皆是如詩如畫。
自與新娘隊伍分道揚鑣以來，巴爾特一行人往樹海前進著。他們一路上不太到城鎮落腳，大部分都在村莊留宿，或是在山野中野營。
從法伐連侯爵手中得到的那代替通行證的吊墜發揮了極大的作用，不管去到哪裡都是暢行無阻。

雖是不趕時間，但這三人的腳程讓速度自然快了起來。狩獵鳥及野獸或採集果實的速度之快，就連慣於野營的騎士也難以望其項背，而處理食材製成可入口的料理的手法更是老練得不得了。這三人可是不需多言，就能完美合作完成這些事的人啊。

好吃。

只不過是灑了些鹽在烤魚上，怎麼會這麼好吃。

油煙拂面而來的感覺怎麼會如此舒暢，燒酒也好喝到無可挑剔。這是從安東・西布盧尼手上得來的三十年查爾加酒，以清流之水兌酒飲用的美味程度真是難以言喻。

迎面而來的風的香氣以及小河潺潺帶來的樂趣。

啊啊，這就是所謂的旅行啊。搭乘豪華馬車，夜晚留宿在騎士宅邸根本稱不上旅行，只是單純的移動罷了，這才是真正的旅行。

話又說回來了，食物這東西還真是神奇。

比如說這條班茲魚好了。

牠只是一條平凡無奇，在每條河川裡都可能見到的魚。而人類會將牠烤來吃。這麼一來，人類就可滋養自己的身體。怎麼會有如此神奇之事。

要是吃的是豬或羊的話倒還能理解，因為牠們的肉跟人類的肉體很相近。

可是，如果切開班茲觀察牠的內部，會發現牠跟人類的肉體完全是兩回事。這種魚要怎麼形成人類的肉體呢？

此外，就算一個勁兒地吃下班茲魚，長相也不會越來越像班茲魚。

不對，班茲魚這東西已經算好的了。再用這西魯修的葉子為例。

長在葛立奧拉森林的西魯修，葉薄柔軟，滋味苦澀清爽，實在非常好吃。

吃下這種西魯修葉居然能滋養人類身體，真是令人百思不解。人類的身體既沒有這種綠色的部分，也沒有如此清爽的部位。硬要說的話，應該只有頭髮和鬍子說得上有幾分相似，不過也沒聽說過卯起來吃蔬菜，頭髮或鬍子就會變長的事。邊境的貧窮人家淨是吃些伯特芋和洋蔥過活，但也沒聽說過有人因此消瘦而死，真是不可思議。

但有件事是大家都非常清楚的，那就是人類不吃東西就會漸漸消瘦而死。換句話說，我們甚至可以說人類是由食物所構成。

在這世上，人類可以吃的東西，其種類和數量幾乎可以說是多不勝數。應該也有很多未知的食物正等待人類去發掘才是。

能選擇喜愛的食材入手，做成料理再吃下肚。

這是多麼幸福的事。

巴爾特不禁閉上了眼，將雙手緊緊合十，為眼前的餐點向諸神獻上感謝的祈禱。

自此以後，巴爾特都會在用餐前閉眼並雙手合十，進行祈禱。

而葛斯和朱露察卡也開始跟進。

7

『人類巴爾特羅恩。』

『真不可思議。』

『從你身上可以感受到你對我的親近之情。』

那當然。瑪努諾的女王救他脫離困境，怎麼可能會心懷厭惡。

『包括和你一同前來的人類們……』

『對我既無恐懼也無憎惡。』

『原來如此。』

『我明白宿有偉大精靈（姆立克）的劍會認同你的原因了。』

一位瑪努諾向他們靠近而來，從口中伸出的長舌頭的舌尖上擺了某樣物品。

那是一個手環。這是個式樣極為古老的手環，上面還刻著繁複的花樣。

『我將它託付給你。』

『這是名為雅娜的手環的寶物。』

『原是一位偉大的人類國王打造出來的寶物。』

『由於人類為搶奪它而起了爭端……』

『所以最後變成由我來保管。』

『只要戴上那只手環，就會使你心靈堅毅。』

『能夠阻擋試圖控制你心靈的力量。』

『不過，只有人類才能引發手環的力量。』

『你被惡靈之王盯上了。』

『我沒有與它戰鬥的計策……』

『但只要有雅娜的手環，你就能避過他的控制。』

「妳口中的惡靈之王是什麼人？莫非就是那句『我找到你了』的聲音的主人？」

『沒錯。』

「他是個怎麼樣的存在？又位在何處呢？」

『他是個卑劣、可怕又瘋狂的存在。』

『但他不會死，不會衰老，且擁有強大的力量。』

『他不在這片大地上，在別的地方。』

『他想要宿有偉大精靈的劍。』

『我也不清楚其中緣由。』

「妳知道一個叫做路古爾哥亞・克斯卡斯的人類嗎？」

『知道。』

『他是惡靈之王的手下。』

『因為惡靈之王無法來到這個世界……』

『所以才栽培了手下。』

『像是可恨的蜥蜴們……』

『人類路爾哥克斯都是。』

「所謂的蜥蜴指的是什麼？」

『人類（托里）稱他們為龍人（那荅・托利）。』

龍人！

巴爾特一直以為那是童話中的生物，那是外型與人類極為相似的巨大蜥蜴怪物。牠們擁有堅若磐石的身軀，凶惡、殘忍且長壽，聽說所有亞人都不是龍人的對手。

龍人過去不僅是大地的支配者，還能隨意操控飛龍，連天空都能任意橫行。然而，牠們的所作所為觸怒了天神克拉馬，於是牠們的國家便在一夜之間被消滅。位於邁爾卡洛神殿自治領地西邊的「哇扎卡大盆地」正是龍人的都城「麥珠奴貝克」的遺跡。相傳龍人就這麼絕跡了。不管怎麼說，沒有人親眼見過龍人。沒想到龍人居然真的存在。

對了，女王說過蜥蜴們帶走了石頭，所以已經無法製造魔獸。

「妳之前說的石頭是什麼東西？」

『石頭就是石頭。』

『那群傢伙帶了很多石頭來。』

『要我製造宿有憎恨精靈的野獸。』

『牠們操控了我的心靈。』

「居然能操控瑪努諾的女王的心靈！牠們居然能辦到這種事？」

『來到我這裡的那隻蜥蜴……』

『是力量特別強大的一隻。』

『那不是普通的蜥蜴。』

『憑那傢伙的力量，或許能夠操控許多人類的心靈也說不定。』

『人類巴爾特羅恩。』

『雅娜的手環萬萬不可離身。』

『因為劍已經覺醒了。』

『我們會知道你的所在位置。』

『這代表惡靈之王也會知道。』

『雅娜的手環萬萬不可離身。』

唐突的會談結束，女王沉進了湖中。

『人類們。』

『立刻離開這裡。』

『女王就要浮上水面。』

『一旦如此你們就會死。』

腦海中響起了聲音。感覺並不是特定的某一隻瑪努諾的聲音，而是多位瑪努諾同時對他們發聲。

「我還有事想問問女王啊。」

『女王的吐息……』

『會使人類發狂死亡。』

『女王是勉強自己壓下毒性跟你們交談……』

『所以此刻毒性正在女王全身遊走。』

『你們立刻離開這裡。』

「從這裡再往深處前進，能夠抵達靈峰伏薩嗎？」

『這裡就是伏薩了。』

『不過，就算你再往深處而去……』

『也只能走到風穴。』

『你們還沒有做好進入風穴的準備。』

『所以回頭吧。』

『快走。』

不得已之下，巴爾特三人急忙離開了該處。

第二章 伏薩里翁

——河魚與野菜清湯——

1

巴爾特等人從東邊繞道，往伏薩前進。不知道為什麼，此刻的他就是沒來由地想登上伏薩。

過了一陣子，大樹開始變少了，倒是長了一堆不像草也不像樹的奇異植物。

地面水氣豐富，在滿是草而難以前進的狀況下，他們硬是向前邁進。

走在最前方的朱露察卡調頭回來，說無法再向前行了。地面漸漸化為泥沼狀，越是前進，身體就越加深陷。

無奈之下，他們從南方下山。

就在從南方往下走了三天左右時，他們發現西方有條大河。

那是奧巴河。

奧巴河在他們西側，就代表他們在無意間越過了奧巴河。這是怎麼回事？

恐怕是因為奧巴河的源頭並不是從伏薩裸露的地表以他們所知的方式流洩而下。或許是蓄於地下的水從山腳滲出，最後才匯聚成河。

接下來的三天，他們沿著沼澤地往南方下山。

他們原想登上伏薩，此刻卻是漸漸遠離。

——感覺就像在說現在別到伏薩來。

他們已經越過了樹海。

終於找到了沼澤地終結的地點。

往北方一望，便見到了靈峰伏薩的威容。

覆滿整片視野的存在感實在太令人震撼。對伏薩而言，那片遼闊的樹海也只不過就是環繞山腳極小範圍的一抹綠意罷了。

這天，他們提早準備野營，望著伏薩望到心滿意足為止。

今晚沒有月亮，帶著熱氣的伏薩地表在黑暗中隱隱浮現。

巴爾特眺望此景時發覺了一件事。

——我拆散了葛斯和多里亞德莎啊。

這麼說來，他雖然知道多里亞德莎對葛斯有意思，但葛斯是怎麼想的呢？

想起葛斯指導多里亞德莎的方式，以及邊境武術競技會的種種，巴爾特覺得葛斯並不只是單純遵照指示辦事那麼簡單。

不然他狠狠打趴向多里亞德莎提親之人，那份毫不留情的模樣又該如何解釋？

首先，葛斯肯定也愛著多里亞德莎。總有一天得想辦法處理這件事。

眾人在吃完早餐後便出發了。

正當他們路線差不多要北轉時，巴爾特的目光捕捉到了某樣東西。

是草。

那是有著厚實圓葉的長草，細長草莖的前端長著淺粉色果實。

結出淺粉色果實的草密密麻麻地長遍了整座小山。

腦袋逐漸接受了這草的真面目後，一陣惡寒竄過背脊。

——我的天啊，這是……

朱露察卡語帶厭惡地低聲說道：

「這是苟利歐沙，居然長了這麼多，代表附近長了一堆格里阿朵拉。」

格里阿朵拉是種奇怪的草，它的果實還被稱為惡魔果實。

在它的果實裂開時四散的粉末其實是微小的蟲卵，靠吃食人類肉體而成長。相傳得到宿主的蟲將會散播足以毀村滅國的大量蟲卵。

格里阿朵拉叢生之處必定也長著茂盛的荀利歐沙。只要將荀利歐沙的果實搗碎服下，便能殺死進入體內的蟲卵。

有此效果的荀利歐沙長遍了整座小山，代表附近長著與其數量相當的茂盛格里阿朵拉。

「老爺子！葛斯！吃下這個！要仔細咀嚼再咀嚼，將它充分嚼碎再吞下。快！」

朱露察卡雙手捧著荀利歐沙的果實遞向兩人。

巴爾特伸出右手抓起一顆果實，放入口中仔細咀嚼。味道極苦且帶著草腥味。

葛斯也依樣畫葫蘆。

朱露察卡讓月丹和撒多拉也吃下荀利歐沙的果實。

「朱露察卡，格里阿朵拉的宿主不是只有人類嗎？」

「咦？是嗎？是說，老爺子，你怎麼會知道格里阿朵拉？」

「我之前曾經吸進格里阿朵拉果實的粉末，在鬼門關前走了一遭。」

「原來老爺子也有過這種經驗啊。我啊！被這玩意兒擺了一道。老媽和所有村民都身受其害。我雖然被扎利亞所救，但其他人全死了。他們死後，蟲卵便從體內……」

朱露察卡說到一半停了下來，注意力轉向了遠方。

「有小孩，兩個。」

朱露察卡拔腿狂奔。葛斯驅策撒多拉隨後跟上，月丹也邁步疾馳。

找到了。森林出口處有兩個小孩，一個大概十歲出頭，另一個應該即將滿十歲吧。兩個孩子注意到了飛奔而來的馬匹以及三位大人，露出畏懼的模樣。

朱露察卡趕到後，便安撫他們。

「爸爸、媽媽，還有村裡的大家都、都倒下睡著了。」

「冒出了好多好多像蟲卵的東西。」

「奶奶叫我們快逃。」

朱露察卡從背上的袋子取出了苟利歐沙的果實，想讓兩個孩子吃下。

「這個我們已經吃過了。」

「味道好苦。」

「什麼時候吃的？」

「剛、剛才吃的。」

「奶奶幫我們搗碎之後，叫我們吃掉它。」

此時開始颳起了強風，風帶來了一陣物品燃燒的氣味。

是火災。

這座森林的另一端正在被火災肆虐。

想要消滅格里阿朵拉，只能利用大火將它連同地下莖一同燒燬。應該是知曉這件事的人放的火吧。

又吹來了一陣更強的風，還聽見了木頭燃燒的劈啪聲響。

火神葛羅古極度憎恨風神索西艾拉，他因慘遭無情拒絕而懷恨在心，因此只要風一吹就會掀起熊熊烈火。

「火很快就會燒到這裡，我們得快點離開。老爺子、葛斯，讓孩子們坐上你們的馬。」

孩子們乖乖地被扛上馬背。

觸目所及之處都已被火吞噬，風越來越強了。

巴爾特左手抱著孩子，右手拉著韁繩驅策月丹奔馳。

葛斯也一樣。

朱露察卡以不輸兩匹馬的速度狂奔著。

他們往北疾馳。只要進入沼澤地，火應該就不易再蔓延下去。

風越颳越烈，熾烈的火焰竄向天際。

星火四處散落。

逃不了嗎？註定要在此喪命嗎？

「唔喔喔喔喔！」

巴爾特高聲大喊，月丹則揚起馬腿奔跑。

閃電劃過空中，響起一陣如天之太鼓的聲響。

忽然之間，眾人便身處大雨之中。

水神伊沙·露沙是火神葛羅古的姊姊，這是一場為了安撫弟弟而降下的雨。即使是暴躁的葛羅古，在溫柔的水神伊沙·露沙面前也只能乖得跟小貓一樣。

火勢逐漸趨緩。

巴爾特一行人寄身於樹蔭下，終於得以喘息。

孩子們在吃飽喝足後便睡著了。

2

三天後，巴爾特一行人緩慢地在被燒光的森林中前進著。

目前正飄著小雨，四周充斥著燒焦的氣味，還冒著白煙。

兩個孩子說什麼都要去看看自己的家，怎麼也說不聽。

他們的名字是克因特和塞德，雖然不是兄弟，但是感情十分要好。

「因為我們還得去找優格爾、努巴和米雅啊。」

「優格爾和米雅是女生，而且努巴年紀還小，我們得保護他們才行。」

看來那位被喚做奶奶的人物並不是孩子們的親奶奶。

有個旅人來到村裡就倒下了，被喚做奶奶的人物看見他後發瘋似的大吵大鬧，要大家往這男人身上堆起木屑燒了他，還說了要大家立刻棄村逃向遠方之類的話。

但是所有人都不當一回事。

奶奶冒然離開了村莊，克因特與塞德和奶奶一向親暱，便隨後追了上去。奶奶在四處奔走了好一陣子之後，找到了某種草。她讓兩個孩子和自己都吃下了這種草，接著把這種草的果實塞了滿袋才回到村莊。

村莊裡的狀況十分悽慘。

已有多人倒地不起，還有些人的身體爆出了像是蟲卵的東西。

還未倒下的人全都慌亂不已，奶奶試圖讓大家吃下不知名的草結出的果實，卻沒有人願意聽她的話。就在這期間，人們接連倒下。

沒多久變便發生了火災，住宅一間間地燒起來。奶奶要克因特和塞德逃離此處，克因特和塞德表示要帶上優格爾、努巴和米雅一起走，因為五人的感情非常好。奶奶說這三人就由她去找，要他們不管怎麼樣，有多遠就逃多遠。由於奶奶的態度非常認真，兩個孩子便照著她的話逃走了。

這就是總結克因特和塞德所說而描繪出的情況。

依那猛烈的火勢看來，人是不可能活下來了，屍體的狀況應該也相當慘烈。可以的話，真希望別讓兩個孩子看見，但兩人卻堅持要回村一趟。

「終於找到了，這就是我們的村莊。」

這應該是兩人的父母的口頭禪吧。

在森林南端的一個突兀的開闊空間找到了村莊的殘跡。

號稱是家的住宅已燒至崩塌，後來又遭到傾盆豪雨沖刷，那幾近消失的殘跡彷彿就要消逝在濛濛細雨裡。

他們在這慘烈的火災殘跡中，發現了一樣本應不可能存在的物體。是一間未遭火舌吞噬的小屋。

這間小屋破舊不堪，卻未遭燒燬及大雨沖刷，傲然而立。

「優格爾！努巴！米雅————！」

有三個孩子回應了克因特和塞德的呼喚，從小屋裡衝了出來。

孩子們全身汙黑，滿身泥濘又破爛不堪，卻是活力十足。

「這到底是怎麼回事？」

這座小屋是如何從業火中逃過一劫的？

五個孩子擁抱、依偎在一起，因為彼此平安無事而感到開心。

朱露察卡臉上帶笑，在旁看著孩子們的模樣，接著走進了小屋之中。

「扎利亞！」

小屋中傳出了朱露察卡的聲音。巴爾特下馬走進小屋。

屋內倒著一位老嫗。

巴爾特認識這位老嫗。

這件事發生在四年之前。

巴爾特向德魯西亞家辭職，踏上流浪之旅時，在不知情的狀況下吸入了格里阿朵拉果實的粉末後，便昏迷倒地。他差點就這麼直接成為培育惡魔之蟲的溫床，落得因此而死的悽慘下場，當時正是這位老嫗對巴爾特伸出援手，給了他解藥。這位老嫗是位擁有神奇力量的藥師，她向巴爾特講解了格里阿朵拉的可怕之處後，兩人便將那片棲息地連同地下莖一起燒個精光。這件事過後，兩人結伴旅行了約一個月的時間。那段期間所學的藥草知識，對巴爾特的旅程帶來了莫大的助益。

看來這位藥師就叫做扎利亞。

她和朱露察卡之間會是什麼樣的交情呢？

3

小屋裡的狀況慘不忍睹。必須先讓小屋通風，收拾弄髒的東西再打掃乾淨。

所幸附近就有河。明明剛經過那麼慘烈的災難，流水卻依然美麗。在打掃完小屋後，他們幫扎利亞擦洗身子及更衣。

接下來就是處理孩子們了。一問之下，才知道這四天他們都沒吃過像樣的東西。在吃光小屋裡的食物後，他們似乎去了原本是田地的地方，挖燒剩的蔬菜殘渣吃。由於在熱氣未退的地方走來走去，腳底的皮膚都燙爛了。

葛斯負責整理房間，巴爾特則負責處理孩子們的傷勢。

朱露察卡一如以往地展現他精湛的廚藝，準備了餐點。他正在煮湯，湯料有河魚及某種蔬菜，不，應該說是野草。應該是長在河邊的野草吧？

孩子們圍在鍋旁看著鍋裡的湯流口水。

朱露察卡加了少許的水進鍋，攪拌過後便給每個小孩都盛了一碗湯。

「來，可以吃嘍～」

孩子們一副等了很久的模樣，緊緊抓著湯碗。

巴爾特和葛斯也喝起了湯。

真好喝。

湯不帶任何血腥味，他是如何煮出這麼純淨的湯呢？他應該只用了岩鹽做調味，湯中卻有著飽滿的鮮甜滋味。

不管是體力耗弱，還是內心脆弱的時候，美味的餐點都是特效藥。

甚至可以說，此刻孩子們最需要的照護就是一頓飯。

就算交代要慢慢吃，他們應該也聽不進去，所以朱露察卡才加了點水降溫，設想得真是周到。

而且這群孩子幾乎是空腹狀態，所以不能貿然給予固體食物。此時，讓他們喝下這碗飽含魚的營養的湯是恰到好處。

朱露察卡照顧起孩子們十分得心應手。

孩子們也和他十分親近，所有人全挨著他睡著了。

扎利亞也暫時恢復了意識，喝了一點湯。

隔日一大早，扎利亞若無其事地下了床，看了看外頭的狀況。

巴爾特也跟著下床走出小屋。

「哎呀，這次被你救了一回呢。」

她的聲音雖然沙啞，卻十分有力。

孩子們起床後，就沒那閒工夫聊天了。一頓飯和一晚的睡眠讓孩子們活力重現。孩子這種生物怎麼會如此活力充沛呢？即使剛剛失去了親人及村莊，由其體內湧現的生命力依然源源不絕。

在吃早餐的期間，孩子們也一直是精神奕奕的模樣。在幫孩子們洗完腳，敷上藥包紮完後，即使交代他們別走動，他們依然四處亂跑，一刻不得閒。

朱露察卡亦步亦趨地在旁照料著。對於現在的他來說，照看這些倖存的孩子們就是他最重要的工作。

孩子們依年齡大小排列下來是克因特、塞德、優格爾、努巴、米雅。米雅宣稱她六歲，但看起來了不起也就四歲左右。其他的孩子們也不知道自己確切的年紀。

過沒多久，填飽肚子的米雅睡著了，於是其他的孩子們也一個挨著一個地睡了。

這下才終於有了時間可以好好聊聊。

這是巴爾特第一次聽聞朱露察卡的身世。

平常辯才無礙的朱露察卡不知消失到哪去了，他開始斷斷續續地說起自己的事。

朱露察卡的村莊在惡魔果實禍害下滅了，他似乎目睹了非常可怕的景象，但並沒有多談。

他在逃離村莊後昏迷不醒，是扎利亞找到了他並出手相助。

扎利亞放火燒山，將村莊及格里阿朵拉燒個精光。

在旅途中，扎利亞教會了朱露察卡活下去的方法。當時他們過著不太與人接觸的生活，只有偶爾會遇到人，賣藥並買點東西。

在結伴旅行幾年之後，扎利亞開始會對他說這種話。

「我傳授了你許多知識，但也有些事是我無法教你的，那便是人際關係。你必須在人類的世界活下去。」

就在朱露察卡堅定地認為，總有一天會離開扎利亞前往人類的世界時，她救了一位倒在路旁的男人，扎利亞便把朱露察卡託付給他。

這個男人遵守了與扎利亞的約定，把自己擁有的技術一一傳授給了朱露察卡。換句話說，就是偷盜的技巧。此外，男人也很擅長以三寸不爛之舌推銷及哄騙他人。朱露察卡三兩下便領悟了這些技巧。

男人感到非常欽佩，誇了朱露察卡一頓。他說他自己已是一流的盜賊，但是朱露察卡能成為名留歷史的大盜賊。朱露察卡從未接受過任何讚美，所以便驕傲地接受了他能成為大盜賊這個預言。

然而，男人卻在試圖幫助被騎士糾纏的女孩時遭騎士斬殺。騎士正是用了暗算的手段。

因此，朱露察卡便成了專偷騎士，也就是貴族的盜賊。

扎利亞在和朱露察卡分開後，一邊調查藥草及蔬菜，一邊在邊境的山野地帶四處走動，最後才來到這片土地。而她正是在流浪的途中遇見了巴爾特。

傳聞這座森林南端附近有數個村莊。這些村莊都是由徘徊在邊境，最後抵達此處的旅人合力建造的。而這裡的情況則是因為有許多人聚集在扎利亞種植蔬菜及藥草的地方，最後才形成了一個村莊

就在那一天，來了一位遭格里阿朵拉果實粉末侵蝕的旅人。

她察覺時已為時已晚。

放火的人似乎是一位精神錯亂的村人。火勢蔓延地很快，扎利亞也只能守著孩子，緊閉這座小屋的門。

她用了特殊技能保護小屋和孩子到最後，自己卻力氣耗盡倒下了。

4

看見巴爾特、葛斯和朱露察卡在用餐前都會緊握雙手閉上眼睛，孩子們都覺得很不可思

議。在朱露察卡告訴他們：「我們這是在向神和食物獻上感謝的祈禱喔。」之後，孩子們也開始有樣學樣地祈禱了起來。

孩子的恢復力極強，過個六天，燒傷的傷痕也開始癒合了。應該再過個兩三天就能啟程了吧？只要筆直往南方走，也有一些有人類居住的地區。

帶著老人小孩，一天可能只能前進兩三刻里，但不管怎麼樣，在這片焦土上既不方便，也太過危險，這一帶原本就是野獸極多的地區。

然而，孩子們在聽完他們的話之後卻出言反對，說絕對不要離開這裡。據扎利亞所說，這群孩子的父母非常感激自己何其有幸能抵達這裡，堅信這裡是神賜予自身的土地，而更令人頭痛的是，扎利亞自己也說還有事必須待在這裡，沒有要離開的意思。她表示，若情況允許，希望巴爾特等人可以帶走孩子們，但若孩子們說什麼都不肯離開這裡，那她會照顧他們。

「哎喲，沒問題的啦。這裡比你們想像的還要容易生活，就放心出發吧。多虧有你們，孩子們才得以活下來，謝謝。」

孩子們也以不安的眼神看著朱露察卡。

「哥、哥哥，你們要走了嗎？」

「哥哥～你真的要走嗎？」

「我不准你走啦！」

孩子們開始鬧了起來，最後邊哭邊緊抱著朱露察卡。雖然時間非常短，但朱露察卡對孩子們敞開胸懷，真心誠意地照顧著他們。孩子相當敏感，對他們來說，現在朱露察卡已是他們無可替代的庇護者，所以才會在得知朱露察卡要丟下他們踏上旅程時哭著纏住他不放。

朱露察卡開口說，傻瓜，我怎麼可能丟下你們離開呢？接著緊緊抱住了孩子們。

「老爺子，不好意思啦～看來我的旅行就到此為止了。」

看來朱露察卡已經決定留下來陪著孩子們了。

這或許也是他的命運吧。

朱露察卡的村莊遭格里阿朵拉所滅，當時他束手無策。他所愛之人、重要的人們全都死了，但現在在眼前這群與他有相同遭遇的孩子們，他只要伸出手就能拯救。

原來如此，朱露察卡應該不會丟下孩子們離開才是。

「朱露察卡，你要照顧孩子們很好，要重建家園也是好事，我們也來幫忙。但是，這個地點並不適合。」

「這群小子就是覺得這裡好，他們就是覺得這個爸爸媽媽曾經在此生活，充滿回憶的地方最好。就算離開這裡，找到適合的地點，心裡還是會一直一～直想著想要待在那個地方。這種心情永遠不會消失。」

「哥哥，你不走了嗎？」

「你要留在這裡嗎？」

「對啊！當然，我當然會留下來。我將會成為你們真正的哥哥。」

孩子們口口聲聲地喊著哥哥、哥哥，所有人都緊抓著他。

「乖乖乖，沒事的。這裡確實什麼都沒有，全部都燒光了，但那又怎麼樣？既然沒有，動手做就是了。我們要在這裡建一座村莊。」

「嘿嘿嘿，然後由你來當村長是吧，朱露察卡？」

「村、村長？我來當村長？」

「哥哥當村長。」

「喔～村長～」

「不不不，我哪有辦法當什麼村長啊，畢竟我可是個盜賊，是小偷耶。我從來沒聽過小偷當村長這種事。叫扎利亞當啦。」

「喂，你們打算壓榨我這個老人到什麼時候啊？」

朱露察卡環視了周圍了一圈。

總不能讓孩子來當村長吧？朱露察卡看了看巴爾特，但他臉上彷彿寫著別指望老人家。他最後看向葛斯，葛斯卻立刻移開了目光。看來是行不通了。

「可、可是，由前任小偷來當村長好像不太妥當吧？」

「不過是小偷，我也當過啊。」

「我也是！」

「我也會加油！」

「我有說過謊話。」

「我也有！」

「我以前是殺手。」

最後開口的是葛斯。

「呃、呃，確實騎士這職業差不多是把殺人當工作沒錯。不過，葛斯，你也別這麼說嘛！你看孩子們都嚇成這樣了。」

「好嚇人喔。」

「葛斯，好可怕。」

最後決定由朱露察卡接任村長一職。

「這麼一來，就得決定村名嘍。」

就憑這麼幾個人，說是個村莊又能怎麼樣？不過，世上所有事都是這麼開始的。

「嘿嘿，既然要取村名，我有個好提議。」

朱露察卡向天空高舉雙手，宣布道：

「神啊！偉大的生命啊！我們將在這裡建造村莊，村名就叫伏薩里翁！諸神啊！請齊聚於此，將伏薩里翁的誕生銘刻於天界的紀錄中，然後為此座村莊的將來帶來祝福吧！」

「伏薩里翁、伏薩里翁！」

「村莊！村莊！」

「是伏薩里翁！」

巴爾特傻眼至極。

以艾利翁或伊利翁來稱呼國王，是源自於阿利翁，也就是擁抱之物一詞。因為所謂國王必須擁抱子民，為其鞠躬盡瘁。若將伏薩里翁一詞照語義進行解讀，便是「伏薩要擁抱之物」的意思。若拿來當村名，就會是「被伏薩擁抱的村莊」。

然而，被擁抱之人，同時也是回抱他人之人。因此，伏薩里翁一名，不禁讓人想像出一個回抱著伏薩的巨人。

而伏薩里翁一詞還會令人聯想到「伏薩之王」的意思。

這座僅有兩位老人、兩位大人及五位孩子，幾乎稱不上村莊的小小村落，簡直就在宣告著這裡就是世界的中心一樣啊！真是取了個氣度非凡的村名呢。

明明是自己開口宣布的，卻因此感到害臊的朱露察卡走出了小屋。連綿不絕的雨勢已停，附近已是一片澄澈的晴空。

「啊啊啊啊啊！大、大家快點出來看！」

一行人走到外頭，想看看發生了什麼事。朱露察卡指了指伏薩的方向。

所有人皆屏息以對。

大伏薩那片遼闊的山腳地帶盡收眼底。而就在它的旁邊，出現了一道巨大的彩虹。

輪廓分明，盡顯其鮮明顏色。

令人吃驚的是，在彩虹下方還有一道倒影般的小彩虹。這是一道雙彩虹。

相傳諸神在定下約定之時，會繪出彩虹並將此約定記於其上。這道彩虹如此巨大，且還是道雙彩虹，諸神究竟是給出了多大的承諾？

「那邊也有耶～」

眾人聽見米雅的話後回頭，這次真的說不出話來了。

村莊南方是片廣大的平原，而遠望它的另一頭可以看見一座山脈。

天空中掛著一座端藏於山中的巨大彩虹。

這也是道雙彩虹。

彷彿聳立在天空兩端，互相對峙的兩道雙彩虹。

這是吉兆。

眾人忘了時間的流逝，一同凝視著這份來自諸神的禮物。

5

過了幾天，巴爾特的不安依然存在。

這裡是個好地方，好過頭了。

南方是一片綠意盎然的平原，再過去是一條連綿的山脈，北方則有一座廣闊的森林，東方有條清澈流水流過，稍微往西方前進還有一條大河。

這種地方凶暴的野獸也多。此刻他們正從樹海南下而行，途中不僅看到許多猛獸，甚至遭到攻擊。

難以防禦。這種地方根本無以為防。

現在人數不多，還能一同行動，靠巴爾特和葛斯擊退野獸，但是他們不可能一直跟在所有人身邊。這裡實在難以建造一個屬於人類的村落。

上個村莊能存續至今已經十分不可思議。

想往伏薩而去卻不得其門而入，再加上遇見了流離失所的孩子們，讓巴爾特起了中斷旅程的念頭，反正他也沒什麼其他非做不可的事。他開始有照顧孩子們直至一切安定下來的想法，但這個地方並不適合。

「巴爾特，你看起來面有難色，是在擔心什麼嗎？」

巴爾特坦白說出自己的擔憂。

扎利亞走到小屋角落，拎起堆在角落的東西給巴爾特看了看。那是已燒焦的某種蔬菜。

「你還不懂嗎？這是艾格魯索西亞。」

艾格魯索西亞！

巴爾特想起來了，他曾經聽過這位老藥師講解過它的特質，後來也親自看過並吃過這種植物，對其功用一清二楚。

野獸們不會靠近長有此種植物的地方，僅是將莖部熬出的汁液塗在披風或馬車上，就能防止野獸靠近。它確實十分有效，這是巴爾特自己使用後的親身感受。

艾格魯索西亞這種蔬菜很挑土地。除了它自然生長而出的地區之外，不管帶到哪裡種植都無法生長，是種極難繁殖的蔬菜。

「我的旅行目的之一就是找到能種植這種蔬菜的地方。在這座森林邊緣自然生長了少許的艾格魯索西亞。僅就我嘗試種植的結果來看，直到這座平原的遠處，艾格魯索西亞都能生長。所以，在這裡能夠建造一座不被野獸襲擊的村莊，不，甚至還可以建造國家。來，你看看這個袋子，裡頭裝的是艾格魯索西亞的種子。農作物在燒灼過的土地上會長得很好，只要花上三個月的時間，這一帶就能長出繁茂的艾格魯索西亞。」

真是太神奇了。這裡簡直就是受到祝福的大地。

當上村長的朱露察卡第一件做的事，就是埋葬死者。挖開泥土就出現了少許骨頭。他將骨頭裝入袋中，利用馬載至低窪處擺放後，再以土覆蓋其上。

朱露察卡讓孩子們幫忙這個工作。在溫柔安撫著顫抖哭泣的孩子們的同時，他開口說：

「會害怕是嗎？怕的話，就敬拜他們吧。像這樣雙手合十敬拜後，再跟他們說說話。痛嗎？燙嗎？痛苦嗎？已經沒事了。因為只要到了神的庭園，就有開心的事等著你們喔。我們會好好祈禱，讓你們不會迷路，順利前往神的庭園。天使聽到我們的祈禱，就會來接你們了喔。說完這些話再敬拜他們，就不會怕嘍。真的感到害怕及痛苦的是死去的那些人，所以你們就這樣敬拜他們吧。」

孩子們就這樣開始努力地敬拜著死去的村人們。

6

巴爾特讓葛斯去了一趟席馬耶的港口。

不管怎麼樣，當務之急他們需要鹽。諸如建築工具、農具、衣服還有其他想要的東西多如牛毛。

他們有錢。先不提大紅熊（杜沙·羅羅巴）賺來的費用和法伐連侯爵給他們的旅費，巴爾特、葛斯和朱露察卡都因在諸國戰爭中的功績得到了不少的獎金。像巴爾特就因為拿到的金額過於龐大，而將大半金錢都寄放在了帕魯薩姆王宮。

在葛斯不在的期間，其他人修補小屋，把周遭收拾得乾乾淨淨。還在小屋周圍選了四個地點，挖了小田地種下了艾格魯索西亞。大家還捕了許多魚，必須為冬天儲備乾糧。

一看見巴爾特用弓箭射中游在水中的魚，眾人皆驚訝得不得了，接著開始嚷著他們也想試試。巴爾特是在差不多十歲左右的時候學會這招的。克因特應該差不多就是這個年紀，塞德年紀又比他小一些。巴爾特做了弓給他們，並傳授其中訣竅。

克因特的資質好得令人吃驚，肌肉也很有力量。巴爾特腦袋裡浮現這孩子或許很適合當騎士的想法，接著又取笑自己真是個笨蛋。哪有人樂於傳授殺人技巧呢？這座村莊可是還有一大堆其他該做的事。

葛斯在二十八天後回來了。

去程五天，採買兩天，回程則花了二十一天。他買了一匹馬，還有靠這匹馬拉著的載貨馬車上的一堆貨物。他無法在同一個地點買齊所需的鹽，跑了好幾個地方。

葛斯似乎在採買方面碰了不少釘子，巴爾特之前完全沒想到會出現這種問題。沒有靠山的人，在販賣物品時會被狠狠殺價，購買物品時也會被限制。

附近出現的新村莊對於邊境城鎮而言，就只是個需要恐懼及警戒的對象。原因在於——這個村莊可能在某個夜晚成為完全的盜賊團。

該怎麼做才能讓其他人承認這是個正經的村莊呢？

關於鹽的部分，扎利亞提供了一個重要情報。以前她曾經治好一位路過的旅人，當時他告訴她在東北方的山間，有一座鹽形成的山谷。巴爾特立刻就派葛斯前去一探究竟。

葛斯僅僅花了三天就回來了，還帶回了塞滿岩鹽的袋子。根據葛斯的報告，鹽是要多少有多少，但是途中野獸較多，只能讓具備戰鬥能力的人前往採集。

人開始零零星星地聚集過來，大部分是原本就住在這座森林邊緣的人們。

流落到這種有如世界盡頭之地的人們全是衣衫襤褸，也幾乎沒有半點財產。由於他們在伏薩里翁蓋起了沒有像樣的工具就無法建造的住宅，所以相當引人注目。

他們接納了認同朱露察卡的村長身分，且願意盡己所能貢獻一己之力的人成為村民，不符條件者則不予入村。而面對意圖動粗之人，他們便毫不客氣地動手解決。

7

「喂，老頭子。你是那個村子的人嗎？」

「你是他們請的保鏢嗎？都年紀一大把了，還真辛苦啊。」

「我們來讓你輕鬆點吧！就只有今天你不必賺錢了，因為你就要死了！」

「嘿、嘿、嘿！壯老頭，便宜你了。作為交換條件，就讓我們收下你的錢啦！」

「還有馬、馬鞍和盔甲喔。」

建村過了將近一年的現在，時不時就會有這種無賴前來騷擾。

所幸五個人都騎著馬，而且好像還帶著還不錯的劍和長槍。巴爾特正好一直想要馬匹和長槍。

他以古代劍迎擊其中一人的斬擊，對方的劍斷裂並飛了出去。

趁錯身之際，巴爾特舉劍砍向他的脖子，然後又從正面打爆在此人正後方的盜賊的頭。

接著他利用月丹身體迅速向右迴旋的勁道，斬落了正要回頭的第三位盜賊的頭，在這位盜賊落馬之前奪走了他手上的長槍，往正想逃之夭夭的盜賊背部擲了過去。

最後一位已經策馬逃走，巴爾特轉眼便追上了。本想斬落他的頭，最後卻打消了念頭，僅以身體撞他下馬。說起為何未斬下他的頭，只是因為他戴著還算堪用的頭盔，這麼做太浪費了。丹月踐踏倒下的盜賊，在發出不堪入耳的聲音後，第五位盜賊也死了。

巴爾特就這麼得到了五匹馬及裝備。克因特和塞德應該馬上就會來幫忙取下盜賊身上還能用的物品才是。

聽說很多在以勃帕特為首的南方地區混不下去的無賴或山賊，都會逃進位於遙遠南方那座視線可及的山脈中。他們從山上看見此處的炊煙，肯定會想前來襲擊。

其實巴爾特很想把他們抓起來，引渡到席馬耶的城鎮一帶。既可以把他們當奴隸賣掉，又可避免無謂的殺生。

然而，這件事得在有正式的村長後才能進行。必須讓人承認這是一座正式的村莊，不然在沒有村長的情況下，就算宣稱這是盜賊，將人送辦，一個不好反而會被說其實你才是盜賊吧？

還有一件必須想辦法解決的事，那就是葛斯。

村莊已經壯大了不少，村民將近一百人，其中也有些對自己的身手頗有自信的人。

依目前情況，即使少了葛斯，他們也能靠自己解決問題。此時正是派葛斯前往葛立奧拉皇國的佳機。

一般來想，這是場魯莽的求婚。這位既無身分也無領地的流浪騎士前去向大國的有力侯爵家千金提親，肯定不會被當一回事。

不過，多里亞德莎可是可布利耶子爵，她自己擁有領地及爵位，只要葛斯入贅，就能以代領理主的身分出人頭地，兩人是能夠結婚的。

不過要這麼做有個前提，那即是葛斯．羅恩必須被認同是一位名譽騎士。

巴爾特祈禱著。

——諸神啊！偉大的生命啊！若諸位認同葛斯．羅恩至今的所為皆是出自於正義及奉獻，就請成全這場婚事吧。

8

九月二日。今天正好是宣布伏薩里翁建村的一週年紀念日。

眾人向諸神獻上供品，烤了一大堆肉，配著酒及果汁慶祝這個日子。

偶爾也需要舉辦一下像這類的慶典，所有人都盡情享樂了一番，孩子們也四處嚷著是慶典！是慶典耶！

這一年來，克因特、塞德、優格爾、努巴和米雅都有了令人刮目相看的成長，去或許只是營養不良而已。

看來米雅似乎真的是六歲。

克因特變得壯碩許多，還學會了以弓射魚的技巧，劍技也進步神速。他就算看見人血也不會動搖，面對猛獸也不顯畏懼。

塞德較為內向，深思熟慮，理解大人的話的速度很快，也懂得如何表達自己的心情。他原本是孩子們的領頭羊，最近則作為朱露察卡的助手相當活躍。

巴爾特非常滿足。這把年紀還學人家當開拓農民，真是苦了他了，但他覺得收獲遠大過辛苦。在滿是殺戮的人生的最後一哩路，他竟能有這機會幫忙建造一座村莊。孩子們仰慕地喊著「爺爺～爺爺～」也令他十分開心。

當晚巴爾特對葛斯說道：

「你到多里亞德莎閣下身邊去吧。這趟路你不必趕，慢去慢回就行了。多里亞德莎閣下和你還有朱露察卡都得幸福才行。別被人情或立場綁住，你想在哪裡生活，想置身何處，都該由你自己決定。記得順從自己的心，別顧忌太多，明白嗎？」

葛斯點了點頭。接著，他笑了。

——沒想到這個男人也會露出這種表情。

拆散相愛的兩人的罪惡感讓他感到十分內疚。
隔日一早，葛斯便出發了。
巴爾特目送他離開。葛斯的身影就這麼消失在草原的彼方。

9

這一晚，巴爾特作了個奇怪的夢。
山丘上站著兩位偉岸的騎士。一位騎士正值壯年，而另一位非常年輕。
感覺那位年輕騎士是主子，而壯年騎士則是他的下屬。
「克因特，你看。從這裡可以一望我國和靈峰伏薩，甚至看得見奧巴河。景色絕佳啊！」
「確實如此。話說回來了，主將。」
「嗯？怎麼了？」
「請您自稱國王。」
「就不能照過去那樣自稱就好了嗎？」
「伏薩里翁的規模擴大至此，已經無法再以共和制走下去了。而且領主們、騎士們、人民們及其他國家都認為您就是國王，大家都在等著您成長。」

「可是，母親大人會說什麼呢？」

「幫主將您起名的正是您的母親大人呀！她幫您取了一個不輸任何王家的雅名。她的用心不是昭然若揭嗎？」

「他國搞不好會心生警戒喔。」

「恰恰相反。目前的狀態才該稱為是不自然、不方便以及不明確。聽說中原都認為，若想培育優秀的騎士，就要把他們送到帕庫拉或伏薩里翁修行。還有人說，學習醫學或鍛冶之人一定得到伏薩里翁走一遭。各國發來的廚師修行的申請函如雪片般飛來，努巴也為此忙得不可開交，這件事您不也知道嗎？轉型為正式王國，跟各國間的往來也會容易許多。塔朗卡已經在進行準備工作了，就等主將您下定決心。」

「哈哈，能與聖地帕庫拉齊名，真是光榮之至。是嗎？我來當國王嗎？父親大人想必會大吃一驚。」

「的確如此。」

巴爾特醒來之後，兩人的笑聲依然在他耳邊繚繞。

這個夢究竟是怎麼回事？巴爾特不認得兩位騎士，卻又覺得很熟悉。

壯年騎士被喚為克因特。是他認識的那個克因特嗎？夢中還出現了努巴這個名字。

而年輕騎士所騎乘的那匹馬，給他一種懷念的感覺。牠的眼睛很像月丹。不僅是眼睛，整副軀體都與丹月極為相似。而巴爾特甚至覺得，牠的體毛顏色和鬃毛形態和克莉爾滋卡一模一樣。

第三章——朱露察卡成婚

水鳥派

1

有個詞叫做吉安．杜沙．羅。

這個詞指的是包圍著這個世界的「大障壁」，不過還衍生出了別的用法，在看見難以置信之物時，也會用「大障壁（吉安．杜沙．羅）啊！」來表現驚嘆之意。

巴爾特沒印象自己曾用過「大障壁啊！」這句慣用句。畢竟他可是在望著眼前真正的「大障壁」，與從此處蜂湧而至的魔獸們戰鬥之中度過了大半輩子，根本不會想去用這句話。

但就在今天，四千二百七十六年一月十七日，巴爾特不禁發出了「大障壁啊！」的驚嘆之語，而且還是兩次。

第一次是在他看見了原以為再也不會回來的葛斯帶著多里亞德莎回來了的時候。

第二次是多里亞德莎從克莉爾滋卡一躍而下，飛奔至朱露察卡身邊說了這句話的時候。

「我依照約定，來到此處與你結為連理。」

「喂喂喂，什麼？什麼約定？」

「是啊。在從那瀑布水畔前往席馬耶的途中，我不是說過要你娶我為妻嗎？你忘了嗎？真是個薄情寡義的男人。」

巴爾特也沒印象有這回事，原來曾經發生過這種事嗎？

不顧一旁陷入混亂的巴爾特，朱露察卡已恢復鎮定。接著他以右手抵住左胸，右膝跪地，低頭如此說道：

「多里亞德莎公主，請您嫁給我朱露察卡為妻。」

「好，我很樂意。」

巴爾特的腦袋一片空白，無法認真地思考任何事。後來他回頭想起這件事時，覺得能立刻恢復鎮定，並當場求婚的朱露察卡真是個偉大的男人。

「朱露察卡，這裡還真是座相當不錯的村莊呢，真是令人驚訝。你似乎在與其他城鎮的交易上遇上了不少問題是嗎？我們先讓你成為我的夫婿，再讓這裡成為可布利耶子爵的飛地，你覺得如何？而你身為子爵的丈夫，就能得到代表領地進行交涉的資格。這可是大葛立奧拉皇國的皇王陛下直屬貴族的直轄領地，即使在邊境地帶，也會搖身一變成為最高等的地區。席馬耶的領主可遠遠不及你呢。」

「但是，如此一來，這裡就會變成多娜的領地對吧？」

「沒錯，因為我是可布利耶子爵。土地、住家和家畜全部屬於領主。村民、家臣或領民全部都將屬於我。」

「太、太過分了。妳是打算搶走我的一切嗎？」

「沒錯，所以，你就搶走我吧。」

朱露察卡依她所言而行了。

2

一切就像一場夢般緩慢準備著。

而今天，四月一日，此刻正在如繁花地毯的春之原野舉辦結婚典禮。

「哇哈哈哈！伯父大人真是太遲鈍啦！沒想到您居然渾然未覺。當時朱露察卡和多里亞德莎閣下不總是感情融洽地膩在一起嗎？一下並肩俯瞰著深潭，一下又互相教導對方文字或鳥的名字。不管從哪方面看來，完全就是一對戀人啊。」

沒想到居然會被哥頓・察爾克斯取笑自己遲鈍。

真是不甘心。但不甘心歸不甘心，他也無可反駁。

為什麼哥頓會在這裡啊？

就在巴爾特正在前往皇都的路上時，皇王也派了使者前往邀請哥頓，說是巴爾特閣下也將抵達，所以希望他以客人的身分前往皇都。當時因為領內的情勢動蕩，他無法離開領地，不過待紛爭平息後，他便帶著一位隨從踏上了前往皇都的漫長旅程。

踏上旅程沒多久後，他在尹塞格諾斯街頭看見了四十輛馬車以及六十位騎士組成的隊伍正要往邊境出發。在他探問這是怎麼回事時，得到的回答是這是法伐連侯爵大人的愛女，劍姬多里亞德莎子爵的婚禮隊伍。他以為多里亞德莎肯定在隊伍之中，於是便靠了過去。

有個人物注意到了哥頓的行蹤，這個人就是卡里耶穆夫人。

此次巧遇令卡里耶穆夫人非常開心，她便邀請哥頓・察爾克斯一同前往伏薩里翁。

這位可靠的夫人帶了負責主持儀式的神官還有一位畫家同行。

巴爾特敵不過夫人的伶牙俐齒，被逼著答應了要擺姿勢供人素描。他實在是苦於應付這位夫人。

「哎呀，巴爾特大人，您的眼神透露出了『這位女士真是不好應付呢』。」

就是這點讓他覺得難纏，真不愧是多年來稱霸魑魅魍魎橫行的皇都社交界的人物。

聽說卡里耶穆夫人在第一次聽多里亞德莎說起冒險故事時，就已看穿她心生愛慕的人就是朱露察卡，所以才會略顯強硬地把朱露察卡找到跟前來。

在與朱露察卡的談話最後，卡里耶穆夫人半是隱誨地問他「多里亞德莎真正的對象是三位中的哪一位呢？」這三位指的便是「三柱英雄」的巴爾特、哥頓以及葛斯。

朱露察卡給了個籠統的答案。

於是，卡里耶穆夫人又補了一箭。她開口詢問，那麼是另一位男士嗎？

另一位男士指的就是朱露察卡。這突如其來的一擊讓朱露察卡這等人物也找不到可以巧妙敷衍過去的話語，只是一個勁兒地陪笑臉。看著他這副模樣，夫人滿臉笑意。

巴爾特心想，不管是在皇都以神話般的方式包裝多里亞德莎的冒險故事，或是賜給朱露察卡準貴族這等高貴身分，應該都是這位夫人的計策。

「哎喲，沒想到巴爾特大人居然未曾察覺，真是令人驚訝。我一直認為您就是注意到了，才讓朱露察卡陪在她身邊呢。」

亞夫勒邦這話往巴爾特的受傷心靈補了一刀。這個男人帶著兩位弟弟來到此等邊境地帶，就是為了來主導妹妹的結婚典禮。他帶來了多不勝數的物品，這些在這之後都會成為這座村莊的財產。

亞夫勒邦打從一開始就隱約覺得朱露察卡可疑。

後來在托萊依的港口和巴爾特等人道別時，多里亞德莎的表情原先悲傷至極，在聽到巴爾特要讓朱露察卡與她同行這句話時，臉上卻忽然閃現了光采。亞夫勒邦眼見這一幕，內心感到強烈的疑惑，而在前往皇都的路途上，這份疑惑轉變成了肯定。

「當時我氣炸了，就把朱露察卡帶到練武場去了。你知道這傢伙在那時候是怎麼逃過一劫的嗎？」

「大致猜得到。我看他八成會說什麼『砍得到我你就試試看啊！』之類的話。」

「聯軍元帥，您說對了。他說只要我能讓他鞋底之外的部位著地，就算我贏。只不過他不會攻擊，只會不斷地逃跑。我當時心想他說的這是什麼蠢話？我是不能在多里面前殺了他，但是總能往他脖子砍個幾下吧？於是我便拿起魔劍向他砍去，可是這傢伙居然閃避了我所有的攻擊，最後還害我雙腳打結摔了一跤。」

這麼說來，魔獸大襲擊時，朱露察卡曾對亞夫勒邦說過，你已經進步到砍得到我啦！原來背後有這麼段故事啊。

話又說回來了，真虧葛立奧拉的大貴族肯把女兒嫁到如此偏遠的蠻荒之地。從貴族的面子這方面想來，這應該是件很難做到的事吧？

「哈哈哈哈哈！那是因為有你在啊，元帥！在英雄巴爾特・羅恩大人和葛斯・羅恩的輔佐下，朱露察卡在伏薩山腳建立了一座村莊，這可是個新的傳說呢。重點是，前來提親的使者居然是那位葛斯・羅恩閣下。求親使者是葛斯閣下，這也讓我們在其他家系面前面子十足，哪有拒絕的道理呢？」

葛立奧拉皇國重視葛斯的程度遠超過了巴爾特的期待。巴爾特為此感到欣慰。

「等等，那葛斯又是為了什麼和亞夫勒邦閣下對戰？印象中，他確實是這麼說的。為了保險起見，要先徹底地痛打你一番。」

「唔，您問起了這件事啊。這件事的開端是因為葛斯閣下說了，連他都打不贏的人，沒資格邀請巴爾特．羅恩。」

「這個說法跟我耳聞的似乎有很大的差距呢。」

「其實，在那之前我和多里起了口角。她在邊境武術競技會的綜合項目獲勝一事令我又驚又喜。但是，在聽說獎賞是前往帕魯薩姆擔任女武官的指導員時，父親和我都感到相當錯愕，有點不太能理解帕魯薩姆王太子殿下的想法。未向我家家主打過招呼，就擅自賦予公主如此重任，還要讓她長時間待在遙遠的帕魯薩姆，這是什麼道理？後來我就誠懇地跟多里說，要她盡快完成任務回國，接著就在家裡待下來。結果，多里亞德莎開始述說她要自己決定生存之道，她已經找到與她兩情相悅的人了。我們大吵了一架，情緒還有些激動。此時我正好與葛斯閣下在聊天，我才說出總有一天要接待巴爾特閣下前來皇都，他就對我說了剛剛那段話。他這句聽起來像在貶低我們的話，讓我不禁反感地說了一句『想娶我家公主為妻之人，也得有配得上她的武威才行』。葛斯閣下也立刻察覺了我說的就是朱露察卡，接著他回了我一句話，他說朱露察卡就像我哥哥，而我是羅恩家的劍，所以只要我能打贏你，朱露察卡就能娶多里亞德莎閣下為妻了對吧？他話都講得這麼白了，我也無路可退，於是我們進行了一場決鬥，我請來奇利．哈里法路斯來當見證人，然後我就明白了，這世上有我完全無法招架的對手存在，我打從心底認知到了這一點。」

後來奇利也向葛斯提出想比劃比劃的要求，最後敗在葛斯手下。

這件事也傳到了皇王耳裡。英雄巴爾特．羅恩的兒子兼首席弟子葛斯前來一探葛立奧拉皇國的騎士的武威。聽說只要能贏葛斯一場，巴爾特本人就會到訪，事情莫名傳成了這個樣子。

國內的豪傑高手立刻被召集起來，中間隔了幾天，最後合計共花了六天，有二十四位挑戰者前來挑戰葛斯，最後全數敗下陣來。

據聞從這一天起，持續修行，直到哪天打敗了葛斯，就能邀請巴爾特．羅恩大人到皇都一訪——這件事成了葛立奧拉劍士們的夢想。

後來亞夫勒邦還補充了一些說明。

內容是關於為什麼中間要隔幾天，共花了六天這麼長的時間，舉辦了多達二十四次比試的原因。

起初皇王似乎預計讓三位精銳與葛斯對戰。然而，聽聞此事的有力騎士們開口要求務必要讓他們在旁觀看三位與葛斯的對戰。

在皇宮之中，皇王能夠前往觀戰的比賽會場很有限，容納人數也很少，所以才會分成好幾次進行比試。

可是，後宮的女性們也提出了觀戰的要求。面對那令人寒毛直豎的熱切要求，皇王也只能點頭了。耳聞這件事的有力貴族家的婦人們也提出了觀戰要求。

結果就定下了在六天內舉辦二十四場比賽的賽程。

問題出在要怎麼分配讓誰看哪場比賽這件事。畢竟這次只要葛斯一輸，比試就會立刻結束。事情就在如此條件之下進展了下去。

皇后們對這個難題伸出了援手。她們居然主動開口表示，願意排在賽程最後觀戰。也就是說，她們相信葛斯不會輸。

在比試進行的過程中，恐怕沒有人比皇王更加打從心底希望葛斯獲勝。

最後葛斯連戰告捷。

進入後半戰之後，聽說在皇都四處都能看到拋下要求要與她們一同前往觀戰的丈夫或父親，帶著親近的侍女們開開心心地前往皇宮的大貴族的妻女。

葛斯一路贏到最後，而在所有比試結束後，他火速地離開了皇都。他把貴婦們送來的大量禮物全留在了法伐連宅邸。

這麼說來，葛斯在帕魯薩姆王都時，毫不留情地趕跑了向多里亞德莎提親的人們，原來是為了朱露察卡啊。這麼一想事情就說得通了。

不，等等。那件事又怎麼說？多里亞德莎不是向風神索西艾拉獻上了供品嗎？

這個疑問則由朱露察卡本人解答了。

「啊，我沒跟你說過嗎？就是啊，他們不是給了我準貴族的身分嗎？當下就必須決定守護神。我原本想選交易之神恩．努，結果多娜就說什麼，這完全就是商人的感覺，她不喜歡。她覺得風神索西艾拉比較帥氣，所以要我選這個。嘿嘿嘿。」

在帕魯薩姆王都時，朱露察卡老是跑得不見人影，巴爾特原以為他是在四處奔走收集情報，看來應該不止如此。想必他是偷偷潛入了王宮，享受著與多里亞德莎的約會時光。

原本默默聽著巴爾特和周遭人的對話的葛斯突然開口說：

「父親，是說，我有些意外，原來您一直以為我和多里亞德莎愛慕著彼此啊？」

面對這直截了當的問題，巴爾特也只能照實回答了。

「沒錯。」

時值春天，葛斯的視線卻冰冷異常。

悶悶不樂的巴爾特戳了戳盤中的料理。

今天的料理非常豪華。

村民們總動員去張羅食材，耗費許多工夫煮了美食佳餚，而其中最令人震撼的是法伐連家廚師們的作品。

他們一抵達伏薩里翁，立刻針對食材進行確認，並在試吃後討論起了菜單。盤子、銀器和各種調味料都是從皇都帶來的。

伏薩里翁的野獸、鳥禽和魚都極為美味，讓他們盡情展現了廚藝。

主菜是水鳥。雖然統稱水鳥，其實種類也多達數十種，幾乎都是不知名的水鳥，總有一天得為牠們取名。總之，最為美味的水鳥成了今日的主菜，用來燒烤的爐灶也是廚師們自行堆起石頭，砌上泥巴完成的。

巴爾特一直覺得這種水鳥很好吃，但是今天的料理別有一番風味。為了鎖住鮮甜滋味，廚師用派皮包起水鳥，烤到呈金黃色後再淋上特製的醬汁。

先在鳥肉上淋上些許醬汁吃上一口，接著往派皮淋上少許醬汁再吃一口。

重複這兩個動作令巴爾特感到十分暢快。

伏薩里翁無疑是個食材的寶庫，但是目前食材的魅力還說不上已完全被發揮。食材得遇上一流廚師，才會首次展現它真正的價值。

——不知道能不能讓他們留個兩三位廚師下來。

巴爾特一邊懷著這不切實際的想法，一邊享用著水鳥派這道美食。

他瞥了一眼葛斯，葛斯正在默默用著餐。

巴爾特想像了一下葛斯在法伐連家的行為舉止，這個沉默寡言的男人肯定在侯爵家裡展現了一生唯一一次的熱烈演說。

「對了，朱露察卡，告訴我你父母的名字。」

「嗯，多娜。我媽媽的名字叫瓦娜莉，我不知道爸爸的名字。」

「喂喂，怎麼可能不知道父親的名字，你沒問過你母親嗎？」

「不是呀，哥頓老爺，因為媽媽也不知道他的名字。」

「再怎麼樣也不可能不知道自己丈夫的名字吧？」

「所以說啊~我爸可是個腳底抹油逃得超快的人呢。」

「原來你是這個意思啊！」

話又說回來了，禮物的數量真是多得驚人。不過，亞夫勒邦卻露出了微妙的笑容。

「再過不久，應該會有比這多出數倍或數十倍的禮物送到吧，因為這場婚事目前還是個天大的祕密。」

巴爾特原本想著，如此大陣仗的隊伍哪還有什麼祕密可言？在聽聞詳情後才理解了他的意思。

法伐連家旗下還有許多貴族，光是伯爵家就多達十家，這些派閥都對多里亞德莎未來的婆家十分矚目。要不是有亞夫勒邦緊迫盯人，應該早就爆發了激烈的提親大戰。

不過，沒想到她會嫁到國外，而且還是個非貴族的家庭。要是被人得知這件事，想必會接二連三地出現一些不擇手段逼退婚事，希望把多里亞德莎娶回家的人。所以，要先讓他們生米煮成熟飯，隔段時間後再跟旗下的各個貴族家聯絡，應該是這樣的盤算吧？到了那時候，不管身處天涯海角，應該都會有人試圖送禮物過來。

婚禮結束後，一行人便各自回去了。

哥頓也在留下一句會再來拜訪後回到領地去了。

巴爾特豁出去，問了多里亞德莎她是什麼時候愛上朱露察卡的。

「我想大概是那個時候吧。在巴爾特大人賜名給葛斯閣下，讓他進行騎士誓約之後，朱露察卡不是說了：『好好喔～好好喔～吶吶，我也要做那個儀式啦～』嗎？看著這一幕我心想，要是能待在如此自由，如此率真的人身邊，自己或許也能活得自由坦率吧？」

最後他們並未採納入贅的形式。雖然未採納此方式，但是如此大仗陣的婚禮隊伍可是留宿在席馬耶呢。聽說領主以下的重要人士還提心吊膽地前來問候，來的全是些身分顯赫的高等貴族及騎士們。這居然是生於邊境北方之地的村長迎娶葛立奧拉侯爵家千金的隊伍，沒有比這更好的身分證明了。

伏薩里翁的存在得到了認證。

朱露察卡定下了家名。

奧路卡札特家。

此家名以不附屬於任何國家的獨立家系之名，留在了葛立奧拉的紀錄之中。

此名應該也會傳到帕魯薩姆和蓋涅利亞去吧。

四千二百七十六年四月，這個名為伏薩里翁的村莊正式發跡。

這是一座小小村莊。

僅止於目前。

第四章——季揚國王傳說

奇伯茲

1

朱露察卡和多里亞德莎的婚禮賓客回去後，就在伴手禮的整理告一段落時，有一號人物跑來了。

他就是騎士亨里丹·葛托。

這男人過去曾是佛特雷斯家的騎士，曾接下皇妃瑪莉艾絲可拉基於嫉妒發出的瘋狂命令，企圖殺害多里亞德莎。

事件之後，他離開國家，在邊境流浪。他是在席馬耶港聽見這座村莊的傳聞才跑來的。

騎士亨里丹跪在多里亞德莎面前向她致歉。多里亞德莎原諒了亨里丹，並命他今後要以伏薩里翁騎士的身分為村莊盡心盡力，而亨里丹也答應了下來。

亨里丹身邊帶著一位年輕人。他表示兩人是在邊境相遇，由於他覺得年輕人有望成為騎士，所以便養育了他。當巴爾特聽見年輕人之名時，背上竄過如遭雷擊的感覺。

塔朗卡。

這是曾出現在他某夜的怪夢中的名字。那場夢果然是會真實發生的事嗎？

名為塔朗卡的青年十六歲。他被鍛練得很好，看起來遠比年紀穩重許多。

亨里丹及塔朗卡的加入讓村莊的經營輕鬆了許多。

畢竟到目前為止，具備記帳方式等等的經營領地技能的人只有多里亞德莎一人。亨里丹是為能幹的騎士，他運用了累積至今的經驗輔佐朱露察卡及多里亞德莎。此外，由於亨里丹及塔朗卡加入，讓一直疲於應付外敵的巴爾特及葛斯有了喘息的機會。

最近克因特和塞德也有了明顯的長進。在這一年半間，他們展現了一般年輕人需耗上三四年才能達到的身心成長，猶如萌生在荒野的嫩芽缺乏水分及營養，隨著大雨來到一口氣向上成長似的。

巴爾特本來以為克因特約莫十歲左右，實際應該要再稍微年長一些，約莫十三或十四歲，塞德則差不多十歲。

克因特已經完全成了葛斯的弟子，每天都請葛斯指點他劍術。塔朗卡後來也開始向葛斯學習劍術。就葛斯所言，塔朗卡具備天生的防禦直覺，只要以防守之劍為目標，便能成為天下一流的劍士；而克因特則是平衡性極佳的萬能型劍士，比起細劍，更擅長使用盾和騎士劍的戰鬥。塞德也具備不凡的劍術才能，但相較於塔朗卡和克因特，便差了兩三截。

巴爾特曾經建議克因特，可以試著去向騎士亨里丹請教劍術，但是克因特說什麼都只要葛斯教。由於他老纏著葛斯教他劍術，葛斯也傾盡全力進行指導。多里亞德莎看見這個狀況，還生氣地說當初葛斯教自己的時候哪有那麼溫和。

事情發展至此，巴爾特下定了決心。

在與朱露察卡和多里亞德莎都商量過了之後，他命克因特以成為騎士為目標，擔任葛斯的隨從。

克因特驚喜交加地接受了這命令。

巴爾特還告誡他，由於葛斯懶得多費唇舌說明，所以要是在騎士知識方面有不清楚的地方，就去請教騎士亨里丹。

一旦要開始進行騎士修行，就必須學習各種事務。禮儀規矩自是不用說，還得能夠書寫、閱讀信件及帳簿，同時必須了解作為經營知識基礎的算數及收支的統整方式，且要學習使用各種武器及駕馭馬匹（希巴）。行軍方式應該會在打獵的時候教吧？此外，也得對各國的歷史有最基礎的了解。

騎士亨里丹曾是大國葛立奧拉的騎士，所以比巴爾特更清楚正式的騎士教程，知識應該也較為豐富。想必克因特和塔朗卡都會成為待在邊境太過大材小用的騎士。

村莊已經幾乎將自給自足的模式建構完成。距離能夠自給布料應該還要一段不短的時間，也或許永遠不可能達到自給鐵等物品的目標，不過這類物品也不需要頻繁購買。亞夫勒邦留下了幾乎用不完的伴手禮，目前完全不需擔心。

艾格魯索西亞已經以特產的名義開始進行販售。它既是優質藥草也是優質食材，撒上擠出來的汁液還能驅趕魔獸，這些特性開始逐漸廣為人知。可說是沒有比這更優質的商品了，而且僅有此處能夠種植產出。最大的難關是如何運輸，但朱露察卡用一副自信滿滿的模樣表示，過陣子勃帕特和雅德巴爾奇大領主就會派馬車到此大量收購。

伏薩里翁接下來定會蓬勃發展，蒸蒸日上。

2

巴爾特最近經常在思考一件事。

所謂魔獸究竟是什麼東西？

為何世上會存在著魔獸這種生物呢？

過去他一直以為，野獸一旦成了魔獸就再也無法恢復如常。不過，在那場大攻防戰的最後一刻，從古代劍流洩而出的光芒是不是可能將魔獸變回了普通的野獸呢？

還有那身處「不存在於這片大地的他處」窺伺著古代劍的存在究竟是何方神聖呢？得到古代劍之後又想拿它做些什麼？

「你在煩惱什麼？來，吃點這個吧。」

扎利亞將裝著奇伯茲果實的籃子遞向巴爾特。果實似乎已經經過蒸烤處理，散發著香噴噴的味道。

巴爾特突然覺得有些餓。

他捏起一顆奇伯茲果實，開始剝起皮來。在差不多剝好的時候，他早已是飢腸轆轆。

他將果實扔進嘴裡，口感滑不溜丟的。放膽一咬之後果實爆了開來，又轉為香甜鬆軟的口感。未做任何調味的果實在加熱之後，即會散發出它本身自然且有深度的甜味。汆燙也不錯，但還是蒸煮最好吃。

在巴爾特這麼咀嚼著果實的期間，他的手已經開始剝著下一顆果實。照這情況，只吃一兩個可滿足不了他。

在他吃了約二十顆果實後，飢餓感終於平息下來。

扎利亞默默地在旁守候著巴爾特。

巴爾特心想，這位充滿智慧的藥師或許想告訴自己什麼，所以便把自己經歷過的事以及正在思考的事全盤託出。

他說完以後，扎利亞沉默了一段時間。

「這真是令人驚訝。我早已發現那把劍不是把普通的劍，還有那只手環也不是普通的手環。不過，沒想到那把劍居然是宿有偉大精靈的劍，而那個手環居然是雅娜的手環。」

「妳知道古代劍和這只手環的事？」

「關於劍和手環，我所知道的僅止於謠傳。不過，我倒是知道些魔獸的事。該從何說起呢？我被指為魔女差點被燒死這件事，我已經跟你提過了對吧？」

巴爾特以前聽她說過件事。扎利亞的母親定居在旅途中的某座村莊，以藥師的身分長年救助村民。扎利亞後來也繼承了她的衣缽，繼續當藥師服務人群。然而，因為她手上僅有一人份的某種流行病的藥，失去家人的村民便以猜疑的目光看待她，最後還口口聲聲說她是魔女。長年為村莊鞠躬盡瘁的回報是被綁在家裡的柱子上，再從外頭放火燒掉屋子。

「母親去世之後，就只剩我一個人。不過其實我並不是孤零零的一個人，還有一位精靈陪在我身邊，他似乎是母親從年輕時認識到現在的朋友。除了我以外，他不會在其他人面前現身，其他人也聽不見他的聲音。就在我被火舌包圍差點喪命的時候，那位精靈問了我一個問題：『妳是不是不想死？』當時的我真蠢，居然回答他我不想死。」

為什麼這個回答很蠢呢？

「你覺得那個精靈做了什麼事？他進入我的身體，被我給吞噬了。精靈本來就不是屬於這個世界的生物，雖然偶爾會稍微在這世界現身，但是大部分的身體和力量都不存在於此。但是在進入人類軀體，成為其中的一部分後，精靈會賜予該名人類龐大的力量。我掙脫了束縛，離開了小屋。我的皮膚被火燒傷，但我有能力治癒傷口。衣服無法修補，頭髮也花了很長的時間才恢復原狀，所有村民們都尖叫著跑了，我成了真正的魔女。我本來想跟精靈道謝，但不論我怎麼呼喚，他都沒有回應，理應如此，畢竟他已經被我吸收，消失了。我為了換回這條命，失去了唯一的知心好友，自此過了約兩百年。你之前不是有看到我操控火焰嗎？那是我年輕時期的模樣。我只要施展出強大的力量，就會恢復成那副模樣。可能是因為年老的軀體無法承受，才會變成生命力最強的時期的模樣吧？」

真是段令人驚奇的故事。不過，巴爾特感受得到扎利亞的話是真的。

「那麼，接下來才是正題。進入我體內的精靈，雖因遭我吞噬而消失了，但是我將他所累積的記憶納為了己有。我接下來要說的內容雖然是精靈的故事，但卻不只如此。雖然是魔獸的故事，但也不只如此。我要說的是人類來到這個世界之後所發生的事，一個偉大國王季揚的故事。」

3

季揚國王並不是這片大地的人，他是從極為遙遠的天空彼方乘坐「星船」來到此處的。星船上有許多「船員」，還有更多「沉睡的人們」。聽起來很神奇對吧？「船員」和「沉睡的人們」都是在睡眠狀態下從星群中飛翔而來，季揚國王就是其中一位「船員」。

「星船」降落在此地之時，本來所有人都應該醒來，但是不知道為什麼，只有季揚國王一人早一步醒來。季揚國王曾試圖叫醒其他「船員」，卻怎麼也叫不醒。只有少數「船員」才能叫醒「沉睡的人們」，只要這些人沒有醒來，就無法叫醒「沉睡的人們」。

季揚國王隻身踏上這片土地，開始四處冒險。這片土地上住著許多人。啊，我說的不是人類喔。這些人依現在的說法就是亞人，季揚國王稱他們為「原始居民」。「亞人」這個詞彙並不是出現在季揚國王的時代，而是出現在這很久很久之後。我不喜歡亞人這個詞，不過算了，現在還是用你比較熟悉的說法好了。

亞人會與其他種族的亞人爭鬥，也會跟同種族的其他部族爭鬥。季揚國王在亞人中交了幾個朋友，讓眾多亞人攜手合作，為這片土地帶來了和平。僅僅十數年就成就如此偉業，季揚國王果然非常偉大。亞人們稱季揚國王為「獨一無二的國王」，年輕的季揚國王也邁入了壯年。

不久之後，「船員」們開始甦醒。

季揚國王十分開心，打算叫醒「沉睡的人們」，但「船員」中卻有人反對他這麼做。季揚國王認為應該依循古老規定，由「船員」、「沉睡的人們」和亞人們攜手合作。相對於他的想法，有部分「船員」認為「船員」應該成為貴族，「沉睡的人們」為平民，亞人們則成為奴隸。「船員」中也有階級之分，而季揚國王的位階並不算高。

以「船長」為首，階級最高的「船員」們並不認同季揚國王的想法。不僅如此，還稱獨自先醒來而成為國王的季揚為叛徒，並把他關了起來。這不是什麼大不了的事，因為那群人才是真正想成為國王的人，他們打算由最高階的「船員」們當國王，並決定好領土劃分，在由他們支配人民的架構下喚醒「沉睡的人們」。

季揚國王在認同他的「船員」的幫助下脫困，就此「船員」們便分為兩派互相爭鬥了起來。一方以「船長」為首領，而另一方的首領就是季揚國王。

激烈的戰爭持續了很久。

「船員」們手上握有從星星彼方帶來的武器。他們揮舞著破空的雷矛及碎山的巨鎚，焚盡了森林，使河川枯竭。

某一天，季揚國王遭敵人俘虜。

在即將行刑的那一刻，奇蹟出現了。從前就與季揚國王十分親近的精靈與他的生命融合，化為一體，這就是世界上首例的「精靈附身」。

在這之前，沒有人想過居然能辦到這種事。「船員」們手上握有能看見精靈的技術，但他們一直以為精靈是四處飄盪的存在，既不會出手妨礙，也不會出手相助。也就是說，季揚國王是個怪胎，居然跟這種沒用的生物也建立了交情。

在精靈與人融合，成為其生命的一部分之後，此人將會得到神奇的力量。他的身體會變得強壯，受了傷也會立刻癒合。他的力量會變強，且不會感到疲累，壽命也延長了許多。不只如此，此人還可以加強火、水、土、風之力、製造幻覺等等，習得各種神奇技能。

憑藉「精靈附身」後獲得的力量，季揚國王再次恢復自由之身。自此之後，雙方陣營的「船員」們拚命地想得手「精靈附身」狀態，甚至創造出了硬性吸收精靈的方法。

最後，亞人的協助成了關鍵，季揚國王取得了勝利。「船長」被捕後遭到處刑，再也沒有人反抗季揚國王，但是大陸中央也已成了一片無法居住的荒蕪地帶。季揚國王喚醒了「沉睡的人們」，讓他們各自前往大陸的東、西、南、北四方的邊境定居。

就這樣，和平時代終於到來，可惜好景不常，「魔獸」出現了。牠們至今都只是普通的動物，卻在某天突然變成了魔獸。牠們的身體變得巨大，壽命也延長了數倍之多，並擁有驚人的強大生命力。一開始大家完全不明白魔獸化的起因，季揚國王在調查並思考過後得到了答案。

精靈這種生物，原本就存在於此世界以外的某處，他們從該處誕生到這個世界來，死亡後就會回到原本的世界，獲取新的力量後，又再次誕生到這個世上，而且還帶著前世的記憶。然而，被人類吸收而消失的精靈們將永遠不會復活，但其實他們還是會復活，也就是以魔獸的形態復活。

與人類合而為一的精靈，在人類死亡後，便會復活成沒有智慧，失去心智及良善的狂暴精靈。狂暴精靈一復活就想附身到活物身上，但他們無法附身在有智慧的生物上，所以只好找上野獸。被狂暴精靈附身的野獸就會變得凶暴，且只會對人類如此凶暴。只要看見人類的身影，嗅到人類的氣味，就會瘋狂發動攻擊，想將人類碎屍萬段，這就是魔獸的真面目。

被「精靈附身」的「船員」們互相殘殺，促成了許多狂暴精靈的誕生。魔獸的真面目就是被他們附身的野獸。殺了魔獸之後，狂暴精靈便會從牠們的體內脫離，再附身在別隻魔獸身上。不論怎麼殺，他們都會附身於野獸身上再次復活，變成魔獸攻擊痛恨的人類。

得知真相的季揚國王大受衝擊，悲嘆不已。是他讓那些曾經如此純真幸福的精靈們永遠與人類互相憎恨、殘殺。

話雖如此，也不能將魔獸置之不理。季揚國王製作了能夠打倒魔獸的武器。他似乎借助了偉大的精靈們的力量，但這部分的詳情無從得知。

偉大的精靈們指的就是如精靈之神般的存在，僅一位就擁有足以匹敵數百甚至數千精靈的強大力量。聽說只需一揮宿有偉大精靈的劍，就能一次打倒上百隻魔獸。

過沒多久，長壽的季揚國王的死期也逐漸逼近。季揚國王在短暫的餘生中竭盡全力摸索著能讓人類與魔獸不需要互相殘殺的方法，最後他所找到的方法就是「藍石（耶魯各古）」、「紅石（羅羅各古）」以及「大障壁」。

你看過「藍石」對吧？那是可以安撫魔獸並加以馴服的魔石喔。

「紅石」是會吸引想再次復活的精靈的魔石。

季揚國王以巨型山壁遮蔽了人類居住的地方。自此取其諧音，季揚的巨型山壁「吉安·杜沙·羅」便誕生了。

巴爾特·羅恩。你知道「大障壁」的另一頭有什麼嗎？

嘿嘿嘿，沒錯沒錯，是一大片有魔獸棲息的森林。那你覺得森林的另一頭會有什麼呢？

不知道？我想也是。以常識很難想到會有什麼。那裡有水，鹽水。人類的居住地被「大障壁」圍起，在其外側有一片魔獸棲息的森林，然後那座森林則是被鹽水所包圍，我們也可以說這片大地是浮在水面之上。

嘻嘻嘻，難以置信是嗎？這也難怪。若不親眼目睹，真是很難相信。我雖然知道這些事，但論起相不相信，我自己也不太清楚。不過，這些都是真的。

什麼？你問我那片鹽水的外側還有什麼？

天曉得。我就只知道這麼多了。與我融為一體而消失的精靈的記憶中也沒有相關訊息。

大陸中央有片遼闊的土地，四方邊境幅員廣闊，「大障壁」外的森林面積差不多就等同於中央與邊境的總和。季揚國王在「大障壁」外埋了大量的「紅石」，並且將「大障壁」內的魔獸趕盡殺絕，又或是在捕獲之後丟棄在「大障壁」外側。

因為在死去的魔獸即將復活之際，就會受到「紅石」的吸引，在大障壁之外復活。由於「大障壁」內埋了「藍石」，所以幾乎沒有魔獸會想要越過它。

說到這你已經懂了吧？季揚國王把人類的居住地和魔獸的棲息地隔了開來。目的就是希望在隔開後，兩者不需再互相殘殺。

然而，季揚國王心中懊悔不已。他很後悔將精靈們逼入如此的命運之中。所以他在「大障壁」開了一個小缺口。目前人類只能與魔獸互相殘殺，但是，在遙遠的將來，或是更加久遠的某一天，也許狂暴狀態將會止息，純真友善的精靈將重返此世，季揚國王衷心盼望人類與精靈能言歸於好，他將這份心願寄託在了缺口之中。

沒錯吧？要是沒有缺口，魔獸和人類會一直被分隔開來，就算精靈恢復原樣，人類也無從得知。他期望魔獸們總有一天能平靜下來，並期待著魔獸們消失，精靈們復活的那一天到來。人類與精靈之間的羈絆就是開創那道缺口的意義。

季揚國王去世後，從星星彼方帶來的技能也失傳了。人類無法再在空中飛翔，也無法摧毀山峰。想必季揚國王認為這樣最好吧。

能作為家畜飼養的野獸多半都長著角對吧？那些其實是乘著「星船」，跟著人類一起來到此地的野獸。由於家畜魔獸化會很麻煩，所以他動了些手腳，讓狂暴精靈無法附在牠們身上，而牠們頭上的角即是印記。不過，聽說即使在此地的原生動物頭上加了角，也無法阻止牠們魔獸化喔。

我就只知道這麼多了。

瑪努諾的女王所說的「石頭」肯定就是「紅石」。不知道牠們是打哪弄來那麼大量的「紅石」呢？該不會是去「大障壁」外頭挖來的吧？用「紅石」硬將野獸變成魔獸，實在駭人聽聞，而且還教唆牠們攻擊人類，應該是有什麼人想毀去季揚國王制定的真理吧？

在「原始居民」中，龍人也算是特別強大的種族，過去即是由牠們支配著其他種族。不不不，不是統治喔，牠們才不會幹這種麻煩事，不過是半鬧著玩地對其他種族下達命令，將其他人玩弄於股掌之中。牠們和來自星星的人們應該是毫無瓜葛才對。

我也聽到了說出那句「我找到你了」的聲音，我感覺得到其中蘊含著可怕的力量。我的知識無法判斷他究竟是什麼人，也就是說，他應該是出現在我體內的精靈與人類分開的時期吧。

祕密的關鍵就掌握在亞人的手中喔。他們以傳說或族規的形式傳遞著由古至今的知識。

現存的人類都是「沉睡的人們」的子孫，所以對舊時事物一無所知。

啊，對了對了，你知道魔獸無法誕下幼獸吧？被「精靈附身」的人也一樣無法誕下子嗣，所以「船員」們在很久以前就已全數死絕。

巴爾特，你該踏上旅程了。

你可以先去拜訪擁有「藍石」的亞人，再去找與精靈為友的亞人。

話又說回來，逃過一劫的精靈居然存活下來了，沒有比這更令人開心的消息了。

我覺得你的預感是對的，有什麼可怕的事正要發生。

巴爾特，你該踏上旅程了，刻不容緩。

4

這次談話的後勁強到巴爾特病得臥床不起。

人類原本就不是這個世界的居民，是來自星界彼方的人們的子孫，這件事雖然很有意思，卻讓巴爾特格外驚訝。

這個故事並不新奇。肯恰・里神的教義認為人誕自大地，而克拉馬神的教義則認為人是由星星碎片拼湊而成。認為人類的起源是來自大地或天空的教義並不少見，人類是來自星星彼方感覺還真有那麼一回事。

但是魔獸的真面目讓巴爾特大受打擊。

巴爾特的大半輩子可說是都貢獻在保護人類不受魔獸侵擾上。不止巴爾特，所有的帕庫拉騎士都一樣。

魔獸正是蠻橫及惡意的代表，只要跟牠們對峙過就能明白牠們有多憎恨人類。與魔獸戰鬥並打倒牠們即是為了正義，再無其他。魔獸是該殺且不得不殺的存在，這點曾是無庸置疑。魔獸是世界的異類、破壞者，是和平之敵。

然而事實並非如此。

魔獸才是擁有復仇權的一方。因為踐踏了牠們的幸福，將牠們拽進互相殘殺的永恆惡夢的就是人類。

人類才是那因一己私欲蹂躪世界，理應得到來自世界的復仇的一方。魔獸的出現是為了讓人類付出與其私欲相應的代價。

幾天後，巴爾特起身時，心中已決意要踏上旅程。

但在他付諸實行之前，使者來了。

「我是葛立奧拉皇國提爾蓋利伯爵亞夫勒邦．法伐連閣下麾下的騎士，名喚波爾達姆．

史丹。有一事要稟告聯軍元帥巴爾特・羅恩閣下。吾家主君提爾蓋利伯爵在返回皇都的途中接到惡耗，突然來襲的辛卡伊軍已鎮壓了皇都，因此希望能邀巴爾特閣下前往洛特班城一聚，請您務必、務必走一趟！」

第五章 群雄齊聚

牛尾湯

1

巴爾特帶著葛斯和克因特前往席馬耶。

朱露察卡本來說要一起去，但目前不是他離開村莊的時候。

從席馬耶搭船至托萊依的七天後，他們抵達了洛特班城。

「聯軍元帥，很高興見到你。」

亞夫勒邦儼然一副城主的模樣，迎接他們的到來。理應如此，畢竟這座城的新主人是洛特班伯爵杜賽邦，也就是亞夫勒邦的弟弟。

遵循諸國戰爭中的約定，洛特班城已從帕魯薩姆讓渡給了葛立奧拉，後來杜賽邦受封為洛特班的領主。

「在我回程到尹塞格諾斯時，我家管家派來了急使。辛卡伊軍在四月二十一日突然擊襲了克布希城，僅僅一日就將其攻陷。皇王陛下下令要鄰近地區的諸侯全數集合，還召集了皇都騎士團，但是辛卡伊軍居然在四月二十六日就抵達皇都，並開始發動攻擊，這神速的進軍害得援軍無法及時到援，皇都騎士團也在陣容未齊的狀態下出了皇都城門迎敵。辛卡伊軍的領袖是一位騎著怪異野獸的巨人，聽說他憑一擊就能颳起龍捲風，將我國騎士們全數擊飛。」

巴爾特瞪大了雙眼。

那個怪物除了物欲將軍路古爾哥亞・克斯卡斯外，不作他想。

但他受了那等重傷也不可能活下來。這到底是怎麼回事？

「辛卡伊軍趁勢攻破城門，殺到了皇宮。」

「等等，我聽說皇都外圍是巨大且堅固的城牆。葛立奧拉軍擅長的是弓技，而辛卡伊的騎馬軍團也稱不上適合打攻城戰。」

「我之前也是這麼想的，但結果卻是四分五裂。敵方似乎使用了妖術（諾捷爾嘉）一類的術法。首波箭擊被突然颳起的怪風吹開，所有人驚魂未定之際，敵方就已殺到了城門口。最奇怪的是有一位指揮官下令關閉城門，卻有另一位指揮官持相反意見，導致城門並未完全緊閉。」

辛卡伊軍直接衝向皇宮，聽說是一位葛立奧拉的騎士為他們帶路。

皇宮裡也發生了極為離奇的事。某位近衛指揮官做出了近似迎敵軍入內的行為。辛卡伊軍拿下了皇宮並抓住了皇王，出手抵抗的人一率殺無赦，皇宮陷入一片血海。

接下來的發展更加古怪。

皇王似乎馬上向辛卡伊軍投降，對外宣布辛卡伊軍不再是我國的敵人，戰爭已經告終，然後把皇都的有力貴族全召進了皇宮。

法伐連侯爵也進了皇宮。

當天夜裡，皇宮派出使者來到法伐連家，說是法伐連侯爵在皇宮裡發瘋，因襲擊賓客而遭到斬殺。

此時待在法伐連家坐鎮指揮的人是管家。長男亞夫勒邦則帶著三男及四男出外參加多里亞德莎的結婚典禮，次男杜賽邦則是在洛特班城裡。

管家當機立斷，將侯爵的妃子們以及亞夫勒邦的新婚妻子等女性送往了佛特雷斯家，並請求他們協助藏匿。

他派了兩位馬術精湛且個性機警的從騎士前往報信。兩位分別前往亞夫勒邦和杜賽邦的所在之處，然後命令留在家中的所有騎士前往洛特班城。

他自己則帶著四位隨從去了皇宮，去了皇宮就不可能活著回來，但主君已死，如果沒有人去領回他的遺體，將會是亡故家主的恥辱。

到此為止是管家的急使所告知的事情始末。

杜賽邦給巴爾特看了聖旨，這乃是頒布給葛立奧拉皇國所有騎士的一道聖旨。

『葛立奧拉皇國將奉辛卡伊國為盟主。辛卡伊國王代理人路古爾哥亞・克斯卡斯將軍的命令等同於葛立奧拉皇王自身的命令，是以公告周知。』

簡單來說就是這樣的內容。

聖旨還附上了軍令官發出的指示書。

『皇都及其周邊的諸侯，請率兵至皇都集合，目標為進攻帕魯薩姆。東北部及東部的諸侯，請先前往洛特班城集合，等待皇都下達指示再行攻打帕魯薩姆王國。屆時請洛特班城提供糧草。』

巴爾特對這位軍令官的名字有印象。

霍爾頓・坎伯——那位擔任邊境武術競技會審判長的人物。

「擁有爵位的騎士全都受到召集，且一併動員隸屬其黨派的騎士，可說是除了正在執行特殊任務的騎士之外，所有人皆是動員對象。我看單單騎士的人數就可能超過三千人，論起總兵力應該會來到一萬兩千人左右吧？本國的防衛幾乎等於零。其中八成兵力將由西方前往歐柏斯。一萬人的行軍究竟需要多少糧草呢？」

「兄長大人分析得沒錯。他們還要洛特班城供養兩千位士兵，真是亂來。牛肉、豬肉、蔬菜和穀物應該都會一無所剩吧。」

在帕魯薩姆將洛特班城交給葛立奧拉時，原本住在洛特班城裡的居民都希望能隨鎮西侯瑪多士・奧爾凱歐斯搬往伐各。話是這麼說，但是他們不可能連牛和豬也全部帶走，於是瑪多士便先買下了家畜及農具，而後再變賣給葛立奧拉皇國。

雖然洛特班城有部分城牆崩塌，但有多座水源豐沛的水井，城裡面積遼闊，結構也十分堅固，房屋數量也多，是立刻能派上用場的狀態。田地整備完整，附近也有牧草區，燃料儲備更是多得不得了，而且連大量家畜都已入手，只要人到齊了，立刻就能作為具備強大自給體制的要塞都市發揮作用。

安排人手是最難的工作。

法伐連家的騎士人數無法達到防衛此城的需求。除了原本就直屬杜賽邦的十位部下，法伐連家又加派了十人給他，但這已經是極限了。再派人來將會對法伐連本家的經營帶來不良影響，所以他們找了派閥的騎士們，將騎士的次男、三男，還有因經濟問題無法成為騎士的從騎士們全召集起來，確保了足夠的人數。

要找來農民及各種工匠是更加艱難。

住在華美的皇都中的技術者們，根本不想來到這座位在窮鄉僻壤的城，而且農民原本就是不願離開自己土地的職業。在無計可施之下，最後只好請皇王發出徵召許可令，派騎士們前往皇王直轄地的各個村莊舉辦「說明會」，以幾乎等同綁架的方式把人要了過來。就在這一切好不容易即將就緒時，就來了這道命令。

若是騎士加上隨從共十人左右的部隊，只要有點小錢，就能在村莊等地進行補給，同時還能自行張羅到大部分的糧食。但這必須是在森林資源豐沛的地區才可行，且會拖慢行軍速度。

若是五十人的軍隊，想要自給根本不可能。如果是在小型村莊，他們光逗留個一兩天就會造成沉重的負擔。

那麼五百人的軍隊又如何？一餐飯就必須獵捕一座小森林中的所有野獸，並消耗掉大量林木。就算是小具規模的城鎮，要是軍隊逗留長達十天的時間，剩餘糧食就會被吃個精光。即使如此，只要能夠獲得相應的金錢，還是能從周邊城鎮補充失去的糧食。

但如果軍隊人數多達兩千人呢？就算把大型城鎮和其周邊城鎮的糧食全數集中起來，也很難填飽他們的肚子。即使想從其他城鎮進行補給，其他城鎮的糧食也已經耗盡。

那麼，要是一萬人的軍隊逗留三十天，還要帶走接下來三十天份的糧食和燃料，又會演變成什麼情況呢？想必會給大都市及其周邊區域造成沉重的打擊吧。

這封指示書中，完全看不出對這些事項的考量。

洛特班城有能力接納兩千人，但就這份軍令書看來，洛特班城必須供養這支軍隊一個月，甚至長達數個月的時間。在剛從帕魯薩姆手中接收此城，而且經營終於即將步上軌道的這個時期，這道命令實在太異常了。

這做法如此異常，依然要強制執行，這就是葛立奧拉皇國現今的行事風格。

「那麼你們叫我來的理由是什麼？」

「聯軍元帥，我想做一個走在正道上的騎士。此刻禍事橫行，我希望你來到這裡，在這團混亂中看清正確的道路。請用你的雙眼看清混亂中的意義，告訴我浮現於你心中的話語。我們將從你的話中尋找該前進的方向。」

兩天後，派駐帕魯薩姆王都的葛立奧拉大使派來急使，帶來令巴爾特驚懼不已的消息。

帕魯薩姆國王居爾南特遭第一側妃以帶毒短劍刺傷，不知是已然身亡還是命在旦夕。

2

「你將因為絕望而死。」

這是古利斯莫伯爵對居爾南特所下的詛咒。

第一側妃是阿格萊特家的公主，如果沒有發生迎娶葛立奧拉皇國的雪露妮莉雅公主這件事，這位公主應該會成為居爾南特的正妃。

你會被自己的妻子以帶毒短劍刺死，這個死法正符合了因為絕望而死這句話。

——居爾、居爾，你還活著嗎？請原諒我的無能。

但現在不是陷入迷惘的時候。

「聯軍元帥，大使對戰爭一事隻字未提。他沒有接到通知，這是怎麼回事？難道皇王陛下連開戰宣言都省了，想直接進攻帕魯薩姆嗎？」

葛立奧拉、帕魯薩姆和蓋涅利亞間結成了軍事同盟，還締結了通商協定。現在帕魯薩姆商人的馬車隊也正在洛特班城內休息或進行商談，他們這樣的行為可說是以幾近暗算的方式侵略關係密切的國家，葛立奧拉將會失去國家信義，而且再也無法挽回。

亞夫勒邦及早做了因應。

他立刻寫信告知葛立奧拉國大使本國的狀況，再向商人們說明辛卡伊將再度開始侵略中原，遊說他們退到自國的安全區域去。

他還獨斷地也向蓋涅利亞送出了親筆信說明事情經過，這種做法非常冒險。

兩天後，大使又派了傳令兵來。由於我方的信件尚未送達，所以這位傳令兵是在大使還沒看過信件時就被派了過來。

傳令兵帶來的是辛卡伊軍進攻帕魯薩姆的相關訊息。辛卡伊軍居然在襲擊葛立奧拉皇國之前就已經開始侵犯帕魯薩姆西方的城鎮了。

三月二十一日，辛卡伊軍對伐各的城鎮發動突襲，並成功拿下了它。

兩天後又拿下了艾吉得。

卡瑟執政官員派出急使前往王都，並進行了防衛戰的準備。

三月二十八日，辛卡伊軍對卡瑟實行強攻，僅僅三天卡瑟就淪陷。

物欲將軍抓住卡瑟執政官員及其家人、親戚後，將他們帶到希魯普利馬路切五馬分屍，然後將他們的血及內臟灑在希魯普利馬路切的土地上。

辛卡伊對卡瑟做出的處置，跟以前的寬容相待簡直有著天壤之別。來不及逃跑的騎士全數遭到殺害，他們以恐懼及暴力支配人民。

聽說辛卡伊軍在三月底攻陷歐柏斯城，讓守備兵進駐之後，一行軍旅便朝北進發。

大使指責帕魯薩姆，稱他們隱匿如此重大情報至今的行為是不被允許的。

「我不懂，為什麼辛卡伊要在進攻皇都前，先行攻打卡瑟呢？」

「兄長大人，他們會不會其實是同時發動攻勢，只是距離較近的卡瑟先受到攻擊？」

「他們在三月二十一日攻打伐各，接著是在四月二十一日進攻克布希城，中間隔了長達四十二天的時間。葛立奧拉搞不好會在這段期間接到急報，並加強防禦，導致快攻失敗，他們為什麼要冒這個風險呢？」

「他們想破解術法。」

「聯軍元帥，你說什麼？」

「聽好了，三年前的戰爭中，辛卡伊軍曾逼近到帕魯薩姆王都極近之處。當時帕魯薩姆舉行了『四謝之舞』的儀式，因此被吸引而來的諸神的靈力保護了帕魯薩姆周全。辛卡伊軍自此開始節節敗退，最後總帥物欲將軍終於在卡瑟東方的希魯普利馬路切見血落敗，不得不放棄所有已占領的地區。這股靈力現今依然覆蓋著帕魯薩姆國土，若不讓這股靈力消失，辛卡伊的任何軍事行動都岌岌可危，所以物欲將軍才會在這片吸收了他的血的詛咒之地上，獻上作為勝利象徵而派駐卡瑟的執政官一族之血，替換了術法。」

「原來是這樣……」

巴爾特是個徹底的現實主義者，有著厭惡迷信謠言的傾向。

正因如此，他長年的經驗告訴他，向神靈祈願並借助神靈之力，能打場漂亮的仗。

物欲將軍利用血咒扭轉了自國的頹勢。

「也就是說神靈已不再幫忙帕魯薩姆了對嗎？因為神靈收下了物欲將軍獻上的供品，辛卡伊的兵將們全親眼目睹了這一幕。換句話說，他們成了一支堅信勝利的軍隊。這真是……太可怕了。」

「可是兄長大人，為什麼物欲將軍不乾脆直接攻打帕魯薩姆呢？他要是用攻占葛立奧拉皇都的驚人速度進攻，可能早就拿下帕魯薩姆王都了不是嗎？這麼一來，他就能以帕魯薩姆的國力為後盾攻打葛立奧拉了。我不明白他先打下伐各、艾吉得和卡瑟之後直接進攻葛立奧拉的理由。他這麼做，不就給了帕魯薩姆整備防衛態勢的機會了嗎？」

「杜賽邦，這個方法行不通。他要是採取這種方式，將會無法攻下葛立奧拉。」

「為什麼？事實上他不是毫不費力就拿下了皇都嗎？」

「你不覺得這次皇都的淪陷有些不自然的地方嗎？騎士中有人想守衛城門，另一方面卻也有想阻止城門關閉的騎士存在，還有騎士幫辛卡伊軍帶路前往皇宮。此外，某位近衛指揮官還做出了迎敵入城的行為。是傀儡，物欲將軍為了進攻葛立奧拉，事先將幾位重要的騎士變成了他的傀儡。我不知道他用的是操縱人心的神奇技巧，還是威脅利誘的方式，但是可恨地正中了要害。」

「傀儡啊……但是就算他先攻下帕魯薩姆王都再進攻葛立奧拉，這群傀儡依然能發揮作用不是嗎？」

「沒辦法，因為我國與帕魯薩姆締結了軍事同盟。要是發生了帕魯薩姆王都淪陷這種事，我們就得派出援軍，如此便需要進行大規模的編制改組。他無法確定傀儡會移動到何處去，要是不立刻攻打葛立奧拉，他好不容易安插的傀儡就將失去效用。」

說得對。還得再加上國家體制不同的這個因素。在葛立奧拉，只要制服皇王，就能主宰整個國家。

然而，在帕魯薩姆，國王的支配權並沒有強大至此。只要下達了不合理的命令，就會出現不肯聽令的諸侯。

又再過了三天之後，佛特雷斯侯爵的密使抵達了。

艾迪納斯伯爵巴道甘．伊連塔爾。

他是堪稱佛特雷斯侯爵左右手的人物。巴道甘將皇宮中發生的事告訴了他們。

在辛卡伊軍鎮壓皇宮，皇王發出向辛卡伊軍投誠的聖旨之後，居住在皇都的有力諸侯全都接到了緊急召喚。法伐連侯爵和佛特雷斯侯爵連袂進了皇宮，當護衛們離開後，他們被帶到了後院。那裡停著一輛黑色巨型馬車。

法伐連侯爵高聲說道：

「黑色馬車裡有怪物，能夠自由操縱人心，皇王陛下肯定也受到了這怪物的操控。我們該打敗這隻怪物，拯救皇王陛下。」

法伐連侯爵靠著個人情報網，正確地掌握了在杜勒都城及盛翁都城中發生的事。佛特雷斯侯爵先前也已聽聞黑色馬車的事，所以立刻明白了法伐連侯爵的話中之意。然而知道這件事的人太少，大家都反應不過來。

近衛兵立刻限制了法伐連侯爵的行動，但侯爵甩開了他們，奪取近衛騎士的劍後立刻衝向馬車，卻遭辛卡伊的騎士們斬殺。

手無寸鐵的佛特雷斯侯爵只能眼睜睜地看著這一幕。

法伐連侯爵的屍體被抬了出去，諸侯又開始一個個進入黑色馬車。

就在即將輪到佛特雷斯侯爵時，怪事發生了。許多箭矢同時從對面建築物的二樓飛射而出，精銳弓兵隊射出的箭矢轉眼間就讓黑色馬車成了刺蝟。馬車結構十分堅固，但還是有多支箭矢射進了有窗簾遮蔽的窗戶之中。

命人進行射擊的是皇太子坎第艾爾羅伊，他是個聰穎且具決斷力的年輕人，對法伐連侯爵寄予了深厚的信賴。

皇宮陷入一片混亂，佛特雷斯侯爵成功脫逃。

返抵家門的侯爵立刻叫來了巴道甘，對他下了指示。

巴道甘先是前往了法伐連侯爵家，但是重要騎士不在家中，管家也已朝著皇宮出發了。

此時巴道甘猶豫了。

如果要依令行事，他必須迅速將狀況告知法伐連家，然後立刻前往洛特班城，但他要是現在立刻前去追趕管家，或許能救他一命，失去管家這位人材實在是太可惜了。結果，巴道甘還是決定去追管家。最後他趕上了，並告知了事情始末。他告訴管家現在的皇宮已被可疑人士操控，不應前往。

管家聽了他的話，給出了這樣的回答：既然接到了前去領回主人遺體的傳喚，他要是不去將有損侯爵家的名聲。接著又說道：

「感謝您的善意提醒，請您也代我問候佛特雷斯侯爵，跟他說少主們就拜託他照顧了。在此變故發生之際，法伐連的四位少主全在皇都之外，這份幸運實在令在下不勝感激。如果有人想要我這老朽的心臟，給他便是。我家老爺應該也在等著有人跟他在黃泉路上作伴。」

剜出一個人的心臟，與軀體分別埋葬，這是給予叛徒的刑罰。

巴道甘與管家道別後打算離開王都，沒想到他慢了一步，招來了惡果。皇都的所有門扉皆已關閉，他已無法離開。

就在他潛伏著伺機而動時，葛立奧拉皇國與辛卡伊國締結同盟，即將攻打帕魯薩姆的消息正式公開了。辛卡伊國和帕魯薩姆從三年前開始就一直處於戰爭狀態，所以不會再次發布開戰宣言。

皇太子坎第艾爾羅伊被以精神錯亂的名義廢位並遭到拘禁。

皇王下了聖旨，內容提及除了有特別任務在身之人，擁有爵位的騎士全都需要到皇都集合從軍。只有離洛特班城較近的人是到洛特班城集合，皇王將統領葛立奧拉軍御駕親征，而軍事上的最高責任者則是辛卡伊國大將軍路古爾哥亞·克斯卡斯。

這道聖旨中包含了諸多令人瞠目結舌的內容，但是最令人驚訝的還是皇王將御駕親征一事。皇王絕不會踏出皇都，他甚至鮮少出宮，而在他廢除皇太子之位，且還未指定下一任繼承人之時，他居然要出征到遙遠的帕魯薩姆。

但是這個做法效果極佳，有部分諸侯對此次戰爭心存疑問，但是皇王親自出馬這個事實實在太有力了。

同時，巴道甘的騎士友人當上了城門的警備負責人，他才得以離開皇都，來到洛特班城。

巴爾特就這麼得知了辛卡伊軍侵犯中原的全貌，但是知道得越多，他就越覺得辛卡伊的進軍相當異常。

首先，他們各用了一天攻下伐各和艾吉得。或許這兩座城市也有所疏忽，但在如此短暫的期間內攻破堅固的城門，拿下兩座大都市，辛卡伊軍的損失應該也不可小覷。

接下來他們僅用了三天就攻下了固若金湯的卡瑟。巴爾特也很清楚，卡瑟是座防禦力極高的城鎮。只消三天就攻下這座城，想必相當勉強。

接下來的部分才是問題所在。

雖然在希魯普利馬路切舉行了儀式，但他們十天後就抵達了歐柏斯城，而且僅用一天就拿下了這座城。此事發生的二十二天後，他們又對克布希城發動攻擊，同樣也只花了一天就攻陷克布希城。接下來居然在五天後進攻皇都，而且當天皇都就淪陷了。

巴爾特從未耳聞如此驚人的閃電戰役。

說合理倒也合理，因為他這驚人的進攻速度使得防禦方在無法完成準備的狀態下就慘遭蹂躪。

然而閃電戰也有其風險。萬一皇都不派兵將出城，緊閉城門迎擊辛卡伊軍，那麼應該得耗上數日才能攻破此城。就在這數日之間，若受到召集的諸侯軍趕至皇都加強防禦，不在乎後勤補給與人員疲勞發動攻擊的辛卡伊軍理應會面臨崩潰的危機。

結果他們抓住了皇王，掌控了葛立奧拉皇國，不過，這肯定是場如履薄冰的勝仗。

不，這跟三年前的狀況有明顯的不同。三年前進攻時，對方採取了出人意表的戰術，但思考起來卻也算是合理的戰鬥推進方式。這次的戰鬥方式太詭異了。

巴爾特感受到了物欲將軍的瘋狂氣息。

3

佛特雷斯侯爵派來的密使回去的兩天後，軍令官捎來了新的指示。辛卡伊和葛立奧拉的聯軍將在六月底左右從皇都出發，請做好準備，讓在洛特班城集合的兵力能同時出發。

指令書上只寫了這些，不過有張小紙條夾在公文之中，上面寫著「辛卡伊騎士一千兩百」。據亞夫勒邦所說，這是軍令官本人的筆跡。

亞夫勒邦為了不讓難得聚集至此的領民心生動搖，他下令要杜賽邦先讓人民專注在種田及飼養家畜上。

接著派遣三男前往席馬耶港口收購油和魚乾，四男則被派往蓋涅利亞購買小麥、鹽和酒。最後，他讓部下們前往距離相對近的葛立奧拉的城鎮及村莊收購糧食。

騎士們也開始從各地集結而來。

這種集結方式有些奇妙。

由於洛特班城位於葛立奧拉皇國中偏東的位置，所以該到此集合的騎士們的出席率很差，富裕且兵力強大的諸侯完全沒有現身。

「哼，他們也在觀察吧？」

反倒是有些騎士明明離皇都較近，卻特地來到此地集合。這些騎士的共通點就是全有著響噹噹的威名。

而且還來了一些理應不會出現的騎士。

其中最為有名的就是「北征將軍」蓋瑟拉．由地耶魯。

葛立奧拉皇國北邊有兩個國家，分別是吐魯斯和達奇。這兩個國家總是試圖侵犯豐饒的葛立奧拉皇國，經常處於戰爭狀態，蓋瑟拉就是派去堤防達奇的將領。沒有派將軍過去與他交接，他理應是不能擅離職守，但此刻他人卻在這裡，而且還說後續會有一百五十騎精銳及三百位步兵抵達。原來他已棄守了職務之地。

「這樣好嗎？」

「亞夫勒邦，不要緊的。奧特斯多三兄弟會拚命進行防守的。他們至今可讓我吃了不少苦頭，至少這次得讓他們盡點力吧。哇哈哈哈哈！」

奧特斯多家是葛立奧拉北方的自治領主，三代之前歸順了葛立奧拉皇王。這個家系毫無疏漏及破綻，他們曾與達奇的各個族長合謀侵犯附近的領地，也曾前來懇求派遣皇軍牽制達奇軍。

特別是現任領主上任後，其行徑更是囂張。現任領主是三兄弟，各自駐守重要的城池，總是遊手好閒，顧左右而言他地拒絕上繳稅金，而且還把派遣軍當肥羊宰了中飽私囊。

在先前的邊境武術競技會期間，皇王下令要奧特斯多家暫代蓋瑟拉將軍之職，負責防守達奇的工作，奧特斯多三兄弟回覆謹遵聖令。

蓋瑟拉相信了他們的承諾，讓軍中兵將輪流休假，但就算到了重要人物蓋瑟拉即將出發的那一刻，奧特斯多軍依然不見蹤影。為了讓捷報連連的蓋瑟拉難堪，並削弱其影響力，他們故意推遲出兵，而且還涉嫌洩漏兵員人數減少的情報給達奇。蓋瑟拉將軍以少數兵力迎擊達奇軍，縱使好不容易打退了敵人，最後卻是以滿身瘡痍的狀態趕往邊境武術競技會。

此次蓋瑟拉和奧特斯多軍聯手，給了滯留在達奇軍前線的部族一次迎頭痛擊。在蓋瑟拉保證會把奪得的堡壘讓給他們之後，奧特斯多兄弟歡天喜地地前來參戰，火速將自家兵將派駐奪得的堡壘。蓋瑟拉認為奧特斯多兄弟和該族族長之間應有密約一類的約定，卻在欲望驅使下背叛。

此時，蓋瑟拉出示了皇王發出的召集命令，火速地退了兵。

怒火中燒的達奇軍顯然會對他們發動攻擊，堡壘一旦被奪走，奧特斯多兄弟的根據地就危險了。他們兄弟三人如果想守住財產，唯有自行出兵迎擊。

事情經過就是如此。

這些聚集到此地的騎士，巴爾特幾乎都不認識，但是每個人卻都知道他的名字。最後巴爾特和他們一連飲了多天的酒。

「北征將軍」蓋瑟拉・由地耶魯。

「剛毛將軍」萬各古・馬那耶達。

這兩位都是猛將，麾下擁有百人規模的騎士以及多達數倍的步兵。他們讓麾下兵將分成數支分隊，繞路慢慢抵達此處。這麼做的目的是想儘量減輕洛特班城的糧食負擔。

「邪眼」歐斯德薩・克里米那子爵。

「紅毛鬼」傑納斯・荷雷斯特子爵。

「花猴子」渥魯巴特・斯多厄哈男爵。

這幾位都是地方領主，帶了二十至四十騎左右的騎士及數倍以上的步兵前來。

前近衛騎士團武術老師奇利・哈里法路斯大人。
前皇都防衛騎士團第一隊長艾克爾・阿斯德大人。
「同伴殺手」邦茲連・戴耶大人。
「獵頭人」辛特・艾斯卡利大人。
這幾位則是國內的知名武士。
奇利、艾克爾和辛特三人看見葛斯，開心地上前向他打招呼。這三人都住在皇都，曾在皇宮的比試中與葛斯舉劍交鋒。他們佯裝不知自己被編入本隊一事，跑到洛特班城來了。
騎士們接二連三地聚集而來，卻莫名地不召開軍議。
反而淨要來到城內的騎士和隨從們以勞務來抵餐費，不是叫他們去修補城牆，就是叫他們去砍伐燃料，還讓他們把堆在外頭的石頭都搬回了競技場。巴爾特也忍著腰痛出手幫忙。
張羅而來的酒和糧食才運進城，就開始被大量消耗，兩個弟弟總是為此四處奔走。
萬各古將軍是個不輸蓋瑟拉將軍的酒豪。
「哈哈哈！巴爾特閣下，我可沒把什麼戰神瑪達・貝利的化身這種玩笑話當真，但你的武威和品格確是無庸置疑。光是能跟你喝兩杯，我就覺得丹田湧上了一股力量。來來來，喝吧喝吧！」
時間來到五月三十日，軍令官發出的指示書送達了。上面寫著要在洛特班城集合的分隊於七月一日出發，在壓制可露博斯堡壘後，以該處為據點攻打密斯拉城，進一步做好進攻王都的準備。

這個目標選得好。

可露博斯堡壘擁有堪比城池的的規模及堅固結構，但是守備兵力不多。他們應該沒料到會遭到攻擊，只要出動大軍便能輕易拿下。

而只要攻陷可露博斯堡壘，密斯拉就是毫無防備的狀態。

密斯拉城近日有了顯著的發展，能在這裡獲得足夠的糧食及戰利品。而且，只要攻下密斯拉，帕魯薩姆就必須同時防範歐柏斯及密斯拉這兩座位於反方向的城市。

「唔嗯，我漸漸看清了軍令官心中的盤算。乍看之下這是個無情的命令，但是他並沒有指定由誰擔任壓制密斯拉一役的指揮官，也沒有說要我們留多少人在洛特班城。而且他也沒有定下攻陷可露博斯堡壘的期限，亦未對攻擊方式做出指示。總結來說，他幫我們增加了依我方解讀能夠運用的幅度。」

軍議就在這天夜裡召開了，地點就是上次進行歌唱比賽的房間。有二十位左右的重要騎士被請來參與軍議。

「面對路古爾哥亞·克斯卡斯將軍那如暴風雨般的攻擊，我覺得只要選對地形應該就能躲過。」

先開口的是奇利。

「他的攻擊並不是為了引起強風攻勢，而是攻擊本身就威力十足。如果是風，吹至地面就會回彈，使我們的身體浮起，但他的攻擊並非如此。」

「所以只要站穩就行了嗎？」

「是的，提爾蓋利伯爵。只不過，得是相當程度的剛強之人才承受得住。被擊飛的人們會造成妨礙，所以最後只能派出少數精英作戰。」

「唔嗯，換言之，就是得找個兩側都有斜坡的地點。有這種地方嗎？」

亞夫勒邦回頭問道。

站在他身後的騎士，是阿格萊特公爵千金瑪露愛麗雅公主出嫁時的其中一位隨行騎士，名字叫做齊德阿魯諾。

「從盛翁前往歐柏斯堡壘有條必經之路，地形完全符合我們的期待。那個地方叫做帕戴山谷。從盛翁出發前往帕魯薩姆王都時，有條路線通過勒伊特城，另一條則是要通過歐柏斯堡壘。選擇通過勒伊特城的路線，就會繞遠路，而且也不適合大軍行軍，我認為侵略軍應該會往歐柏斯堡壘去，所以他們一定會行經帕戴山谷。想通過這裡就非得縮小隊列不可。山谷底部的斜坡坡度較緩，上方卻極為陡峭。這座懸崖連猴子都會失手滑落，懸崖另一側的道路路況奇差無比，即使想發動奇襲，軍隊也無法靠近那裡。」

蓋瑟拉插嘴。

「唔～無法靠近就沒辦法了。再往前一點的地方又如何？」

「嗯，是草叢。從該處再往盛翁方向走，有一片幾乎毫無遮蔽物的平原，所以若有大軍接近，敵方恐怕在相當遠的地方就會發現。再往西側去是一片連綿的岩山，他們應該不會走這裡才對。」

「不過，這樣就跟以少數兵力進攻一樣啦。既然最後都會被發現，那就只能以總兵力衝鋒突擊，殺出一條通往物欲將軍身邊的路。」

萬各古將軍對此說法提出異議。

「蓋瑟拉，這麼做的話，物欲將軍可是會把葛立奧拉軍拿來當人肉盾牌喔。這將會演變成是我們突擊皇王陛下的情況。」

接下來的一段時間裡，葛立奧拉的騎士們七嘴八舌地爭相提出意見。

巴爾特坐在上位，默默地聽著眾人議論。聽是聽了，但是卻無法完全理解談話內容。

「看來再談下去也不會有結論，沒辦法了，我們來聽聽總帥的意見好了。」

亞夫勒邦說完後，所有人的目光都看向了巴爾特。

巴爾特剛剛覺得自己被安排在了一個奇妙的座位上，沒想到居然是被拱上了總帥的位置。

「唔嗯，怎麼能由我來負責指揮侵犯帕魯薩姆國土的軍隊呢？」

亞夫勒邦站了起來，以右拳抵住左胸說道：

「聯軍元帥，請原諒我的無禮。我應該事先跟您說清楚才是。我們並沒有把這次的戰役視為葛立奧拉侵犯帕魯薩姆的戰役。當初我們也有舉手贊成締結軍事同盟一事，此刻我們依然站在同樣的立場上。既然如此，帕魯薩姆就只會是我們的同盟國，亦是夥伴。突然從背後砍夥伴一刀，這樣的人還配擁有騎士的名譽嗎？我們的敵人是物欲將軍，是辛卡伊軍。聯軍元帥，懇請你帶領我們打這場仗。」

其他的騎士們也站了起來，以右手抵住左胸，向巴爾特垂頭行禮。

巴爾特大受衝擊。

遵從騎士名譽作戰。

說起來很簡單，但在目前的情況下，這等同於發動一場違抗皇王聖旨的戰事。怎麼能做這種事呢？

亞夫勒邦接著說了下去：

「恕我冒昧，皇王陛下很可能被操控了心智。元老和大貴族們也一樣。進入黑色馬車的人，其心智都會受到控制。雖然難以置信，但在經過思索之後，我得到了這應該是事實的結論。然而，所幸進入黑色馬車的只有極少數的人。他們幾乎可說是排隊依序進入黑色馬車，換句話說，位階低於佛特雷斯侯爵的貴族並沒有受到控制。也就是說，葛立奧拉本軍的現場指揮官們神智如常，應該也正在尋找機會想辦法阻止這場愚蠢的戰爭。軍令官給我們自由裁量權的目地應該也在此。只要給他們一些機會，他們應該也會動起來才對。」

但是事情也許無法進行得這麼順利。這群男人也許會戰死沙場，最後被冠上叛徒的汙名，落得全族遭到誅殺的下場。

就算如此，他們還是想去討伐辛卡伊軍？

有一瞬間，巴爾特冒出了自己是不是被騙了的念頭，緊接著他又想著被騙也無所謂。如果要懷疑這段話，還不如被騙，然後戰死。

在他下定決心的同時，思考也清晰了起來。

這場戰役的勝利條件果然還是要打倒物欲將軍。巴爾特開始思考，有集合在此的所有兵力，該選擇什麼樣的作戰方式？

巴爾特看不到軍隊對軍隊的作戰有什麼勝算。

果然還是只能往一對多的集團決鬥方向思考。

有什麼地方能夠發動這樣的作戰呢？

巴爾特看向騎士齊德阿魯諾。

「說起歐柏斯北方山谷，那裡不是有座『多藍西亞懸崖』嗎？」

「有、有的。多藍西亞懸崖確實就在那裡，在帕戴山谷裡。但我們不可能利用那裡，那座懸崖太陡峭了，不可能騎馬往下衝。」

在帕魯薩姆過去還是小國的時候，曾出現一位名為多藍西亞的年輕騎士。

位於北方的一個名為忒爾馮的國家進攻帕魯薩姆，使國家面臨了存亡危機。

多藍西亞率領二十騎騎士夥伴，來到眾人認為根本不可能發動攻擊的地方向敵方主將發動了奇擊。後來他漂亮地打敗了敵軍將領，擊退敵軍拯救了故國。

自此以來，那座懸崖就被人稱為多藍西亞懸崖。

這件事是在巴爾特從洛特班城前往帕魯薩姆的途中，聽性格嚴謹的官吏瑪西莫森勃伯爵說的。歷史故事盡是些枯燥無味的內容，只有這個戰爭故事讓他聽得津津有味，而且還自負地說了些不服老的話：「若是我和月丹或許能衝下去也說不定。」

巴爾特向大家說出這件事後，一群人全雙眼發亮地盯著騎士齊德阿魯諾。

眾人的眼神彷彿在訴說著：「你這小子，難道覺得我們無法衝下那座懸崖嗎？」騎士齊德阿魯諾「咿！」地小小哀鳴了一聲。

巴爾特看向奇利，開口詢問道：

「若是肌力及平衡感絕佳的騎士，視地形或許還是能耐得住那颶風般的攻擊。不過，如果騎著馬應該就有難度了吧？此外，他發射的光彈，還有讓劍纏繞光芒後發動的攻擊又要如何應付？」

「是！聯軍元帥！我們必須讓馬在坡度減緩之處下衝。你說的光彈，就是那射出無形石塊般的攻擊對吧？我認為這招只要仔細看就能避過。這招的預備動作有特徵可循，依揮劍的方式，大致可以預測攻擊的飛行方向，因為它疑似只能直線發射。最大的問題出在他以劍本身揮出的攻擊。之前也曾聽你提過劍上纏繞著光芒，但是我們只看得見劍的實體，看不見光芒。最令人頭痛的是即使避過劍本身，還是會被攻擊擊中。不過，我之前吃了這招後明白了一件事，他的劍擊範圍差不多這麼大。」

奇利用雙手比出約肩膀寬幅的範圍，然後繼續說道：

「感覺劍上好像包覆著什麼看不見的東西。所以，只要別把它當成劍，把它想成圓木就行了。這麼一來，想避開攻擊應該也不是不可能。只不過，那傢伙動作實在太快，攻擊半徑太大，反應速度也異於常人。就劍士來說，不得不說他是位擁有一流武藝的劍士。想在我們攻擊可及的範圍內完全閃避那招攻擊簡直難如登天，不，應該說是避都避不過。話雖如此，無論何種盾或是盔甲，都承受不住那招的攻擊，這在先前的戰爭中已得到實證。就算是這樣，只要多人同時發動攻擊，總有人的劍能將那傢伙大卸八塊。只要劍能刺中他，既能給予傷害也能殺死他，這點也已在先前的戰爭中清楚得知。」

奇利所說的方法是這樣的。

讓幾位高手同時發動攻擊。

其中幾位會死，但是應該也有幾位能刺中對手。

巴爾特也下定了決心。

「讓本隊前往可露博斯堡壘，緩慢行進即可，然後再以緩慢的步調發動攻擊。盡可能讓攻擊和被攻擊的雙方的損害降到最低。攻擊十天後，就撤退回國，由我和二十位騎士前往多藍西亞懸崖。接著，我們就衝到物欲將軍面前報上名號，向他提出決鬥的要求。那傢伙要是接受決鬥要求自是最好，若不接受，我們就衝下懸崖，鎖定他一個人挑起戰事。只要摘下他的腦袋就是我們的勝利，但倖存者也會被辛卡伊的兵將所殺，這二十人將會全數犧牲。」

騎士們毅然決然地點了點頭。

「亞夫勒邦閣下，隨我前往多藍西亞懸崖的二十位騎士，就交由你來挑選。不過，其中一人一定得是葛斯・羅恩。」

「遵命，聯軍元帥。」

亞夫勒邦當場挑了包含他自己在內的十八位騎士。

最後決定由萬各古將軍領軍前往可露博斯堡壘發動襲擊，雖然他本人對此決定是牢騷連連。

巴爾特讓克因特以隨從的身分在室內待命，在端來新的茶時，他雙眼紅腫，原來是騎士們的志氣讓他大受感動。

現在有幾個問題。

第一，要怎麼得知對手的所在位置？

要是對方事先就知道我方的存在，物欲將軍肯定會派出兵將部下前來殲滅我方。必須在不能讓對方察覺到我方存在的情況下得知敵軍的所在位置，以及物欲將軍身在何處。還有，我方也不可能在多藍西亞懸崖待命個五天十天，所以必須察探敵方的行進速度，抓準時機再登上懸崖。想解決這個問題相當有難度，只要朱露察卡在場，這個問題就能迎刃而解。

第二，要把雅娜的手環託付給誰？

只要能徹底解決物欲將軍，作戰就成功了，但是接下來巴爾特等人將會被辛卡伊軍所殺。若雅娜的手環被辛卡伊軍帶走就糟了，得把這只手環託付給能夠信任的人。同樣地，只要朱露察卡在場，這個問題就能迎刃而解。

第三，他們沒有錢。

騎士和步兵加起來，共有一千八百人集合在此，但在不做洗劫密斯拉的選擇之下，糧食將會短缺。亞夫勒邦和杜賽邦手邊的金錢有限，而且也已經耗盡，巴爾特也把手上的錢全花在伏薩里翁的建設上了。雖然他還有大筆金錢寄放在帕魯薩姆王宮中，但此刻也沒有時間和辦法前去提取。

就在巴爾特煩惱著該如何是好之際，有位使者前來造訪。他遞出了珠寶箱、金幣錢袋和一封信。這封信來自卡里耶穆侯爵夫人。卡里耶穆侯爵為避過返回皇都的危機，目前寄居在東方親戚的領地之中。在亞夫勒邦的弟弟為張羅糧食四處奔走時，曾前往拜訪該位親戚請求協助，於是卡里耶穆侯爵夫人得知了巴爾特等人的狀況。

信上是這麼寫的。

『希望這些珠寶和金幣能多少幫上您的忙，那便令人甚感欣慰。

邊境的老騎士同好會代表菲莉安德絲・卡里耶穆』

巴爾特歡呼。

下一秒卻感到一陣惡寒。

這些財富真的可以拿來用嗎？自己是不是正要做一件無可挽回的事？

——不，無所謂了！反正作戰成功我就要死了！

巴爾特將金幣及珠寶交給亞夫勒邦。

「你是魔術師嗎？」

巴爾特派人送信去了臨茲。臨茲伯爵還幫他保管著六十萬克爾。這是他從寇安德勒家的刺客手中保護伯爵時，伯爵送給他的謝禮剩餘的錢。他要伯爵送來等額的糧食，在看見收件人是「前往攻打可露博斯堡壘的葛立奧拉軍陣營」時，愛惡作劇的臨茲伯爵肯定會捧腹大笑。

4

六月四十二日，明晚終於就是出發之時。

兵將們正在城裡的中庭用餐。巴爾特在金幣到手後，立刻請人購入了大量家畜，並加以解體進行保存處理，剩下來的食材就拿來在今晚款待兵將，當然也發放了大量的酒。由於行軍中禁止飲酒，所以今晚可說是熱鬧非凡。約一千八百名的兵將讓整個場面鬧哄哄的。

「聯軍元帥閣下，您要不要吃看看這塊肉？」

巴爾特接過隨從遞過來的盤子。

稍微看了一下，這烤好的顏色像是豬肉。牛肉烤好後，肉品和肉汁都會是紅色，豬烤過後顏色會偏白，肉汁則是透明無色。可是，豬身上有這種部位嗎？這是一片圓形的豬肉薄片，約有人的手腕大，正中央還有一塊頗具分量的骨頭。

總之先嚐嚐看吧。

——喔喔！

鹹鹹的滋味和從肉滲出的油脂實在太美味了，是塊頗具嚼勁的肉。

——嗯、嗯。

在咀嚼的過程中，難以形容的層次豐富的肉汁充滿了口腔，馥郁的香氣衝上鼻腔。

真神奇。他對肉此時的印象，和咬下第一口時已完全不同。看來粗獷的肉其實有著極為纖細的滋味，專程切成這麼薄薄一片也不錯。

話又說回來了，這是什麼肉呢？

「不嫌棄的話，請您也喝喝看這碗湯。」

隨從遞出碗。

香氣十足。

巴爾特不客氣地啜了一口湯，接著呼出了一口氣。

有種直竄鼻腔深處的奇妙感覺。

他又要了一碗，在口中細細品嚐。

這滋味怎麼會這麼有深度又如此濃郁？

這碗湯太厲害了。看不出具有如此濃烈風味的透明湯汁卻擁有著不輸一切的強大力量。

巴爾特心想，是放了什麼材料才能煮出這種味道呢？他仔細地端詳著碗內，但還是看不出來。

「這是牛尾湯。」

巴爾特從來不知道牛尾能燉出如此美味的湯。這麼說來，剛剛那片薄薄的肉也是牛尾肉。

「對負責肢解牛隻卻不能吃肉的人來說，牛尾是隱藏美食。乍看是粗俗的食材，但用它燉的湯濃厚且強勁，而且只要仔細撈去浮在湯面的油脂及浮沫，就會搖身一變成為甚至能端上王宮餐桌的高貴滋味。這些是卡繆拉說的。」

「什麼？」

這人是朱露察卡。

「嗨。」

朱露察卡輕輕起舉右手，露出笑容。巴爾特不禁一陣鼻酸。

原來朱露察卡在庫拉斯庫和臨茲談妥生意後，便從該處搭船越過奧巴河，而且還去密斯拉走了一趟，最後才來到洛特班城。然後他潛入廚房，煮了卡繆拉傳授的湯給巴爾特喝。

在目前的帕魯薩姆王宮之中，儘管已得到葛立奧拉軍向辛卡伊軍投誠，即將聯手攻打帕魯薩姆的消息，卻是束手無策。

少了居爾南特這位強勢的指導者，帕魯薩姆就像遭鎖鍊捆綁的巨人，空有強力實力卻無法動彈。

拿著帶毒短劍刺殺居爾南特的第一側妃，其身分為阿格萊特家千金一事造成了沉重的打擊。中軍正將夏堤里翁目前在家中閉門思過，第一側妃的父親巴伍克魯斯侯爵也辭去職務，正在閉門反省。

此刻阿格萊特公爵處於喪失發言權的狀態，導致阿格萊特一派與反阿格萊特一派之間發生了勢力鬥爭，目前是任何事皆滯礙難行的狀況。

「朱露察卡，你居然混進了這種地方啊。你可別幹危險事，惹我妹妹傷心喔。」

這麼說來，朱露察卡現在是亞夫勒邦的妹婿了。

「亞夫勒邦閣下，我有件事想問你。」

「聯軍元帥，儘管問吧。」

「沒想到現在還有這麼多願意為過時的騎士道殉身的騎士，真令人驚訝。這到底是怎麼回事？這是場赴死的戰役，我在他們身上卻感受不到半點恐懼或猶豫。」

「我還以為你要問什麼呢！這些都是你促成的。到了此城看見你的英姿，呼吸著由你吹起的風，心靈就不可思議地平靜下來，進而下定決心。大家的武士直覺都感受得到，跟你在一起將無所畏懼。」

聽了這些奉承的話，巴爾特也只能苦笑。不過，他也沒有再多說什麼。

巴爾特並未為這以死為前提訂定的作戰計畫向亞夫勒邦致歉。

同樣地，亞夫勒邦也沒有為將巴爾特拖進這場唯有一死的戰役而致歉。

未向彼此致歉一事，令兩人都覺暢快。

「對了，亞夫勒邦閣下。你是什麼時候改變心意，起了跟瑪露愛麗雅公主結婚的念頭？」

「哈哈，你要問的是這個啊。我到了帕魯薩姆，看見朱露察卡和多里亞德莎的樣子，心情跌到了谷底。他們兩人之間已經完全沒有我介入的餘地，而溫柔的瑪露愛麗雅公主似乎隱約察覺到了我的傷心之情。她很體貼地安慰了我。」

總而言之，就是這份溫柔抓住了他的心。

有人開始唱起了歌，他唱的是「巡禮的騎士」。

有許多人立刻開始跟著唱了起來。怎麼會有這麼多騎士知道這首歌呢？

唱到了第三段的歌詞時，所有人都停止飲食，只是唱著歌、聽著歌。

「騎士啊！」

「騎士啊！」

「巡禮的騎士（可爾德葛斯·史克魯·諾·布魯巴）啊！」

「你的功勳將被刻劃在此。」

「在那眾人的心中。」

「在那戰爭女神（愛朵菈）的純白羽翼上。」

「此時恩寵灌溉大地。」

「所有的痛苦將得以療癒。」

「神之奇蹟降臨的那個早晨。」

「祂們將實現最後的約定。」

「讚頌吧（巴塔里焉）！」

「讚頌吧（巴塔里焉）！」

「年邁之杖將冒出新芽。」

「逝去的勇士將再次復活。」

「神之寶座（歐·迪·恩·羅）將為你敞開。」

「神之寶座（歐·迪·恩·羅）將為你敞開。」

騎士們的歌聲迴盪在夜晚的洛特班城，而兩個月亮正垂首望著這一幕。

5

隔天七月一日，依軍令官指示，分隊從洛特班城出發了。

就在越過數座沙丘後，巴爾特看見了喬格·沃德，同行的還有柯林·克魯撒。

「老頭子，你好慢。」

「真是不好意思啊。」

不知道為什麼，直覺地就道了歉。

「喂，金毛的，你這卑鄙小人。」

喬格齜牙咧嘴地瞪向亞夫勒邦。阿格萊特公爵家娶親，亞夫勒邦居然避過了已結同盟關係的蓋涅利亞，選擇經由盛翁及杜勒的路線。簡單來說，喬格是在譴責亞夫勒邦，要是他經過蓋涅利亞，自己肯定會前去搶親，結果他居然選擇通過自己勢力範圍外的地方，真是太卑鄙了。

這男人果然是個怪胎。

亞夫勒邦對喬格的說法嗤之以鼻，扔了句取笑他的話。

喬格跟他槓上了，兩人你一言我一語地做著無聊的爭論。

奇利．哈里法路斯也策馬騎近兩人，加入談話。

喬格能成功選對時機及地點在此等待，代表他知道我方的行程。聯絡蓋涅利亞及收購糧食是由法伐連家的四男負責，肯定是此時一併通知了喬格，當然是在亞夫邦勒的命令下。

這兩人的交情似乎意外的好。所以亞夫勒邦才敢肯定，只要通知喬格他必定會趕來參戰。

原來喬格正是那第二十位勇士。

巴爾特等人正在往一場勝算不高的賭局前進。

但是他的心卻跟天空同樣晴空萬里。

第六章 帕戴山谷之戰

百菜鍋

1

「巴爾特老爺，就是明天。差不多明天上午，物欲將軍就會通過帕戴山谷。」

「很好。各位都聽見了吧？今晚我們就用盡所有食材大吃一頓。」

分隊有一輛馬車及八位隨從隨行，糧食全囤在馬車上。由於可能需在此待命二十至三十天，所以一直以來在吃的方面都很節省，但已無此必要了，因為這二十一位騎士明天就要死了。

今天的晚餐將會是最後一頓晚餐。在朱露察卡的指示下，一道放滿各種肉類及蔬菜的鍋品料理完成了。在葛立奧拉，稱這種大雜燴為百菜鍋。

「喬格，你一個人就吃了那麼多碗，其他人哪還有得吃啊？」

「金毛的，少囉嗦。我愛吃多少就吃多少，這東西這麼好吃，我哪停得下來啊。不夠再做不就好了？」

「嗯，要吃多少我就做多少，好好飽餐一頓吧。」

「朱露察卡，你真是個好傢伙。」

「喂，朱露察卡，你別這麼寵這沒規矩的傢伙。」

「對不起嘍，亞夫勒大哥。」

「不是叫你別這麼叫我嗎！」

把各種食材丟進大鍋裡煮，就會成就神奇的美味。特別是蔥和根莖類食材都會吸附湯汁，變得更好吃。

一想到今晚將是最後一次見到喬格這副旁若無人的模樣，巴爾特不禁會心一笑。

真是個任性的傢伙。不管怎麼說，他可是領主，居然任性到丟下領地追隨巴爾特而來。

——不對，等一下……

「喬格。」

「啊？老頭子，幹嘛？」

「帕賽魯．沃德閣下有親生子嗎？」

「嗯，有啊。有兩個小鬼。」

「原來如此。所以是由他的親生子繼承了薩爾克斯領主之位嗎？」

「我哪知道。」

——他該不會是為了讓帕賽魯閣下的親生子繼承領主之位，才離開薩爾克斯的吧？有可能發生這種事嗎？

「啊，小鬍子，那塊肉是我先看上的，還我。」

——不，我看不會。

隔日一早，巴爾特讓馬車和隨從先回去了。反正這裡再往西走，馬車也無法通過。

接下來，一行人便爬上了多藍西亞懸崖。只有柯林和朱露察卡跟著一起上去。

巴爾特終於明白，多藍西亞為什麼帶了二十位部下。無論如何，大軍都無法通過登崖的路，崖上的空間也只能勉強容納二十騎騎士。

前進歐柏斯的辛卡伊、葛立奧拉聯軍可是足足超過一萬人的大軍，他們分成多個集團分頭行動。朱露察卡可是在這眾多集團中，精準地摸清了物欲將軍的位置，並正確地預測了大軍抵達帕戴山谷的日期及時間。他的探索能力真是驚人。

朱露察卡把耳朵貼在地面，動也不動地聽著對方的動靜。據他所說，物欲將軍騎乘的野獸腳步聲特殊，很容易分辨。

「老爺子，就是現在。」

巴爾特跨上月丹，站在懸崖邊。二十騎騎士在他左右一字排開。

「來者是路古爾哥亞．克斯卡斯大人吧！我是伏薩里翁的騎士，巴爾特．羅恩。我帶著同伴前來，要跟你為之前的事做個了結。來一決勝負吧！」

由於有點距離還稍微颳著風，路古爾哥亞好像不是聽得很清楚。不過，現在最重要的是讓他清楚看見我方，並向他提出決鬥的要求。

物欲將軍打從一開始就望向崖頂。或許他早就發覺了。他讓全軍停了下來，以手勢指示軍隊在他前後空出一片大範圍。他這是表明接受決鬥的意思。

物欲將軍的領導能力在於其神話般的強大，只是這神話卻有了瑕疵。這瑕疵出現在第一次諸國戰爭期間，他敗在巴爾特七人手下逃離而去。所以巴爾特才會認為，只要他帶同伴再度發出挑戰，物欲將軍應該會接受才是。

不對，不是這樣的。這件事並不是如此一板一眼。

路古爾哥亞絕對會接受巴爾特的挑戰。巴爾特心裡有著近乎確信的把握。問他為什麼，他也答不上來。但是，巴爾特敢肯定，物欲將軍正在等他。

「衝啊啊啊！」

二十一位騎士一口氣衝下了這面號稱連猴子都會失手滑落的懸崖。

物欲將軍以右手拔出巨劍高高舉起，猛力一揮，掀起一陣光芒巨浪。

——他居然有右手！

衝擊波湧了過來，只能忍住了。有幾個人似乎摔倒了。

衝下懸崖後，巴爾特勒停馬匹下馬。其他騎士也做了同樣的動作。

物欲將軍也從騎乘的野獸背上下來。

二十一位騎士兵分二路，以包夾物欲將軍的形式分別站在懸崖面的斜坡和反方向的斜坡上。

巴爾特來到距離物欲將軍三十步的地方，再次看向他。

接著他看見了完全出乎意料的景象，全身一陣戰慄。

物欲將軍的左手和右手分別握著一柄大劍。

倘若他能完全駕馭這兩把劍，那麼物欲將軍的攻擊招數將遠比我方預料的多上許多。究竟他們能否成功閃避他的攻擊呢？

其中一把劍是在希魯普利馬路切之戰時，帕魯薩姆帶回國的戰利品，那後來轉贈給了葛立奧拉皇王，看來他取回了那把劍，而另一把肯定是重新再造的劍。

物欲將軍以劍身的平面拍了拍野獸的屁股，野獸便往遠離戰場，在旁守候的辛卡伊軍走了過去。巴爾特等人也支開了馬匹。

勇士們一個個拔劍出鞘，並報上名號。

首先是站在右側斜坡的騎士們。

「騎士巴爾特・羅恩。」

「亞夫勒邦・法伐連。」

「蓋瑟拉・由地耶魯。」

「歐斯德薩・克里米那。」

「邦茲連・戴耶。」

「艾克爾・阿斯德。」

「渥魯巴特・斯多厄哈。」

「卡佩・濟夫薩茲瑪。」

「奇畢茲・卡路沙尼。」

「貝夫林・基札拉。」

「泰塔魯斯・歐利亞。」

緊接著站在左側斜坡的騎士們也報上了名號。

「奇利・哈里法路斯。」

「肯因・史多利克特。」

「賽先・馬利克。」

「傑納斯・荷雷斯特。」

「納利塔斯卡・卡夫。」

「辛特・艾斯卡利。」

「彌晉・艾迪巴。」

「達蒙・雅克拉烏。」

「我是喬格・沃德。」

「葛斯・羅恩。」

所有人都報上名號。

「咕咕，巴爾特・羅恩。咕咕、咕咕咕咕。終於見面了。我可是非常期待再與你見面的這一天到來。」

他的聲音陰森沙啞，彷彿是迴盪在地獄底層的聲音。不止聲音，物欲將軍路古爾哥亞・克斯卡斯的模樣已經跟以前完全不同。

巨大身軀、爆炸般向四面八方突出的雪白頭髮和鬍子，這些外貌特徵並沒有改變，但是他的臉部感覺像是將肉貼在骨頭上似的，原本白皙的皮膚如今已變成了紫黑色。脖子以下被盔甲遮住了看不見，但是他整副身軀極為纖瘦，膚色焦黑。

他接上了一支金屬手臂，取代遭斬落的右手。這隻人造手臂凹凸不平，造型詭異，但是剛剛這隻人造手臂的確揮動了劍。其中究竟有什麼樣的機關呢？

原本路古爾哥亞的外貌就十分奇特，但是之前見面時，他身上還洋溢著其奇特外貌獨有的生命力。然而，如今這個男人全身上下都散發著一股腐臭味，與其說活著，看起來更像無法死去而痛苦著。

「不過，你居然說自己是葛斯・羅恩。咕咕咕。這樣啊。你改了名字嗎？難怪我就覺得怎麼都沒你的消息了。咕咕、咕咕咕。」

物欲將軍的脖子轉了一圈，瞪視包圍自己的勇士們。

「咕咕、咕咕。巴爾特・羅恩。真是多謝你幫我把這群值得一殺的傢伙們召集到這裡來。看在你立了大功的份上，我就告訴你一個天大的祕密吧。伍魯杜盧死了。牠是龍人的咒術師，不過牠原本就年老體虛，前往葛立奧拉的急迫行軍讓牠更加虛弱。牠身體這麼虛弱，撐不過那波齊發的箭雨，所以牠已經無法施展魂的咒術了。」

「是那位在葛立奧拉和帕魯薩姆操控了多人的心智，讓他們做出背叛或殺害他人的行為的龍人嗎？」

「咕咕，沒錯，就是牠。咕咕咕，原來你早就知道啦！巴爾特・羅恩。嗯，我們把事情搞這麼大，不知道也難。」

「操控瑪努諾的女王的心智的，也是那位叫做伍魯杜盧的龍人嗎？」

「那是別的龍人幹的好事。咕咕，我再告訴你一件事吧。伍魯杜盧對皇王和葛立奧拉騎士們下的詛咒，是要他們聽從路古爾哥亞．克斯卡斯的命令。畢竟時間很趕，人數又多，所以只能下這種單純的詛咒。只要殺了我就等於解除詛咒。咕咕、咕咕咕咕，怎麼樣？這是個好消息對吧？」

「還真是謝謝你告訴我這個好消息，我該怎麼向你道謝才好？」

「咕咕、咕咕咕咕，你果然是個好人。我想知道一件事。我一直感應不到你的氣息，也就是那把神獸之劍的氣息。就在剛剛，你的氣息才出現在懸崖之上。你這是玩了什麼把戲？」

「你知道雅娜的手環嗎？」

巴爾特在懸崖上把手環託付給了朱露察卡，現在沒有戴在身上。

「咕咕，是這樣啊。原來如此。在我失去意識的期間，你又去了一次瑪努諾的女王那裡是嗎？那東西應該是在牠手上吧？咕咕，原來如此，這下我明白了。」

從物欲將軍身上飄來了一陣濃重的腐臭味。

「有個人想要你和你手上那把劍，就是那傢伙給了我吞噬神獸的力量。咕咕、咕咕。我剛剛起了妨礙那傢伙的念頭，所以巴爾特．羅恩，你就死在這裡吧。那麼，我也來報上自己的名號吧。辛卡伊騎士路古爾哥亞．克斯卡斯！」

這句話成了開戰的號角。

2

騎士們分別從右側斜坡和左側斜坡向物欲將軍發動攻擊。

物欲將軍舉起雙手的劍，先往巴爾特所在的一側，也就是右側，以右手釋放出光芒浪潮。數人遭到浪潮衝擊，但並沒有飛得太遠。

物欲將軍用左手的劍做了同樣的動作。果然還是有數人被擊飛出去，但是大部分騎士都站得很穩。

物欲將軍重新望向右側，再次做出了攻擊的準備動作。被選中的勇士們已從第一波浪潮的攻擊中迅速站了起來，但是物欲將軍的行為卻超出了我方的預料。

他在發動光芒浪潮的同時，以劍尖往大地挖去。

被挖起的土塊及石塊被浪潮沖刷而來，化為土石彈攻擊右側的騎士。巴爾特以雙手護住頭部，但飛石還是擊中了他的左膝及右側頭部，讓他踉蹌了一下。

物欲將軍向左側發動同樣的攻勢。兩翼的葛斯和奇利避過這招，以飛快的速度逼近物欲將軍。人在中間的達蒙也跳了起來閃過這波攻擊。

物欲將軍以右手的劍對葛斯放出光芒浪潮。看來他極度不願讓葛斯欺近身邊。葛斯閃避不過，整個人被遠遠擊飛到了不是斜坡的位置。

物欲將軍再次面向右側，有幾位騎士已逼近到距離他約十五步的距離。

他以劍尖向大地挖去，擊出土石彈。騎士們不是被碎石飛岩所傷，就是被擊飛至後方。但是有三位騎士縱身一躍避過了這次攻擊。他們落地的地點是跨出一步便能擊中物欲將軍的距離。

物欲將軍向左側發射光彈。

光彈直接命中正好剛剛落地的達蒙，被擊飛出去的他腦袋撞上岩石，腦漿四濺。

物欲將軍轉回右側，橫掃了才剛落地，正在沙塵中向他衝來的三位騎士。

歐斯德薩的頭被砍飛出去。

泰塔魯斯的身體遭到直擊，整個人飛了出去。

邦茲連再次跳起來，閃過了這次攻擊。他壯碩的身軀衝上空中。

邦茲連很高，在二十位勇士中，他的身高僅次於蓋瑟拉，身材看似較蓋瑟拉苗條些許，但是身上有著猛獸般的肌肉，二頭肌幾乎相當於女人的腰那麼粗。古銅色肌膚顯露出他的精悍，一頭銀髮在腦後紮成一束。壯碩的他肌肉發達，發現獵物時飛奔而去的姿態如藍豹魔獸般迅速靈活，真是太可怕了。

他擅使的兵器是魔槍。魔槍的長度極長，粗到常人無法完全握住。這是在二十位勇士中，攻擊距離最遠的長型武器。

借著奔跑上衝的勢頭，邦茲連將魔槍往物欲將軍胸口刺去。

一陣斧頭砍進巨木般的聲音響起，魔槍刺進了物欲將軍的胸口正中央。

——成功了！

戰局剛開始時所給予的傷害是很重要的。這一擊或許就能左右勝負。

物欲將軍並沒有退後。不僅如此，他還猛力一踏，往前衝了出去。接著他緊握拳頭揍上邦茲連的腹部，盔甲碎裂聲響起，邦茲連往右側飛了出去。他就這樣讓魔槍留在物欲將軍胸口，自己磨著地面滾了出去。

奇利舉起魔劍劈中了物欲將軍的右腳踝。隨著魔獸皮靴裂開的聲音，這一擊陷進了腳踝。

物欲將軍也舉劍砍向奇利。

奇利的背部被劃出一道口子，靈敏的反應讓這一擊不至於成為致命傷。

左側的騎士們重整旗鼓，再次舉劍試圖發動攻擊。

物欲將軍朝他們射出了光彈。肯因成功閃避，身體卻因此失去平衡。

跑在他身後的賽先被傷及左腳，摔倒在地。

剩下的傑納斯、納利塔斯卡、辛特、彌晉以及喬格殺了過來。

物欲將軍的劍格開了騎士傑納斯的劍，往他右頸處劈砍而下，使得他因此痛擊而陷入地面。

納利塔斯卡被傑納斯的身體絆倒。

而艾克爾閃過摔倒的納利塔斯卡的身軀，往物欲將軍的左膝送上一擊。

艾克爾被物欲將軍的左腳踢飛，整個人飛得老遠。

喬格的大劍劈進了物欲將軍的右邊腹側。

彌晉的長劍則陷進了物欲將軍的左大腿。

物欲將軍左右手的劍分別直擊了騎士辛特以及已起身的肯因，兩人的血肉橫飛。

物欲將軍用雙手的劍掀起光芒浪潮，捲飛了葛斯及亞夫勒邦。

趁這機會，喬格和彌晉又各自往物欲將軍刺了一擊。喬格的大劍攻擊撼動了怪物的軀體，但是物欲將軍毫不理會，舉劍往蓋瑟拉一揮而下。

蓋瑟拉出手防禦，他的劍卻被劈成碎片。

奇畢茲從蓋瑟拉身側刺出一劍，最後卻只擦過物欲將軍側腹。

在他們身後，貝夫林和巴爾特正在等待動手的時機。

物欲將軍轉向左側，先摺倒了喬格和彌晉。

辛特趁此機會讓他左邊腹側吃了一擊。

巴爾特原以為騎士辛特已死，但此刻他以渾身浴血的姿態，給了怪物一擊。緊接著，辛特便趴伏在地，再也沒有起身。

奇利以近乎貼地的姿勢砍向物欲將軍的右腳踝。

物欲將軍用左手抽出刺在胸口的魔槍用力一揮，將卡佩打飛出去。接著將魔槍旋了一圈刺穿奇利，把他的身體釘在地面上。

貝夫林和奇畢茲的劍刺中了物欲將軍作為重心的左腳。

物欲將軍連頭都沒有回，就以右手的劍往背後一揮，擊飛了貝夫林。奇畢茲則出色地閃過了物欲將軍的劍和貝夫林飛過來的身體。

巴爾特呼喚史塔玻羅斯之名，拔出了古代劍，就這麼筆直朝向物欲將軍劈去，命中了他的右手腕。電光四濺，物欲將軍失手將右手的劍掉落在地。

喬格怪聲怪調地喊叫著，一邊將大劍劈上怪物的胸口。

物欲將軍的腳步開始慢了下來。針對腳部的連續攻擊起了作用。

物欲將軍舉起左手的劍用力揮動，牽制著已欺進身邊的騎士們，接著用右手抓住喬格的皮帶，將他高舉過頭。這是打算將喬格摔落在地，取他性命。

巴爾特揮動古代劍狠狠擊向怪物的右邊側腰。

幾乎與此同時，蓋瑟拉的踢技猛力踢中了怪物的右腳踝。

卡佩以頗具重量的劍劈上了怪物的左腳踝。

即使是如此強大的怪物，同時受到這三方攻擊也難以承受，因此摔倒在地。他在倒地的同時將喬格扔了出去，原本應該會猛力摔落地面的他，結果只是被扔至遠處。

騎士們往倒地的怪物殺了過去。

怪物倒地後，用力揮舞左手的大劍。

在騎士們失去平衡的狀況下，葛斯衝了過來，削去了怪物握著劍的數根手指。

怪物左手的劍也掉落在地。

方才右手的劍已落地，此刻物欲將軍是手無寸鐵的狀態。

怪物以右拳狠狠擊向葛斯，再用右腳踢飛了高舉手中之劍的亞夫勒邦。

蓋瑟拉繞到怪物頭部的位置，想用右拳痛擊怪物的臉。

但怪物早了幾秒，右手猛力抓住蓋瑟拉的臉。

由於手的長度不同，蓋瑟拉的拳頭無法打中怪物。就算如此，蓋瑟拉還是舉起左腳鞋尖不停地踢向怪物的臉龐。他的鞋尖可是安裝了鋼製尖針。

怪物在抓著蓋瑟拉臉部的手上又施了幾分力道。

渥魯巴特和巴爾特舉劍砍向倒地的怪物。

怪物揮動雙腳，踢飛了巴爾特，而渥魯巴特則是因為被踢到頭部而昏了過去。

巴爾特起身之時，正好是葛斯飛奔回來之時。

亞夫勒邦也已經爬起來逼近怪物。

卡佩舉劍劈砍怪物的右手，但是怪物依然不鬆開抓著蓋瑟拉的手。

骨頭粉碎，肌肉迸裂的聲音響起，蓋瑟拉的頭部爆了開來。

滿身是血和腦漿的怪物，身體一扭便站了起來。卡佩差點被他的動作波及，但他巧妙地旋身避開了。

怪物的右手不知何時握起了巨劍。

他一起身便立刻揮劍發射光彈。

葛斯和亞夫勒邦雙雙閃過了光彈，卻被打亂了攻擊架式。

怪物再次向葛斯發射光彈。

葛斯雖然免於被直接命中的狀況，但還是沒有完全避過，摔了一跤。

怪物舉起巨劍對著向他衝過來的亞夫勒邦一揮而下。亞夫勒邦閃避成功，離怪物又更近一步。

此時一柄魔槍刺中了怪物的背部。

原來是剛起身的納利塔斯卡拔出刺穿奇利的槍，擊中了怪物。

幾乎同一時間，奇畢茲劈中了怪物左腳踝上方的位置。

亞夫勒邦在被怪物揮舞的劍擊飛出去後，狠狠摔落在地。

怪物維持著向後的姿勢，以右腳將納利塔斯卡踢飛出去。

葛斯起身之後，擺出了準備衝刺的姿勢。

怪物用劍擊飛腳邊的岩石。

被強勁的土石彈雨擊中，葛斯向後方彈飛出去，流血倒下。

3

怪物已是滿身瘡痍。

雙腳傷痕累累，已無法使出迅速的步法，也做不出強力跨步的動作。背部和腹部也遍布傷口，整個下半身都浸在流淌而出的紫黑色血液中。左耳和左頰已經被蓋瑟拉踢了個稀巴爛，左眼應該已經看不見了，左手手指也被削去多根，已無法握劍。右手臂負傷，腰間也受了相當嚴重的傷。

就差一點，就差一點就能打倒他了。

但是此刻的突擊隊中，只剩巴爾特、卡佩和奇畢茲還能動了。

在二十人中，奇畢茲的個頭最為嬌小。他的武器是把又小又細的劍，不過這是把魔劍。不論其他，這個男人總是出色地閃避過攻擊。簡單來說，可以把他當成具備攻擊能力的朱露察卡。他的每一擊都輕如羽毛，但是這樸實無華的攻擊卻一點一滴地削弱了怪物的體力。

另一方面，騎士卡佩是個沒有特殊特徵的男人。即使在戰況最為激烈之時，他依然是一副睡眼惺忪的模樣，但是這個男人觀察時機的能力絕佳。後退、前進還有加入攻擊的節奏，其實每一步都經過了精密的計算。換言之，他是個不做任何多餘動作的男人。

巴爾特前進了一步。

騎士卡佩和騎士奇畢茲立刻移動到兩側，採取了由三方包圍怪物的布局。

真不愧是兩位出色的勇士，反應很快。

只要一段時間，怪物的力量就會透過異常的復原能力恢復。無論如何都得把握此刻這個時機。唯有此刻，他們才有勝算。只要古代劍一刺，就能打倒他。

怪物右手握著劍，目不轉睛地盯著巴爾特。只要巴爾特踏進攻擊距離半步，怪物就會立刻向他揮劍。這將會成為確實奪走巴爾特性命的一擊。

巴爾特死不足惜，但他希望能有什麼辦法將古代劍刺進怪物體內。

此時，他聽見了一些聲音。

好像有某個人正在懸崖上高聲喊叫。

下來了，有人從懸崖上衝下來了。

是一位具備從這座多藍西亞懸崖衝下來的本領的騎士。

這位騎士從崖上衝下來後，便讓馬放緩了腳步。他下了馬，走近巴爾特身後。

這個腳步聲——這個氣息——

「伯父，抱歉我來遲了。這傢伙就是物欲將軍嗎？長得還真不像個人呢。不過，只要想到伯父的英勇事蹟又多了一樁，實在令人愉快。哈哈哈哈哈！」

是哥頓・察爾克斯。

哥頓・察爾克斯為了他們，大老遠從梅濟亞領地趕來了。

當然是朱露察卡引領他來的。

站在巴爾特身邊的哥頓，手中拿的不是戰槌，而是一面雙手巨盾。

「哎呀！躺在那邊的是葛斯・羅恩嗎？你這傢伙真是無禮！居然自己休息，讓伯父在這邊忙。搞什麼東西！還不快起來！」

哥頓・察爾克斯的聲音清朗明亮，就像從空中灑落的燦爛陽光般耀眼溫暖。

有如頹靡的草受到陽光照耀而挺起身子一般，葛斯・羅恩猛地撐起身子，搖搖晃晃地站了起來。他的臉和身體也全是傷，但他眼中的力量尚未消失，綻放著炫爛的金色光芒。

能贏。

至今沉浸在巴爾特心中的悲壯之情煙消雲散，勝券在握的想法油然而生。

沙沙、沙沙。

哥頓挺身來到巴爾特身前。

他帶著巨盾前來的意圖十分明顯。他這是打算防範敵人的攻擊。

那麼，防禦就交給他吧。

單憑盾牌根本不可能擋下物欲將軍的攻擊，但是哥頓是有這個能力的。巴爾特相信這一點，僅就攻擊做了準備。

巴爾特下定決心，向前跨出一步。

卡佩猛衝而上。

隨後奇畢茲也跟著衝刺向前。

原本面對著巴爾特的物欲將軍，身體稍微往右一扭，讓卡佩吃了一計攻擊。

趁著卡佩被擊碎頭顱的期間，巴爾特和哥頓拉近了距離。

怪物將劍高舉至右上方。

哥頓停下腳步，採取守勢，巴爾特則整個人縮在盾後。

怪物的巨劍揮了下來。

一陣幾乎使人魂飛魄散的撞擊巨響響起。

哥頓·察爾克斯的盾完美地擋下了怪物的強烈攻擊。

這次撞擊應該會為怪物的雙腳腳踝造成強烈的衝擊，而且騎士奇畢茲正從後方猛力攻擊他的左腳踝。怪物的雙腳和腰部搖晃了起來，接著便失去了重心。

——時候到了！

巴爾特從盾牌背面衝了出來。他雙手舉著古代劍，在此刻呼喚著亡故愛馬的名字，使盡全身的力量將劍尖刺向怪物。古代劍平坦的前端延伸出一道由藍綠色光芒凝聚而成的劍尖。

光芒萬丈的劍尖突破了騎士邦茲連劃出的缺口，深深沒入了物欲將軍胸口。

然而，在此情況下，怪物還是瞪大著僅剩的右眼，舉起了持劍的右手。

巴爾特保持著握著古代劍的姿勢，望著怪物的眼瞪了回去。

就在巨劍隨時都會落下的那一刻。

紅光劃破虛空，怪物的右手以持劍的狀態被從手腕上方斬飛出去。

原來是葛斯·羅恩一躍而起，揮下了魔劍「班·伏路路」。

慢慢地，怪物倒下。

怪物將死。

這個據稱活了數百年的怪物，就在此時結束了生命。他的眼裡已看不見瘋狂的光芒。

我方這群人也要死了。

在決鬥勝負已決的此刻，辛卡伊的兵將們將會開始攻擊他們。由於谷底路窄，無法一次大舉進攻，但是想衝上這陡峭崖壁逃走也是不可能的事，他們只能被人海戰術擊潰。

巴爾特是帶著這份覺悟來到這裡的。

然而，不可思議的是，辛卡伊軍並未向巴爾特等人發動總攻擊。包圍他們的將兵們保持著陰森的沉默狀態。

有幾位騎士乘著馬從辛卡伊軍中騎向他們。

他們下馬走近物欲將軍，右膝跪地表示敬意。這些騎士們是前來見證主帥的死亡。

巴爾特也走近了物欲將軍的頭部，對他說道：

「路古爾哥亞閣下，我有一個問題想問你。十幾年前發生了什麼事？自那時候起，你便開始準備踏平這個世界。在這之前的數百年間，你明明根本不把他國領土放在眼裡。還有另一個問題，你為什麼對曾經非常想要的魔劍『班．伏路路』失去了興趣？是因為惡靈之王的指示有變嗎？告訴我答案吧。」

「咕、咕，什麼惡靈之王，別講得這麼好聽。那傢伙從很久以前就開始用『班．伏路路』做實驗，但是他失敗了。當時我們還不知道，只要玷汙使劍之人的魂魄，神獸之劍也會遭到汙染。侵犯撒爾班只是基於我個人的理由，因為我想要得到『班．伏路路』，這樣才能得到更強大的力量及更長的壽命。已遭汙染的神獸之力依然非常強大，只要吞噬了它，我就能得到更多的壽命及力量。自從發覺到手的劍是贗品之後，我就一直在尋找真品，而且也找到了，但是我卻改變了心意。」

「為什麼改變了心意？發生了什麼事？」

「咕、咕、咕、咕、咕、咕。就告訴你吧。是因為味道，我已經嚐不出味道了。」

「味道？」

「沒錯。不管吃什麼都沒味道，所以我才開始起心動念，至少要得到這個世界才划得來。」

味覺喪失，所以想以征服世界作為代價。這是什麼荒唐的理由？這個男人瘋了。

——不過，搞不好這傢伙跟我意外地是意氣相投的人呢。

「咕、咕，怎麼啦？你錯愕到話都說不出來了嗎？」

「不，我也不想遇到味覺喪失這種事，完全無法忍受。」

「什麼？咕咕咕、咕咕咕咕。居然除了我之外，還會有其他人說出這種話。那麼，巴爾特．羅恩，要是你喪失了味覺，你會怎麼做？」

「這個嘛……應該會請人幫我品嚐美食，然後在旁看著他開心的樣子吧。」

物欲將軍愣了一會兒，接著笑出聲來。

「咕哇、咕哇、咕哇，喀哈哈哈哈！原來還有這招，我完全沒想到。」

怪物將軍閉起眼睛，表情變得非常安詳。

「原來如此。我決定下次也照你的方法做。不過，在那之前……」

接著突然睜開雙眼喊道：

「去死吧！」

他想用已失去手掌的金屬手臂擊打巴爾特。

但葛斯．羅恩出手斬去了肩膀以下的右臂。

從它的剖面看起來，裡面空無一物。空盪盪的手臂是怎麼動起來的？為什麼能拿劍，還能揮劍呢？是因為吞噬神靈獸所得到的力量嗎？

亞夫勒邦將魔劍「內利貝魯」深深刺進怪物的右眼。

怪物的身體一陣嚴重痙攣，過了不久就不動了。

沉默再次降臨。

巴爾特望向死去的怪物。

他身上的傷全滲著噁心的泡沫，從傷口流出來的體液都是紫黑色的。

怎麼會有如此強烈的惡臭味？這已說不上是人類死亡的模樣。

這個男人透過吸收多隻神靈獸，身軀變得巨大強健，得到了數百年的壽命。在釋放神靈獸的力量之後，人便能得到超乎常理的攻擊技能，這是任何一位騎士都會眼紅的恩澤。

然而這份恩澤卻奪走了這男人幸福死去的機會。人類所受的足以致死的傷，也能透過神靈獸之力治癒。即使被開腸破肚，臟器逐漸腐敗，體內的血液已汙濁不堪，這個男人還是未能死去。他的辛酸及痛楚實在令人難以想像。這與其說是祝福，更像是詛咒。

十幾位辛卡伊騎士包圍著物欲將軍的遺體。他們雙手在胸前交疊，雙膝跪地，低頭祭拜著遺體。這應該是辛卡伊的禮俗吧？文泰將軍也在其中，他身上已經沒有留下任何一點殺氣。

辛卡伊的兵將扛走了物欲將軍的亡骸，往與歐柏斯堡壘相反的方向揚長而去。

文泰將軍用眼神向巴爾特打了招呼，於是他也以眼神向將軍道別。

朱露察卡從崖上下來，開始幫眾人療傷。

蓋瑟拉、歐斯德薩、卡佩、貝夫林、泰塔魯斯、肯因、傑納斯、辛特以及達蒙等九人死亡。邦茲連、艾克爾、渥魯巴特、賽先、彌晉、納利塔斯卡及喬格等七人負傷，但還活著。不過賽先受了失去一腳的重傷，得快點進行適當的醫療處置，不然可能危及性命。

還站著的有亞夫勒邦、巴爾特、葛斯、哥頓和奇畢茲等五人，但是葛斯受到了相當程度的重創。

奇利的性命危在旦夕，已無法救治。

巴爾特一靠近，他便開口說道：

「請、請幫我轉告可布利耶子爵，多里亞德莎公主，祝、祝她幸福……」

他聲若蚊吶地留下這句話後便死去。

5

巴爾特讓一行人向北移動，避過撤退的的侵略軍。

過了不久，帕魯薩姆國王直轄軍抵達了。指揮官是夏堤里翁，札卡里．奇奇艾利特也來了。

巴爾特麻煩夏堤里翁協助吊唁死者及照料傷者。

「這是我的份內事，我保證會給打倒路古爾哥亞將軍的勇士們最高規格的待遇。我們不是敵人，而是同伴。」

「麻煩你照顧了，姊夫。」

「亞夫勒邦閣下，別這樣叫我。總之，我們先往歐柏斯堡壘去吧。到了那裡再聽你們說說事情的詳細經過。」

「老頭子，我要回去了，再見啦。」

喬格扔下這句話，就帶著柯林．克魯撒離開了。

巴爾特在歐柏斯堡壘安頓下來後，開始說起了事情始末。

接下來換巴爾特向夏堤里翁詢問帕魯薩姆的動向。

自居爾南特遭帶毒短劍刺傷倒下以來，帕魯薩姆王宮便陷入了無法運作的狀態。

上軍正將西戴蒙德大發雷霆，硬是讓閉門思過的夏堤里翁重回中軍正將的崗位，要他與中軍正副軍八百人一同前往歐柏斯堡壘。夏堤里翁以電光火石般的猛攻收復了歐柏斯堡壘。

西戴蒙德則是率領國王軍上下軍一千六百人前往攻打古利斯莫城。辛卡伊僅在此配置了極少數的兵力，古利斯莫城很快就被拿下了。

接下來，西戴蒙德帶兵包圍了卡瑟。第一個星期便發生了自發性的暴動，有人從城內打開了城門。原來辛卡伊軍以殘忍的方式殺害執政官與其家屬一事，讓居民們都心懷恨意。

事情發展至此，鄰近諸侯都很現實地趕來支援。西戴蒙德把保衛卡瑟的工作交給他們之後，便率領國王軍返回王都。

在醫學知識淵博的賽諾斯畢內治療下，居爾南特國王已脫離險境。

國王召來了阿格萊特公爵，並告訴他：

「直到這場戰役結束為止，我會暫時保留對第一側妃犯下的罪行的處置。你就去戴罪立功吧。」

阿格萊特公爵迫使年邁老體親自上陣，出動全族前往收復伐各。

此外，居爾南特還讓西戴蒙德前往攻打艾吉得。

在歷經一個月的攻擊之後，奪回了這兩座都市。

後來傳來了辛卡伊、葛立奧拉聯軍將前來攻打帕魯薩姆的消息，於是夏堤里翁便加強了歐柏斯的防禦。

聽完以上狀況，巴爾特把傷者交由夏堤里翁照料，隨葛斯及亞夫勒邦前往洛特班城。

奇畢茲決定留在歐柏斯，等待邦茲連、艾克爾、渥魯巴特、賽先、彌晉及納塔利斯卡等人傷癒，再一起返回葛立奧拉。

哥頓與夏堤里翁一同到了王都後，說是要去見布德奧爾子爵伊斯特・哈林，兩人便分開了。巴爾特以前曾聽翟菲特提起過伊斯特的名字，此時卻未想起這件事。

朱露察卡回伏薩里翁去了。

抵達洛特班城之後，巴爾特接到了多次要他前往帕魯薩姆王都的傳喚，但他一概拒絕。

他必須在這裡守著。

辛卡伊軍將會有什麼動作？葛立奧拉皇王又將如何應對？

皇都解封之後，皇都的相關消息接連傳了出來。

沒想到辛卡伊軍居然乾脆地捨棄皇都撤退了。

亞夫勒邦已返抵皇都，所以開始能夠定期收到值得信賴的消息。

葛立奧拉元老院發表了一個驚天動地的消息。

原來在四月二十六日，辛卡伊軍攻入皇都，皇都淪陷之際，皇王就已死亡。也就是說，後來以皇王的名義發出的聖旨，全是在辛卡伊軍的強迫下假造的，故一切作廢。廢黜皇太子坎第艾爾羅伊一事也作廢，於是坎第艾爾羅伊便立刻就任皇王之位。

新皇王宣布，以假造聖旨及軍令書的罪名處死三位大臣及軍令官。

此外，還公開發表了討伐辛卡伊的路古爾哥亞將軍，將葛立奧拉從桎梏中解放出來的二十二位騎士之名，予以表揚。

皇王已在四月二十六日去世是個極為大膽的謊言。但憑這一個謊言，就能拯救眾多性命，並修正無數的錯誤，不過代價是部分人士將遭到處刑。從容地踏上了不光彩的死亡之路，真是一群傑出之士。

士兵們的薪資送抵洛特班城，四散停留在鄰近城鎮的騎士和士兵們收下薪資便各自返家。

皇宮為了進行聯軍元帥巴爾特・羅恩的授勳及表揚，發來了進宮的邀請。巴爾特應該已辭去此職務，但葛立奧拉的說法似乎有所不同。在他國騎士指揮下擊敗了辛卡伊主將，他們只是不願意這麼承認罷了。

巴爾特連番拒絕，繼續停留在洛特班城。

6

在等待的期間，巴爾特思考了許多事。

物欲將軍到底有什麼目的？越想越覺得他挑起這場戰爭並不是為了征服並支配世界。他腦袋裡冒出一個奇怪的想法。

——這次進軍的目的，該不會是為了殺死龍人伍魯杜盧吧？

伍魯杜盧是擁有特殊能力的龍人，能夠自由操控多人的心智。換句話說，他是這場侵略戰中的王牌。

但是否真是如此呢？這位名為伍魯杜盧的龍人，對辛卡伊而言是個什麼樣的存在呢？同盟者？能幹的部下？不過，也許他同時也是一位監視者。

或許他們一直處於互相利用，卻又互相敵對的關係之中。

說起來，惡靈之王和物欲將軍又是什麼樣的關係呢？

『有個人想要你和你手上那把劍。』

『就是那傢伙給了我吞噬神獸的力量。』

『我剛剛起了妨礙那傢伙的念頭。』

惡靈之王賜給物欲將軍強大的力量和壽命，靠著這份力量及延長的壽命，物欲將軍將辛卡伊重整為一個強大的國家。然後物欲將軍開始為惡靈之王的利益採取行動，這是一個互惠互利的關係。

然而，這份關係卻變了質，或許在時間洪流中出現了扭曲，又或者是物欲將軍察覺了惡靈之王的隱藏目的。

總之，在最後的最後，物欲將軍開始有了妨礙惡靈之王的想法。

所以才會用計讓龍人伍魯杜盧死亡。

不對，等一下。這樣太奇怪了，似乎不太合理。

他要是想殺掉伍魯杜盧，只要拔劍斬殺牠就行了。就算伍魯杜盧擁有足以與物欲將軍匹敵的戰鬥力，還有一大群武將甘心聽從物欲將軍的命令前去送死，所以真想殺應該是有辦法殺才是，根本沒必要特地設陷阱殺害他。

等等，真的是這樣嗎？

搞不好物欲將軍身上也被以某種形式下了「縛魂詛咒」?像是不能違抗惡靈之王的命令之類的。或像被下了無法殺害龍人伍魯杜盧,也無法下令殺害牠的詛咒。發生這種事也不奇怪。

仔細想想,龍人伍魯杜盧死時的狀況太不自然了。為什麼要把馬車停在開闊的中庭?雖說皇太子坎第艾爾羅伊是從對面的建築物發射箭矢,但是他為何沒有在箭矢可及的地方安排衛兵呢?他說因為前往葛立奧拉的急迫行軍讓年邁的伍魯杜盧更加虛弱,那麼又為何要如此勉強他呢?

再說了,物欲將軍說的那句話是什麼意思呢?

『伍魯杜盧死了。』

『牠是龍人的咒術師。』

『所以牠已經無法施展魂的咒術了。』

物欲將軍還說了這些話。

『伍魯杜盧對皇王和葛立奧拉騎士們下的詛咒,是要他們聽從路古爾哥亞的命令。』

『畢竟時間很趕,人數又多,所以只能下這種單純的詛咒。』

『只要殺了我就等於解除詛咒。』

為什麼他要刻意告訴巴爾特這麼重要的情報?而且還說什麼殺了我就等於解除詛咒,這簡直就像在說「殺了我」不是嗎？

愚蠢至極，簡直愚蠢至極。

假設物欲將軍有意想破壞惡靈之王的企圖，但為達此目的的方法居然是發動第二次諸國戰爭，這樣會不會太過分了？苟斯、翟菲特、蓋瑟拉和奇利又是為了什麼而死的呢？若說他的目的是殺了龍人伍魯杜盧，應該還有很多其他方式才對啊。

或許他是在試探。物欲將軍以世界為對手布了個賭局。

試著來打倒我吧！打倒我和龍人伍魯杜盧吧！

或許他在心中如此高喊著。

若是物欲將軍賭贏了，世界將沉入血海，成為他的囊中之物。

若是他賭輸了，惡靈之王將失去龍人伍魯杜盧，以及物欲將軍這兩個能幹的手下，讓世界能暫時喘口氣。而在這期間必須找出惡靈之王的真實身分，並做好備戰準備。

不不不，這實在是妄想過頭了，只是一些毫無根據的臆測，這種事根本不可能發生在現實之中。

不過，物欲將軍死於諸國戰爭卻是事實，龍人伍魯杜盧已死一事應該也是事實，而這兩件事重創了惡靈之王一事，應該也沒錯。

但是，不論目的為何，物欲將軍為達目標而犧牲了辛卡伊的兵將一事於理不合。辛卡伊是物欲將軍賭上生涯培育而成的國家，此國的兵將等同於他的子孫。正因他傾注了如此深刻的情感培育此國，文泰將軍等等年少豪傑才會死心塌地，彷彿不要命似的跟在他身邊。

連續兩次的諸國戰爭中，辛卡伊也死了不少兵將。

該怎麼思考這件事才好呢？

等一下。這麼說起來，當時他們撤退的方式也很詭異。不敗將軍路古爾哥亞・克斯卡斯在決鬥中落敗死亡，這對他們來說理應是個難以置信的消息，他們卻平靜地接受了，彷彿事先就決定好會以這樣的方式撤退。

如果是這樣，那就對了。物欲將軍自己挑起決鬥，也料到自己可能在決鬥中身亡，所以事先下達了到時該如何行動的命令。

不對，怎麼可能有這種事？

但是，如果不這麼想，就無法解釋他們當時的撤退方式。

搞不好物欲將軍認為，為了成就辛卡伊的未來，自己和龍人伍魯杜盧將會是絆腳石？

假設是這樣，那麼面對辛卡伊理應迎來的未來，物欲將軍應該也都做好了準備才是。他應該也針對未來留下了遺言。不久之後，在那些可怕的將軍們率領之下，辛卡伊將依循他的遺言蓬勃發展。

巴爾特不知道這個狀況會在什麼時候，以何種形式發生。不過，那天總會到來。到時候想必他們定會充分活用在第二次戰爭中得到的經驗。

7

前任皇王的葬禮在九月底舉行。皇王真的死了嗎？還是默默地在皇宮內度過餘生呢？這已無從得知。

帕魯薩姆王族及重臣也出席了葬禮。此次事件並未損及葛立奧拉與帕魯薩姆間的情誼。不僅如此，兩國造訪洛特班城的商隊還日漸增加，想必兩國之間的交流將會更加深入。

帕魯薩姆捎來了一個令人開心的消息。正妃雪露妮莉雅誕下了居爾南特國王的子嗣，是個男孩。聽見男孩的名字時，巴爾特大吃一驚。

巴爾特朗特．西格爾斯。

這就是居爾南特和雪露妮莉雅的長子之名。

在帕魯薩姆也正在進行戰後復原的工作。

鎮西侯瑪多士．奧爾凱歐斯回任伐各領主，預計在近期內將會成立新的鎮西騎士團，負責監守整個西域地區。

第一側妃原本罪應致死，但看在阿格萊特家的功勞上得到豁免，最後判她必須在阿格萊特家幽禁終生。

巴爾特不斷接到慶功宴等名義的邀約，他全都拒絕了。

葛立奧拉在十月舉行了新皇王的即位儀式。巴爾特接到了請他前往皇都的邀請，但他還無法完全信賴對方，於是繼續不動如山地待在洛特班城觀察情況。

巴爾特接到消息，二十二位英雄之中，除了巴爾特、哥頓、喬格及葛斯的十八人，分別都得到了賞賜。

就在巴爾特開始認為照這情況繼續發展應該沒什麼問題的時候，有位騎士忽然前來拜訪他。

這人就是「同伴殺手」邦茲連．戴耶。

他是與物欲將軍對決的二十二人中的其中一人，是位擅使魔槍的身經百戰勇士。

「嗨，巴爾特閣下。最近的葛立奧拉皇國實在太無聊了，我決定跟隨在你身邊。」

這位騎士是個怪胎，既沒有固定的主人，也沒有自己的家和部下。

他寄居在熟識的騎士家中，只要聽聞令他感興趣的戰事，便會前往參戰。

「好吧。就你一個人的伙食費，我應該還是負擔得起。」

跨過一年之後，哥頓在一月時跑來了。

一問之下才知道，原來哥頓要去參加姪女蕾莉亞和提格艾德的婚禮。

緊接著，亞夫勒邦傳來了消息，說先前的情報中提及的賞賜都有確實發放，勇士們的遺族也得到了周全的庇護。亞夫勒邦之父回復了侯爵的名聲，而亞夫勒邦本人也被封以侯爵之位，並占有元老院的一席議席。

已經不需要擔心了。

巴爾特前往洛特班城的墳場，埋下了蓋瑟拉、歐斯德薩、卡佩、貝夫林、泰塔魯斯、肯因、傑納斯、辛特、達蒙，以及奇利的遺髮。

接著他便帶著葛斯、邦茲連和克因特離開了洛特班城，哥頓表示他也要同行。

克因特每天都接受著葛斯的指導。最近他越顯剽悍，靈活的劍技連騎士邦茲連都驚為天人。哥頓也會在閒暇之時教導克因特騎士的相關知識，而克因特吸收得很快。他的未來真是令人期待。

好了，終於能回伏薩里翁去了。

想必又發展得更加蓬勃了吧？孩子們應該也成長茁壯了吧？

巴爾特細細地感受著有家可歸的幸福感受。

外傳・蕾莉亞的婚事

第一章 憎惡

布魯多血凍

1

艾伍立克・拉佐非常憎惡翟菲特・波恩。

為什麼他會如此憎惡一位素未謀面的男人？他自己也覺得很不可思議。

艾伍立克清楚記得自己是何時開始討厭翟菲特的。他十六歲那一年，父親庫里尼克在晚餐時間對他說道：

「劍術老師說翟菲特擁有出色的劍術才能，對他讚不絕口呢。」

翟菲特是受庫里尼克照顧的亡命貴族吉格菲特・波恩之子，與艾伍立克同年。

艾伍立克十三歲起就開始進行騎士修行，但是他體型瘦小，力量不足且動作也不快。他過沒多久就接到命令，成為王宮文官的弟子，學習歷史及修辭法。

——父親大人想要我成為文官。

這對艾伍立克來說是個極大的打擊。

拉佐家是武士之家，艾伍立克被父親庫里尼克捨棄了，難以言喻的悲傷充斥在艾伍立克心中。

然而，庫里尼克捨棄了兒子，卻驕傲地說與自己同年的翟菲特擁有劍術才能。艾伍立克陷入強烈的憤怒中。

——翟菲特這混蛋！

艾伍立克就任騎士後，成了擔任帕魯薩姆國王直轄軍下軍正將的父親的副官。修習的學問在工作上派上了用場。他在收集及整理情報、準備軍糧，以及財務管理方面發揮了出色的本領，讓庫里尼克非常滿意。看見父親喜悅的樣子，艾伍立克也覺得開心。

四千二百五十一年，庫里尼克和艾伍立克出兵前往撒爾班公國。返抵國門之際，卻得到了一個驚人的消息——庫里尼克的兩位兄長在與未開墾地區的部族之戰中身亡。

庫里尼克辭去軍務返回故鄉。

艾伍立克是在王都土生土長的人，所以這是他第一次見到庭貝露領地。遼闊豐饒的領土與眾多的家臣讓他為之震驚。

隔年，庫里尼克的父親死亡，他便繼承了庭貝露男爵之位。庭貝露在帕魯薩姆王國南方算得上是最有力的騎士之家，而艾伍立克就這麼成了此家系的繼承人。

南方諸侯是在較為近代的時期才歸順帕魯薩姆王家，由於有過這麼一段歷史，距離上又與王都遙遙相隔，所以獨立意識較為強烈。拉佐家臣服於帕魯薩姆國王也不過就是四千二百一十二年的事。臣服之後，他受封庭貝露男爵之位，但是原本這塊領土就不是王家所賜予，而是他們花了長年的歲月，斬殺馴服未開墾地區的部族所得來的。對於拉佐家而言，帕魯薩姆王家就只是位有力的同盟者。

艾伍利克成了父親的親信，發揮了他經營領地的能力。他也曾參與討伐未開墾地區的部族的戰役。艾伍立克具備能夠正確比較及分析敵我戰力的分析力、準備適量軍糧的後勤能力以及將戰鬥交由經驗豐富的部下執行的肚量，成就了紮實的戰果。

他是在四千二百五十九年再次聽見了他早已遺忘的翟菲特之名，當時艾伍立克三十二歲。

「我決定把可里娜嫁給翟菲特。」

父親這句話簡直就是晴天霹靂。

艾伍立克極為寵愛小他七歲的妹妹。將可里娜嫁給奧布里斯塔・古雷伊一事，也是基於艾伍立克的考量。古雷伊家是拉佐家的分家，奧布里斯塔每天都會到拉佐家的城堡中出勤，住處也非常近。奧布里斯塔為人誠實且能幹，艾伍立克私下打算在將來繼承拉佐家成為庭貝露男爵時，提拔他成為自己的親信。

可是奧布里斯塔卻在決鬥落敗後染上重病並死亡。可里娜帶著年幼的兒子賀甫利斯塔回到家中。

四千二百五十八年年底，庫里尼克帶著可里娜久違地前往了王都，接著便得知吉格菲特已在前年病死的消息。庫里尼克去見了翟菲特，並提出了請他與可里娜成婚的要求，還附上了高額的嫁妝和年金。

艾伍立克聽聞此事時，氣到心臟都要停了。他立刻前往可里娜身邊，告訴她有權拒絕如此不合理的婚姻，結果才知道原來這件事是可里娜自己提出的。可里娜對翟菲特的風采一見傾心。

而且最不可原諒的是，翟菲特已經擁有一位戀人和兒子。可里娜還傻呼呼地期待著能與這兩人和睦相處。

艾伍立克好話說盡，想說服可里娜，只要有那孩子在，可里娜的孩子就無法成為波恩家的繼承人。這位戀人想必會對可里娜成為正妻一事懷恨在心，用盡各種方法來阻礙她得到幸福。絕對不能讓那位戀人和孩子生活在家中，此時必須為彼此劃出界線，而這麼做最後也幫上了翟菲特的忙。

日復一日纏人的說服有了價值，可里娜終於也開始對這位戀人的存在感到不安。聽見她終於向父親提出要那位戀人及兒子離開波恩家時，艾伍立克稍稍放下了心。

四千二百六十五年，艾伍立克四十二歲那年，父親庫里尼克去世，於是他便成了庭貝露男爵。

為襲爵一事進宮，結束報告後，艾伍立克回到城內，此刻正獨自享用著晚餐。

前菜是布魯多血凍。

布魯多是棲息在沼澤的皺巴巴生物，牠在泥水中扭動伸縮的前進方式看起來相當可怕，但是仔細清洗燉煮後，就會帶出高雅且極具深度的滋味。

將布魯多的身體切碎用來熬製高湯，在加入卵巢等一部分的內臟之後注入牠的血放置冷卻，就會凝固成軟嫩的血凍。這是唯有此地貴族才能品嚐的珍饈美食。

這道料理曾讓他有過痛苦的回憶。他曾經在父親享用這道料理時，心生羨慕而請父親讓他嚐一口。當年他二十四歲。

但是血腥味令他作嘔，結果在餐桌上把料理吐了出來。這個行為極為不禮貌。

自此之後，與父親共進的晚餐的時刻，都讓他感到坐立難安。

——此時的我已經明白了這道血凍的美味之處了……

艾伍立克一口飲盡一大杯紅酒。

四千二百七十一年，艾伍立克聽聞翟菲特受封伯爵，且受命成為邊境騎士團長時，他心裡沒有半點感覺。

四千二百七十二年九月，溫得爾蘭特國王駕崩，十月時就為居爾南特新國王舉辦了加冕儀式。一般會在半年前發出加冕儀式的公告，並從國內外邀請身分合宜的嘉賓再行舉辦，但新國王也有他無法依慣例舉辦儀式的苦衷。說起來，新任國王的加冕儀式居然辦在前任國王的正式葬禮前，這實在太不尋常了。

四千二百七十三年年初，為拜謁新任國王，艾伍立克帶上五十位騎士前進王都，他還準備了祝賀新國王上任的賀禮。就在他前往王都的途中，辛卡伊宣布向中原五國宣戰。

時間來到三月，突然傳來了卡瑟淪陷的消息。國王宣布將親自前往卡瑟，希望得到諸侯們協助。逗留在王都的艾伍立克也收到了協助國家的委託，只不過王家並未提出會負擔費用的提案，也沒有提及賞賜的部分。若答應如此從軍委託，一個不小心可能毫無益處，還得自掏腰包支付費用，但艾伍立克還是決定參戰。原因是——在逆境中相助，才能賣個大人情給國王。

艾伍立克親眼見到了物欲將軍路古爾哥亞．克斯卡斯。

遠遠望去，敵人的模樣簡直就是神話中的巨人，一揮劍就能颳起暴風，將騎士連人帶馬吹飛出去，這種攻擊根本無法應對。

艾伍立克打從心底感到恐懼，接著他便逃跑了。

他已得知翟菲特戰死在這戰場上。但是對當時的艾伍立克來說，這些全都無所謂了，他直接返回了庭貝露領地。王家應該贏不了這場戰爭吧。這樣也沒差，他只要轉為跟新的勝者合作就行了。不管守護契約的對象是帕魯薩姆王家還是辛卡伊王家，對拉佐家而言都沒太大的差別。

時間來到九月，帕魯薩姆傳來捷報，說是擊敗了敵將路古爾哥亞獲得了勝利，這消息甚至讓他懷疑自己是不是聽錯了。

緊接而來的通知讓艾伍立克感到又驚又喜。

已故的翟菲特．波恩伯爵，因其戰功而被追封侯爵之位，遺孤賀甫利斯塔因其父留下來的功勳，被任命為卡瑟執政官員。

賀甫利斯塔並不是翟菲特的親生子，而是奧布里斯塔與可里娜的孩子。換句話說，父母雙方都是拉佐家系的人物。拉佐家得到了卡瑟。

艾伍立克帶著五十位騎士和五十位文官前往王都，保護賀甫利斯塔前往卡瑟。

艾伍立克迷上了卡瑟這個城鎮。原本卡瑟就是舊戈里塞伍國的首都，是個以藝術之都聞名的城鎮。城內的建築物群、雕刻及繪畫之美甚至勝過帕魯薩姆王都。薄霧籠罩的街景本身就像藝術品，對於已習慣南方剛硬文物的艾伍立克來說，簡直就是另一個世界。

——這座城鎮，這座美麗的城鎮已經屬於拉佐家了啊……

雖說執政官員與領主不同，每當經過一定任期，國王就會再重新進行任命。但是說起王宮的文官，表面上是任命制，實際上卻是世襲制，所以只要拉佐家成員當上了執政官員，這座城鎮將永遠屬於拉佐家。艾伍立克是這麼想的。

艾伍立克由衷地祝福可里娜，然後遊說她把姓氏從波恩改回拉佐，但是可里娜並沒有聽進耳裡。四千二百七十四年二月二十五日，舉行了執政官員就任祭祀慶典，艾伍立克在觀禮完畢後，留下了十位騎士及二十位文官輔佐賀甫利斯塔治理領地，然後就回南方去了。賀甫利斯塔還年輕，才二十一歲，不過翟菲特留下來的家臣團非常能幹，肯定能好好輔佐賀甫利斯塔統治卡瑟，這一點甚至讓艾伍立克認為倒也不是不能感謝一下翟菲特。

可惜的是，艾伍立克的幸福時光相當短暫。四千二百七十六年，辛卡伊軍占領了卡瑟，將執政官員一族全數殺光的消息在五月初傳進了他耳裡。

艾伍立克帶著五十位騎士前往王都。這個消息正確無誤。可里娜、賀甫利斯塔，還有可里娜和翟菲特兩人所生的堤爾耶路、帕爾耶路兄弟也被以殘虐的方式殺害。

他為了向國王進言收復卡瑟，提出了謁見的申請，卻未遭批准。他透過關係調查之後，得知了國王遭側妃持帶毒短劍刺傷，性命危在旦夕。

就在他咬牙切齒地在旁靜候事態發展時，便接到了上軍正將西戴蒙德已收復卡瑟的捷報，國王也已康復，重返執政。他原本想到卡瑟去一趟，但是一想到物欲將軍可能會再回來，就兩腿發軟。在他猶豫不決之時，接到了阿格萊特公爵平定了伐各和艾吉得的捷報，而且還得到了物欲將軍帶著龐大的兵力正在逼近歐柏斯的消息。

他正想回南方去時，又收到了一個難以置信的消息。物欲將軍已戰死，辛卡伊和葛立奧拉聯軍已經撤退。

艾伍立克帶著騎士團去了卡瑟，接著以他是被殺的執政官員的親戚這個事實為藉口，掌握了卡瑟的實權。由於扛著卡瑟營運中樞的全是拉佐家派來的人，所以要做到這件事並不困難。

這麼一來，艾伍立克就能隨心所欲地處置卡瑟。這次他的次子法爾尼克亦有隨行。法爾尼克正是下任執政官員的理想人選。九月四日，艾伍立克派出使者，前去向國王提出讓法爾尼克繼承執政官員一職的申請。

事情得追溯到一個月之前。

這一天，哥頓．察爾克斯正在謁見居爾南特國王。

「察爾克斯大人，你的英勇守護了中原的和平，我在此向你道謝。我想封你為帕魯薩姆王國的侯爵，你意下如何？」

「哈哈哈哈！這真是道令人感激不盡的命令。不過，陛下，對一介鄉野騎士來說，侯爵之位實在太過沉重，容我謝絕您的好意。」

「那麼我想頒個『鐵壁公』的榮譽頭銜給你。」

「榮譽頭銜？那是什麼東西？」

「不須負擔任何權利及義務，就只是個稱呼而已，但卻是個極大的榮耀。」

「喔喔！這不錯、這不錯！那我就心懷感激地收下這個頭銜了。」

哥頓笑得十分爽朗，接受了「鐵壁公」這個榮譽頭銜，但其實他根本不知道這是多大的榮耀。

國王授與的榮譽頭銜，是立下了能與侯爵和伯爵之位匹敵的功績，並謝絕有形之物的賞賜的騎士才會獲贈的稱呼，被賜予的地位等同侯爵。由於甚少有如此兩袖清風的騎士存在，所以近兩百年來，在帕魯薩姆王國中並沒有人被賜予榮譽頭銜。

居爾南特決定賜給哥頓侯爵之位或是榮譽頭銜，當然有其目的。

在第二次諸國戰爭中，帕魯薩姆露出了慘遭單方面蹂躪的醜態。西戴蒙德收復了卡瑟和艾吉得，夏堤里翁也奪回了歐柏斯堡壘，阿格萊特公爵亦攻下了伐各。這些都只不過是趁物欲將軍率領的辛卡伊本隊不在的期間，去把失去的東西要回來而已。

不過負責指揮討伐物欲將軍的勇士們的人，是前任帕魯薩姆王國中軍正將巴爾特．羅恩，其嫡子葛斯．羅恩也一同參戰。

再加上擋下物欲將軍的強力攻擊，帶來勝算的豪傑，要是他們都成了帕魯薩姆的騎士，那麼就能保住國家的顏面，這是個會影響今後國家之間交涉的問題。所以，他才會命夏堤里翁務必要把哥頓帶回王宮

哥頓退下之後，居爾南特國王喚來了夏堤里翁將軍。

「夏堤里翁將軍，幹得漂亮。」

「是！」

「隨後再獎賞你。但在這之前，有件事要讓你去辦。有幾座西方的小都市趁亂掀起叛亂，我想請你去鎮壓叛亂，平定卡瑟。」

「遵命。」

「如你所知，我已任命堤格艾德．波恩擔任卡瑟執政官員，你就帶著波恩前往鎮壓叛亂，然後讓他以卡瑟執政官員的身分直接上任。」

「是！謹遵您的旨意。」

當天夜裡，哥頓被邀請來參加王宮宴會。

「哥頓閣下。」

「喔喔！伊斯特閣下！」

「容我再次向你致歉。真的很抱歉在未徵求你同意的情況下，就收留了蕾莉亞小姐。」

「不不不，埃德里卡爾閣下也說了，他因為太過擔心蕾莉亞才沒有派出使者，這件事就讓它過去吧。我才該為在閣下家中的無禮行為謝罪呢。希望今後能與你建立深厚的情誼。」

「我也是這麼想的。」

「話又說回來了，莫非那位年輕人就是……」

「喔喔，這位就是提格艾德．波恩侯爵。」

「侯爵？」

「嗯，前天提格艾德在我家中立下了騎士誓約，然後昨天在王宮中得到了騎士位階的認證，受封侯爵的同時還被任命為卡瑟的執政官員。」

「居然有這樣的事，真是飛黃騰達了呢。」

「哥頓．察爾克斯大人，初次見面，我是提格艾德．波恩。」

「提格艾德再一個月多就滿二十歲了，這下出了一位年輕的侯爵呢。因此，提格艾德和蕾莉亞小姐的婚事必須得到國王的批准。」

「唔嗯，我的姪女要成為侯爵夫人了啊。」

「察爾克斯大人、哈林大人，我聽見你們的談話了。堤格艾德・波恩侯爵的未婚妻，原來是察爾克斯大人的姪女啊？」

「是的，陛下。」

「過程到底是如何？」

「我們就請本人來說明吧。」

堤格艾德落得在眾多貴族的包圍下，說明他與蕾莉亞之間的愛情故事的下場。

「真是一段美好的戀情啊。」

「波恩大人，今晚不正是求察爾克斯大人答應婚事的好機會嗎？」

「喔喔，說得對，說得沒錯。快說啊！」

在貴族們的推波助瀾下，堤格艾德來到了哥頓面前。

「哥頓・察爾克斯大人，懇請您答應我與蕾莉亞小姐的婚事。」

「哈哈哈！你的父親翟菲特閣下誠然是位傑出的騎士。我家姪女就麻煩你照顧啦！」

「嗯，可喜可賀。我以帕魯薩姆國王之名，同意卡瑟執政官員堤格艾德・波恩侯爵，迎娶梅濟亞領主『鐵壁公』哥頓・察爾克斯大人的姪女蕾莉亞。」

「承蒙您成全了，陛下。那麼就立刻把蕾莉亞叫來布德奧爾，直接把她帶到卡瑟去吧。」

全場充滿了祝福之聲。

隔天，夏堤里翁帶著堤格艾德從王都出發。

跟隨夏堤里翁的是中軍正副全軍，而堤格艾德身邊則跟著十位伊斯特出借的騎士，到了當地還會有諸侯的騎士供他們指揮。

夏堤里翁心裡明白，國王讓堤格艾德同行前往鎮壓小都市的叛亂的命令的用意，是要讓他累積經驗、立下戰功。所以他逐步將一些重要任務交給了堤格艾德去辦。

不論是長相還是行為舉止還有指揮騎士們的聲調，堤格艾德和翟菲特皆極為相似。看著堤格艾德那穩健地指揮、戰鬥的模樣，夏堤里翁心中升起一股極為懷念的溫暖情感。

有一天，西戴蒙德派了使者前來。西戴蒙德被派到比夏堤里翁更西方的地方，負責平定伐各、艾吉得及其周邊地區。

使者帶來了鎮西侯瑪多士・奧爾凱歐斯還活著的好消息。這麼一來，在瑪多士的努力下，伐各和艾吉得應該很快就能恢復平靜。

他們才派了使者前往王宮報告情況，王宮就捎來了信件。

信上寫著庭貝露男爵艾伍立克・拉佐提出申請，希望讓第二個兒子繼承卡瑟執政官員之位。

夏堤里翁面有難色地盯著信件瞧了一會兒。

「納茲、札卡里，集合全軍，我們去卡瑟一趟。麻煩也通知一下波恩大人。」

「是！」

「遵命。」

4

「什麼！那麼，夏堤里翁將軍，您的意思是國王已任命了卡瑟的執政官員！而且那位騎士還繼承了侯爵之位！」

「是的。」

「那個人是與卡瑟執政官員一家血脈相連之人的證據呢！」

「堤格艾德閣下向國王出示了父親翟菲特閣下交付給他的結婚證明書、刻有家徽的短劍以及印綬。國王認可這些物品是正式的證據，並認定堤格艾德閣下就是波恩家的繼承人。」

「怎麼會！」

艾伍立克咬著嘴唇，心想怎能容許這種不講理的事發生。這座城鎮是拉佐家的東西，是拉佐家以血贖回來的城鎮，目前統治著這座城鎮的也是拉佐家。居然未徵得拉佐家同意就擅自任命執政官員。

他心想，是否該不惜訴諸武力也要保住執政官員之位？但是憑現有兵力打不贏夏堤里翁將軍率領的中軍正副軍，而且與阿格萊特家為敵不是明智之舉。

此時，艾伍立克的腦海裡浮現了三女娜露妮露的身影。娜露妮露已結束王宮的禮節見習，人此刻就在王都。

「……原來如此，既然國王已經認可，那就沒辦法了。但您是否能理解，我拉佐家統治卡瑟至今也是功勞一件？」

「我了解。」

「那麼國王應該也能認可，讓小女娜露妮露成為新執政官員閣下的妃子吧？」

夏堤里翁無法憑一己之見做出回答，所以便去找了堤格艾德商量。

堤格艾德想拒絕這門婚事，但為保險起見，他還是去跟親信榮加討論了一下。

「我認為你應該接受。」

「哦？為什麼？」

「你要是拒絕這門婚事，在夏堤里翁將軍離開此地之後，就會爆發內亂。」

榮加認為艾伍立克就是會做出這種事的人。

「不過，你應該以恩情為理由答應這門婚事。」

「恩情？」

「您不能忘記庫里尼克．拉佐先生對吉格菲特先生和翟菲特先生關照有加的恩情。如今波恩家能有如此發展，全靠庫里尼克先生的提拔。娜露妮露小姐是庫里尼克先生的孫女，你不拒絕這門婚事，就能向諸神展現，表示波恩家從未忘記拉佐家曾經的恩情。」

想到接受這門婚事時會發生的種種麻煩事，提格艾德內心十分煩躁。但是沒有夏堤里翁將軍，他也贏不了拉佐家。換句話說，他無法拒絕這門親事。而且橫豎都要答應，那麼受到祝福總比面臨災難好。

「原來如此，你說得對。」

最後迎娶兩位妃子的婚禮定於一月一日舉行。選在這一天，蕾莉亞可能會來不及趕到。但是西方都市習慣將特殊的喜慶活動擺在新年舉行。而且，艾伍立克還說了，領地總不能一直空著無人統治，所以要是蕾莉亞會比較晚到，那麼就先舉行他和娜露妮露的結婚典禮吧。這麼做可就大事不妙了。提格艾德派了使者前去伊斯特、費露米娜和哥頓身邊。

費露米娜收到消息之後，為了進行婚禮的各項準備，決定不等蕾莉亞抵達，先行從布德奧爾領地出發。

第二章——拉夫達懸崖之戰

甘察碎糖

1

蕾莉亞抵達布德奧爾後，哥頓笑容滿面地前往迎接。

本來他們打算接下來一起前往卡瑟，卻在此時發生了一個問題。

帕魯薩姆王宮將召開第二次諸國戰爭的慶功宴，哥頓也接到了邀請，他的缺席將會為他人帶來困擾。

居爾南特希望巴爾特也出席，但巴爾特卻莫名堅持要待在洛特班城。這種狀態下，無論如何都只能請哥頓出席了。要不然，在來自諸國的來賓面前就太沒面子了。

要是等慶功宴結束再出發，憑蕾莉亞所乘坐的馬車的速度，將會趕不及於一月一日抵達。

因此，若哥頓要前往慶功宴，蕾莉亞就必須早他一步出發。

在戰爭的影響下，西方的局勢並不是很穩定。有城鎮叛亂，還有盜賊橫行。有兩位從騎士從梅濟亞領地跟著她過來，他們是曾隨巴爾特及米杜爾前往庫拉斯庫的年輕人，雖潛力無限，但是經驗尚嫌不足。

而且，雖然這件事並未公開，但夏堤里翁也發了信來，信上寫著在路上千萬要多加堤防。夏堤里翁心中似乎有所擔憂。

本來想跟伊斯特．哈林商借騎士，但是此時伊斯特正奉國王之命率領騎士團鎮守西方，其餘的騎士也跟著費露米娜上路了。

「哥頓閣下，蕾莉雅閣下的馬車就由我來護送吧。」

「埃德里卡爾閣下……嗯，那就麻煩你了。」

「包在我身上。」

2

「瓦喀姆大人，察爾克斯家的馬車剛剛進入了麻古鎮。護衛有一位騎士和兩位從騎士。」

「這樣啊。既然帶著女人，應該會避免露宿野外才對。這麼看來，他們明天應該會經過拉夫達懸崖。」

「是的。」

「好了，各位都聽見了吧？今天好好休息，我們明天一早就去拉夫達懸崖埋伏。」

十一位騎士都出聲答是，但每個人的聲音都死氣沉沉。

這也難怪，這是個殘酷的任務。

瓦喀姆並不討厭主人艾伍立克．拉佐。他賞罰分明，也不會逞強作戰，總是幫他們準備充足的糧食，也對拉佐家的騎士寄予信任。

但是，艾伍立克終究不是武士。他要是武士，哪可能出動多達十二位英勇善戰的騎士來執行這種下三濫的任務。

他知道這個任務只許成功，不許失敗。他也明白為了拉佐家的繁榮及名聲，殺害這個對象有其必要性。

但是這個對象居然是一位才剛剛及笄的小姑娘。任他想破頭，都不覺得她是個需要出動十二位勇士殺害的對象。可是艾伍立克卻說，絕對不能讓她逃掉，所以才要動員最為優秀的十二位騎士。這是不懂武士名譽的人才會有的想法。

雖說如此，也不能放棄任務。瓦喀姆心想，今晚還是喝些烈酒早點睡吧。

3

「前面的馬車，給我停下來。抱歉啦！你們今天必須死在這裡。」

「哦，這些不錯的裝備和馬匹不是山賊會有的東西，你們是騎士吧？」

「我不能回答你這個問題。」

「呿，從後面包夾我們啊？哼，那就只能突破重圍前進了。蕾莉亞閣下！就請妳稍待片刻嘍，我們來消滅這群敵人。火神葛羅古啊！請您賜予我手中之劍烈火般的氣勢吧。」

一位襲擊者策馬衝刺而來。埃德里卡爾猛力拔劍出鞘，策馬向前。兩人的劍激烈交鋒，埃德里卡爾硬是用蠻力頂住對方向前進。

「唔喔喔喔喔——！」

敵人被從馬上擊飛出去後，頭部撞到岩石，就這麼昏了過去。

「哦！」

「喔喔？」

包圍馬車的襲擊者們都驚訝不已。

「這擊真是令人吃驚。我想問問你的名字。」

「我是埃德里卡爾．波爾。」

「原來是怒牛（莫爾羅基特）埃德里卡爾閣下啊！」

「這真是太開心啦！喂，接下來換我了。」

「不不，換我上。」

襲擊者們瞬間情緒沸騰了起來。這也難怪。這本來是場毫無名譽之戰，但對方可是連南方都廣為人知的勇士，沒有什麼事比與強敵正面對決更榮譽了。話雖如此，由於是一對十二，肯定過沒多久我方就會得勝，所以大家都想趁埃德里卡爾還在最佳狀態時與他一戰。

「順序不變。喂。」

瓦喀姆努了努下巴。

「嗯。」

一位高個子騎士站了出來。他拔劍出鞘，在眾人面前使勁地揮了揮劍。

看見那使劍的勁道，埃德里卡爾驚覺不妙。是個強敵。

「埃德里卡爾閣下，我是卡靖．札伊特。我要動手了！」

「行！」

兩位豪傑之間的激烈打鬥開始了。

論劍速是卡靖勝出，論一擊的威力則是埃德里卡爾占上風。

埃德里卡爾即使受了些許打擊，依然毫不畏懼，穩紮穩打地給對方帶來更多傷害。

而就在卡靖的動作遲緩下來的那一刻，他一口氣發動強力攻擊，把對方打落馬匹。

「太驚人了。我對埃德里卡爾．波爾之名早有所聞，沒想到居然如此強悍。諾魯邦！」

瓦喀姆決定不再避提姓名。

「喔，埃德里卡爾閣下，我是諾魯邦．休堤菲爾。」

第三位騎士是一位有著巨石般壯碩體格的老人，全身上下散發著不平凡的武威氣息。

埃德里卡爾將劍舉至面前，吹了一口灼熱的氣息。這是為了讓葛羅古的恩寵纏繞其上。

這次這位敵人，即使他在最佳狀態下也不知道能不能打贏。而且他還剛剛結束與兩位騎士的死鬥，身上四處都是傷，握劍的手十分沉重。

「唔喔喔喔喔喔——！」

埃德里卡爾主動衝了出去。

諾魯邦正面擋下了他這記攻擊，卻未做出反擊。

埃德里卡爾不停發動攻擊。他感覺自己每每發動攻擊，都在讓生命逐漸流失，但是他依舊沒有放慢攻擊速度。

諾魯邦一開始只是一味擋下攻擊，但當埃德里卡爾的攻擊開始凌亂起來時，他開始在兩劍分開時做出突刺攻擊。其所造成的傷害緩緩累積，削弱埃德里卡爾的體力，但是埃德里卡爾依然不斷發動攻擊。

他們倆之間的對戰持續了很長一段時間。

諾魯邦認為埃德里卡爾隨時都會倒下，但是他錯了。不管過了多久，埃德里卡爾仍然沒有倒下，還在不停發動攻擊。諾魯邦心中忽地升起一股恐懼的情緒。就在這個時候……

「唔啊！」

原本應該能確實接下的攻擊，卻莫名一溜煙地擦過了他的防禦，紮實地擊中他的頭部。

諾魯邦晃了一晃便摔下馬。

「喔喔！」

「喔喔。」

「唔嗯。」

埃德里卡爾雖擊退了三位強敵，但是他已經連舉起劍的力氣都沒有了。他現在只憑著意志力坐在馬背上。他身上的盔甲碎裂，頭盔也只是勉強掛在腦袋邊緣。

「埃德里卡爾閣下，我名叫瓦喀姆·歐伊薩。你打得很精彩，該休息了。」

埃德里卡爾沒有回應。他抬頭瞪向瓦喀姆，眼神依然十分有力。

「你打算戰到死嗎？好氣魄。阿爾弗立德！」

「是！」

「送勇士最後一程。」

「遵命！」

騎士阿爾弗立德站了出來，就在他想給埃德里卡爾最後一擊的那一刻……

4

「你這混帳做什麼！」

「這裡忙著呢！要命的立刻給我滾。」

「我就知道可能會出這種事，才不停換馬趕了過來，果不其然出現了這種鼠輩。」

聽見闖入者的聲音，馬車中的新娘打開了門。

「伯父大人！」

「喔喔，蕾莉亞。妳沒事吧？似乎讓妳擔心受怕了。抱歉、抱歉，別看我這德性，我可是在慶功宴結束後就火速趕過來了，原諒我吧。」

這位騎士踩著緩慢步伐悠閒地策馬向前。他對蕾莉亞馬車兩側的從騎士們點頭示意後，再繼續向前來到埃德里卡爾身旁。

接著看了看倒下的三位敵人。

「埃德里卡爾閣下，感謝你保護了蕾莉亞。」

埃德里卡爾側過頭和哥頓四目相交。

「幹得好，謝謝你。」

埃德里卡爾勾起唇角笑了一下，然後直接昏了過去，差點摔下馬。哥頓撐住他之後下了馬，輕輕地讓他平躺在地。

「埃德里卡爾閣下，您已完成了使命，就在這裡休息會兒吧。那麼……」

哥頓回到馬上，他的手上握著戰槌。

「你們這群卑鄙小人，就由梅濟亞領主哥頓．察爾克斯來治治你們吧！放馬過來！」

緊盯著哥頓的瓦喀姆已經失去了方才的從容。他可是以勇猛聞名的拉佐家首席騎士，他看得出來眼前這位騎士並不是泛泛之輩。

瓦喀姆拔劍出鞘，直指哥頓。

「所有人聯手打倒他！包圍他！」

襲擊者們正要聽從指示行動時，哥頓忽然策馬向前，向騎士瓦喀姆發出一擊。

瓦喀姆以剛劍格開戰槌，試圖卸去這一擊。

然而，哥頓隨意揮出的一擊卻敲斷了瓦喀姆的劍，將瓦喀姆從馬上打飛出去。摔落地面的瓦喀姆，雙手彎曲成奇怪的角度，盔甲則凹陷破裂。瓦喀姆雙眼上翻，腳還不停地痙攣。襲擊者們全當場僵住，看著這副令人難以置信的景象。

「嗯？怎麼啦？不是要全部一起上嗎？我今天想要大鬧一場。來吧！放馬過來！」

5

「什麼？你說新娘到了？怎麼可能！」

聽見這個消息時，艾伍立克還以為自己聽錯了，他趕忙前去找夏堤里翁。

「夏堤里翁閣下，我聽說察爾克斯家的馬車到了。」

「是啊，艾伍立克閣下，已經平安抵達了。聽說路上好像出現了山賊。」

「哦，山賊？然後呢？那群山賊怎麼樣了？」

「新娘的伯父哥頓．察爾克斯大人追上了馬車，趕走了那群山賊。」

「哥頓．察爾克斯？他是誰？」

「咦？你不知道這號人物嗎？他是一位邊境豪傑。在前陣子的大戰中，他完美地擋下了物欲將軍（古利戈爾．安特拉）使出渾身解數的一擊，為我聯合軍隊帶來了致勝的機會。由於他立下如此戰功，有幸得帕魯薩姆國王陛下賜予『鐵壁公』的榮譽頭銜。」

直至此刻之前，艾伍立克一直對卡瑟會成為拉佐家下一代的囊中之物一事深信不疑。萬一那個叫什麼蕾莉亞的小姑娘活著到了卡瑟，只要讓艾伍立克之女娜露妮露也當上同位階的妃子，然後再找機會做掉蕾莉亞就行了。他一直以為事情就是這麼單純。

然而，有個存在令抱著如此想法的艾伍立克極為懼怕，那便是物欲將軍。原本艾伍立克就稱不上有武士風範，看了物欲將軍奮戰的模樣，更是打從心底感到畏懼。居然有騎士能跟物欲將軍正面對決並打敗了他，而這位騎士正是蕾莉亞的監護人。

艾伍立克帶著女兒娜露妮露撤離了卡瑟。

得知這件事的哥頓，在與夏堤里翁商量過後，釋放了被他抓起來的瓦喀姆．歐伊薩。

不久之後，負責經營卡瑟的拉佐家家臣也逐一撤離。

6

「伯父大人，您這就要走了嗎？」

「是啊，婚禮很完美。蕾莉亞，今後妳必須成為賢妻良母，為卡瑟和波恩家鞠躬盡瘁。」

笑容滿面的哥頓腰間綁了一個裝了「甘察碎糖」的布袋。

據聞甘察是曾經侍奉過戈里塞伍國王的點心師傅。

他做的點心的滋味會吸引良善的精靈，也會吸引惡之魔神。

某一天，甘察在王子的婚禮上做了點心，這點心是做成四座橋相連形狀的糖雕。在婚禮期間擺上這個點心，良善的精靈就會渡橋而來，接著要在體型笨重的邪惡魔神走過橋梁前毀掉點心，如此一來就能讓婚禮充滿良善精靈的祝福。

在舊戈里塞伍地區，都會仿效這個故事，在貴族婚禮中擺上一座四座橋形狀的糖果點心，看起來就像藍色和綠色的寶石。在婚宴最後，會在賓客的高聲喝采中敲碎這座點心，再讓賓客們各自帶著碎糖伴手禮回家。

「伯父大人……」

蕾莉亞再次出聲挽留正要上馬的哥頓。

「伯父大人，請您賜予我祝福。」

蕾莉亞高喊出聲，接著雙膝跪地，垂下了頭。

事後她也覺得不可思議，自己為什麼會這麼做呢？領民會向領主尋求祝福。特別是孩子出生時等等，每個人都想得到哥頓的祝福，但從未發生過領主一家的家人向哥頓尋求祝福的事。

即使如此，此時蕾莉亞依然相信自己這麼做是對的。她在察爾克斯家長大，現在要離開察爾克斯家了。蕾莉亞內心深處希望自己也能分到一些察爾克斯家的驕傲與力量。

她聽見哥頓走近她的腳步聲，接著感覺到他停了下來。

此時哥頓應該正在把手伸向蕾莉亞頭頂。

他沒有說話，一切盡在不言中。哥頓現在正全心全意地給予蕾莉亞祝福。堤格艾德、費露米娜、榮加以及夏堤里翁都在旁守侯著這個祝福儀式。

祝福儀式持續了很久。

不久之後，蕾莉亞感覺到一股暖流透過哥頓的手流進了自己體內。

——啊啊！啊啊！

這股暖流逐漸升溫，成了一股足以令身體發燙的熱流。哥頓所給予的祝福就是如此濃烈深厚。此時蕾莉亞腹中已存在著某種不知名的偉大之物，察爾克斯家的歷史孕育而出的生命之力，盈滿了蕾莉亞嬌小的身軀。

「呼～」

哥頓呼出一口氣，宣告祝福儀式結束。

「要保重啊！」

哥頓留下這句話，揚長而去。

（邊境的老騎士④巴爾特・羅恩與不死將軍　完）

後記

在我學生時代，在某間旅館裡發生了一件事。

這間旅館中有一位知名主廚。

他在婚禮等場合，會盡可能地頻繁來到外場說明菜色，聽了他頂著一張福態臉龐做出的說明，每道料理都增添了光芒。

「那個～Consomm Printaniere（春蔬清湯）的 Printaniere 是春天的原野的意思。這道湯品綴以剛上市的春天蔬菜，實屬一道喜氣洋洋的料理。」

聽他這麼說，不知到底有沒有加在裡面的四季豆和紅蘿蔔細絲看起來都變得非常美味。

「不只是料理。白酒是來自德國的 Liebfraumilch MADONNA。Liebfraumilch 是聖母之乳的意思，可說是最適合喜慶場合的一支白酒。」

這句話讓隨處可見的白酒搖身一變，成了最棒的一杯酒。

「用來乾杯的酒是 GANCIA Pinot di Pinot（皮諾迪皮諾粉紅氣泡酒），這是最高級的香檳。」

義大利的氣泡酒雖然是以香檳製法釀造而成，但我想嚴格來說並不能以香檳稱之，不過我要是說出這句話就太不識趣了。

「每個雕花玻璃杯都是手工製作。所以，我想各位應該看得出來，您的杯子跟鄰座的貴賓相比，在形狀上都會有微妙的不同。」

賓客們看著鄰座賓客的玻璃杯，互相比較著，還點著頭露出一副佩服的模樣。

「新郎所坐的椅子，是前幾年美國總統到訪時曾使用過的椅子。」

此時台下傳出陣陣「喔喔～」的驚呼。

「新娘的椅子則是英國女王陛下曾坐過的椅子。」

此時掌聲響起，新娘露出極為開心的表情。

「而媒人夫妻所坐的椅子，則是天皇、皇后兩位陛下來場時曾使用過的椅子。」

最後還奉承了一下媒人夫妻，只能說真是場精彩的表演。

「如各位所見，本日我們準備的全是最高級的菜色、飲品、玻璃杯以及用具。請各位慢慢品嚐佳餚。」

我當時體會到了一件事。解說的有無大大左右了餐點的美味程度和用餐的樂趣。

不過，問題出在椅子上。主桌的椅子確實是造型特殊的高級椅子，但是它上面並沒有標示編號或記號。哪張椅子是誰坐過的，就連負責收拾和擺放椅子的我們都不清楚，更別說是主廚了。他哪可能知道哪張才是天皇陛下坐過的椅子。

明明知道內情，但是在一旁聽著聽著，一瞬間我們也冒出了「喔～原來是這樣啊」的想法，主廚的解說就是這麼有說服力。若要挑剔起來，這算是個謊言，但是放寬心來看，這也是個事實。最重要的是，他的解說中充滿了款待賓客的心意。至今，我仍然認為那是極為出色的菜色解說。

這位主廚的名字叫做村上信夫。

廚師卡繆拉的名字也是借村上主廚之名再以有趣的諧音改編而成，不過體型和個性完全不像就是了。

二〇一九年三月底　支援ＢＩＳ

附記

負責繪製本書第一集、第二集及第三集封面、插圖的笹井一個老師，已在二〇一八年三月二十日去世。他為本書繪製了極其精美的插圖，在此致上我由衷的謝意。感謝笹井老師的付出。

同時在此也要向接下第四集以後的插畫繪製工作的菊石森生老師致上我誠摯的謝意。

為《邊境的老騎士》繪製了三集封面的笹井一個老師，已於二〇一八年三月辭世長眠。

笹井老師獨一無二的創作，讓《邊境的老騎士》的世界更加開闊，在此致上深深謝意，同時致以最深切的哀悼之意。

Hobby 書籍編輯部一同

國家圖書館出版品預行編目資料

邊境的老騎士. 4, 巴爾特.羅恩與不死將軍 / 支援BIS作 ; 劉子婕譯. -- 初版. -- 臺北市 : 臺灣角川, 2020.10

面 ; 公分. -- (Kadokawa fantastic novels)

譯自 : 辺境の老騎士. 4, バルド・ローエンと不死の将軍

ISBN 978-986-524-036-3(平裝)

861.57 109012111

Kadokawa
Fantastic
Novels

邊境的老騎士 4
巴爾特・羅恩與不死將軍

（原著名：辺境の老騎士 4 バルド・ローエンと不死の将軍）

2020年10月26日　初版第1刷發行

作　　者：支援BIS
插　　畫：菊石森生
角色原案：笹井一個
譯　　者：劉子婕

發 行 人：岩崎剛人
總 編 輯：蔡佩芬
編　　輯：蘇涵
美術設計：宋芳茹
印　　務：李明修（主任）、張加恩（主任）、張凱棋

發 行 所：台灣角川股份有限公司
地　　址：105台北市光復北路11巷44號5樓
電　　話：（02）2747-2433
傳　　真：（02）2747-2558
網　　址：http://www.kadokawa.com.tw
劃撥帳戶：台灣角川股份有限公司
劃撥帳號：19487412
法律顧問：有澤法律事務所
製　　版：巨茂科技印刷有限公司
ISBN：978-986-524-036-3